CHRISTOPH SCHEURING

STURM

magellan

PROLOG

Ich heiße Nora Petersen und bin achtzehn Jahre alt, und wenn es heute mit mir zu Ende ginge, würde auf meinem Grabstein wahrscheinlich stehen: »Ihr Leben hat beschissen begonnen. Seitdem ging es immer weiter bergab. Jetzt ist sie gestorben, wie sie gelebt hat.«

Und ich würde heute sterben, da gibt es für mich eigentlich überhaupt keinen Zweifel. Keine Chance, diesen Tag lebend zu überstehen. Und das denke ich nicht nur deshalb, weil ich sowieso immer Angst vor dem Tod habe und überhaupt die elendigste, hypochondrischste Spezialistin für Ängste bin, die ich kenne. Ich habe Angst, dass mich der Krebs von innen auffrisst und von mir bald nichts anderes übrig ist als die Hülle. Ich habe Angst, dass mein Herz plötzlich stehen bleibt. Und dass mein Blut voll mit Gerinnseln ist, die bei einer falschen Bewegung meine Lunge verstopfen. Oder mein Gehirn. Und dann falle ich plötzlich auf der Straße tot um, ohne dass ich es vorher merke. Ich habe auch Angst, dass ich es vorher merke. Ich habe Angst, dass mich im Wald ein Bär anfällt und auffrisst, obwohl ich in der Norddeutschen Tiefebene zu Hause bin, wo es kaum noch Wald gibt und wo in den letzten tausend Jahren kein Mensch mehr einen Bären gesehen hat.

Ich habe sogar Angst, dass mich beim Schwimmen in unserem

Baggersee aus der Tiefe ein Hai angreift. Das klingt lustig, ich weiß. Aber es ist nicht lustig, wenn man immer nur in der Angst lebt, dass einem gleich etwas Schlimmes passiert.

Heute aber ist es viel mehr als nur eine Angst. Es ist eher so eine klare Gewissheit in meinem Kopf, dass dort gar kein Platz mehr ist für die Angst. Ungefähr wie wenn man von einem hundertgeschossigen Hochhaus fällt. Da hat man auch keine Angst mehr vor dem Tod, wenn man gerade am fünfzigsten Stockwerk vorüberfliegt. Denke ich. Da hat man sein Schicksal schon innig umarmt und der Tod hat einem den Nacken geküsst.

Und genauso ist es hier in dieser Nacht. Mitten auf dem Atlantik am Rande der Grand Banks, vierhundert Meilen von der Küste Neufundlands entfernt, wo der amerikanische Kontinentalsockel zweitausend Meter tief abfällt in das atlantische Becken. Eigentlich sollte es hier nur ein normaler Herbststurm sein. Hatte der Wetterbericht vor ein paar Tagen gesagt. Nicht mehr als zehn Beaufort und vielleicht sechs Meter hohe Wellen. Aber jetzt reißt der Sturm mir schon den Atem aus dem Mund, wenn ich nur das Gesicht aus der Kajüte strecke. Und die Wellen türmen sich zu senkrechten Wänden und der Wind fetzt die oberen Spitzen einfach so weg und jagt sie waagrecht über das Wasser. Ein paar Hundert Meter weiter legt er sie dann als weiße Fäden wieder ab in die Wellen. Immer wenn sich unser Schiff einem Wellenberg nähert, schiebt unser Kapitän den Gashebel gegen den Anschlag, und dann wühlt sich das Schiff unter Volllast die Flanke hoch, und eigentlich ist es so was von tausendprozentig klar, dass wir es dieses Mal nicht mehr schaffen werden, aber irgendwann kippt das Schiff doch wieder über den Kamm und rauscht im freien Fall in die Tiefe. So fühlt sich das an. Und unten kracht es dann in das Wellental, dass der ganze Rumpf vibriert wie eine Trommel, und manchmal passiert es sogar, dass sich das Schiff nicht schnell genug wieder aufrichten kann und die nächste Welle mit so einer brutalen Wucht von oben auf das Deck stürzt, dass man sich im Steuerstand wie unter den Niagarafällen fühlt oder wie in einem U-Boot, das gefangen ist in einem riesigen, brodelnden Suppentopf.

Anfangs hat unser Kapitän über diese Wellen immer noch seine Witze gerissen. »Schlecht gezielt, du Blödmann«, hat er gelacht. Oder: »Mehr hast du nicht drauf, du Zwerg?« Oder auch: »Kannst du vergessen, du kriegst uns nicht.«

Aber je länger der Sturm gedauert hat, desto schweigsamer ist er geworden, und jetzt sitzt er nur noch hoch konzentriert auf dem festgeschraubten Stuhl vor dem Steuerrad und starrt in die Finsternis. Nach vorne gebeugt wie eine Raubkatze vor dem Sprung. Er ist ein riesengroßer Mensch, bestimmt zwei Meter fünf, und mit seinen Armen kann er wahrscheinlich einen Wagenheber ersetzen, wenn bei einer Autopanne das Werkzeug fehlt. Er hat graue Augen und dunkle, dichte Acht-Millimeter-Haare wie ein Maulwurf und seine Stirn ist breit und viereckig wie ein Amboss. Auf dem Kopf trägt er eine schwarze Basecap. »Meinart Fisheries« steht dort in roten, gestickten Buchstaben auf dem weißen Patch. Er ist nicht sehr viel älter als ich. Maximal dreiundzwanzig, schätze ich. Sein Name ist Johan. Er ist ganz klar der Boss dieses Schiffs.

Der zweite Mann heißt Moses und ist sein Vater: ungefähr sechzig, mit der gleichen Amboss-Stirn und den gleichen Augen, und er ist auch ziemlich stark, aber auf dem Schiff läuft er seltsam geduckt herum, als müsse er sich dafür entschuldigen, überhaupt auf der Welt zu sein.

Und der dritte Mann ist der Großvater, der wieder Johan heißt und auch mal ein stattlicher Mann war, aber jetzt ist er eigentlich zu alt und zu schwach, um überhaupt auf dem Meer zu sein. In seinem Mund stehen nur noch zwei halbe Stummel und darüber haben sich die Lippen nach innen gekerbt. Schon im Hafen hat er es nicht mehr geschafft, alleine über die schmale Planke an Deck zu klettern. Also hatte der Junge seinen Großvater auf einen zerfledderten roten Sperrmüllsessel gesetzt und das ganze Ensemble mit einem Kran auf das Schiff gekurbelt.

An Bord aber ist er plötzlich ein anderer Mensch, und das ist überhaupt die verrückteste Verwandlung, die ich jemals gesehen habe bei einem Menschen. An Land hat er noch echte Schwierigkeiten gehabt, sich überhaupt auf den Beinen zu halten. So schwach und zitternd ist er gewesen. Und so gekrümmt war sein Rücken, dass es ausgesehen hat, als würde der Kopf nicht senkrecht auf den Schultern sitzen, sondern waagrecht herauswachsen aus dem Rumpf.

Hier aber auf dem Meer hat sich seine Haltung wieder gestrafft und jetzt steht er direkt neben mir und gleicht jede Bewegung des Schiffs mit seinen Beinen aus und manchmal braucht er noch nicht einmal seine Hände dafür. Als habe sich das Schiff mit ihm verbunden zu einem einzigen, lebendigen Organismus. Und als würde der Motor im Bauch des Schiffs nun die Kraft auch durch seine Adern pumpen.

Um ihn herum allerdings fliegt alles durch die Kajüte, was nicht festgeschweißt ist: Bücher, Kaffeetassen, gebrauchtes Geschirr, eine Tüte Chips, ein paar Seekarten, Stifte und ein Lineal. Und die Vase mit den künstlichen Blumen, die der Sohn im Hafen gerade erst liebevoll mit einem Saugnapf an die Scheibe gedrückt hat. Jetzt schießt das Ensemble quer durch den Raum. Es schlittert nicht einfach über den Boden, sondern fliegt wirklich durch die Luft von einer Wand rüber zur anderen. So sehr buckelt das Schiff.

Auch ich habe echte Mühe, mich irgendwie festzukrallen, weil ich überhaupt kein Gefühl habe, wann genau das Schiff welche Bewegung in welche Richtung macht. Der Junge aber kann das, und deshalb sieht es bei ihm auch überhaupt nicht angestrengt und verzweifelt aus, sondern fast wie ein Rhythmus. Trotzdem hat er den linken Fuß jetzt um ein Stuhlbein geschlungen und mit dem rechten Knie stemmt er sich gegen die Seitenwand. Die linke Hand umklammert das Steuerrad, dass die Haut weiß ist über den Knöcheln. Die rechte liegt lässig etwas tiefer auf dem Gashebel neben dem Fenster.

»Keine Angst«, sagt Johan zu mir, »unsere Jenny M ist ein gutes Schiff. Solange kein Wasser eindringt, sorgt sie für uns. Du bist hier sicher.«

Normalerweise glaube ich anderen Menschen nicht, wenn sie so etwas sagen, weil es keinen Grund gibt für diesen Satz, außer sie wollen einen beschwichtigen, und das bedeutet, dass es eben doch nicht ganz sicher ist.

»Was passiert, wenn Wasser eindringt?«, frage ich.

»Dann gibt es einen Kurzschluss, und wir haben keinen Strom mehr im Schiff«, antwortet er.

»Und dann?«

»Ohne Strom arbeiten die Pumpen nicht mehr, und deshalb läuft irgendwann die Plicht voll, bis das Wasser so hoch steht, dass die Maschine keine Luft mehr zieht, sondern Wasser. Das ist dann das Ende des Motors. Und wenn der kaputt ist, ist es auch bald das Schiff.«

»Und das kann passieren?«, frage ich. »Ich meine, dass Wasser hier eindringt?«

»Unsere Fenster sind aus zwei Zentimeter dickem Acryl. Wenn wir nicht einen verloren gegangenen Container rammen, wird uns das nicht passieren«, erklärt er. »Bisher haben die Fenster noch jedem Wetter getrotzt.«

»Aber vielleicht ist dieser Sturm schlimmer als alles, was das Schiff bisher erlebt hat, und dann hält das Glas dieses Mal eben nicht.«

»Wenn ich eines gelernt habe hier draußen«, antwortet Johan, ohne dabei zu mir herüberzusehen, »dann ist es das: Wellen haben unendlich viel Kraft. Sie können alles zerstören. Also ja, vielleicht kommt irgendwann eine Welle, die unsere Fenster zerschmettert. Aber diese Wellen hier sind es nicht.«

»Und das soll mich jetzt beruhigen?«, frage ich leicht schockiert, aber das Seltsame ist, dass seine Stimme der Situation tatsächlich etwas den Schrecken nimmt. Auch wenn ich es eigentlich nicht verstehe. Eine Woche ist es erst her, dass wir uns zum ersten Mal begegnet sind hier auf seinem Schiff. Und kein einziges nettes Wort ist seitdem über seine Lippen gekommen. Keine einzige freundliche Geste. Trotzdem kann ich meine Angst bei ihm abgeben wie an einer Garderobe. Vielleicht muss ich sie irgendwann wieder abholen bei ihm. Aber jetzt im Moment lastet sie nicht mehr auf meinen Schultern.

Nie zuvor habe ich das erlebt: nicht mehr verantwortlich zu sein für mich. Ich habe auch noch nie zu einem anderen Menschen gesagt: Was immer du tust, es wird schon das Richtige sein, ich folge. Erst recht nicht zu einem jungen, muskelbepackten Typen. Bei Johan aber kann ich diesen Satz zumindest denken.

Vielleicht liegt es daran, dass alles, was ich selbst tun kann, sowieso nur lächerlich und ahnungslos ist. Vielleicht ist es auch die Art, wie er es sagt. Als gäbe es für ihn überhaupt nichts Schlimmes auf dieser Welt. Ganz egal, was passiert, er würde seinen Frieden haben damit. So wirkt er hinter dem Steuerrad.

Und ganz sicher liegt es auch daran, dass selbst der Großvater ihm auf dieselbe bedingungslose Weise vertraut. So sieht es wenigstens aus. Der alte Mann steht direkt neben mir. So, dass sich unsere Schultern berühren. Mit leuchtenden, glücklichen Augen starrt er hinaus aufs Meer. Obwohl der Fünfhundert-Watt-Scheinwerfer gar nicht bis zum Meer reicht. Sondern maximal bis zur Reling am Bug. Eigentlich ist dort draußen überhaupt nichts zu sehen. Nur eine Wand aus Regen und Gischt.

In der Kajüte hat Johan deshalb alle überflüssigen Lampen gelöscht. So wenig Spiegelungen wie möglich. Nur der grüne Fächer des Radars rotiert noch über dem Monitor. Und es gibt einen Bildschirm für den Kurs und die Meerestiefe und die Geschwindigkeit über Grund. Ein zweiter Monitor zeigt die Temperatur des Wassers. An der Oberfläche und in tieferen Schichten. Achtundvierzig Grad Fahrenheit sind es auf dreißig Fuß. Wie auch immer so eine Messung funktioniert. Ein Thermometer schleift das Schiff jedenfalls nicht in dieser Tiefe hinter sich her. Aber es gibt eine analoge Wetterstation neben der Tür. In den letzten vierundzwanzig Stunden ist der Zeiger wie eine Bahnschranke nach unten gefallen. Neunhundertachtundvierzig Millibar sind es zurzeit. Ungefähr. Eigentlich geht die Skala nur bis neunhundertfünfzig.

»Wann haben wir den Sturm überstanden?«, frage ich unseren Kapitän. »Wie lange dauert das Ganze noch?«

Johan zuckt nicht einmal mit den Schultern. Vielleicht hat er mich nicht gehört. Aber dann streift sein Blick doch noch zwischen zwei Wellen für einen Moment mein Gesicht. »Ich weiß es nicht«, sagt er, »Radio, Satellit … kannst du alles vergessen in diesem Sturm, ich habe keinen Kontakt. Mein letzter Wetterbericht ist zwölf Stunden her. Da lag das Zentrum des Sturms ungefähr zweihundert Meilen östlich. Ich schätze, jetzt sind es noch ungefähr fünfzig. Wenn wir umkehren, treibt uns der Sturm die nächsten drei Tage vor sich her. Besser, wir fahren durch das Wetter hindurch.«

»Wird es noch schlimmer als jetzt?«, frage ich.

»Hm …«, murmelt Johan.

»Was heißt hm? Kann unser Schiff kentern in diesen Wellen? Oder zerbrechen? Oder untergehen?«

Wieder dauert es eine Weile, dann erbarmt sich der Großvater und antwortet mir. Mit seinem Zwei-Zähne-Mund ist er ganz schwer zu verstehen.

»Wir haben Wassertanks im Schiff, die aufgebaut sind wie eine Wabe«, erklärt er. »Das Wasser darin schwappt niemals komplett auf eine Seite. Wenn wir hart auf die Seite kränken, richtet uns der Ballast im Kiel wieder auf.«

»Und wenn wir uns ganz auf die Seite legen?«

»Das würde nur passieren, wenn Johan einen Fehler macht. Aber Johan macht keine Fehler, da kannst du ganz sicher sein. Ich habe viele Kapitäne in meinem Leben gesehen. Obwohl er der jüngste Kapitän an der Ostküste ist, ist er auch einer der besten. Du kannst dich darauf verlassen, wir kentern nicht. Selbst wenn es noch schlimmer wird, als es jetzt schon ist.«

»Heißt das, dass es noch schlimmer wird?«

»Die Wellen werden noch höher, definitiv, in spätestens einer Stunde.«

»Woher wissen Sie das?«, frage ich, und der alte Mann lächelt glücklich, und auch sein Gesicht sieht jetzt glatter und jünger aus. »Mein Kind«, sagt er, »ich bin jetzt hundertein Jahre alt. Und ich fahre seit meinem elften Geburtstag zur See. In neunzig Jahren habe ich auf dem Meer jede Welle und jeden Sturm erlebt. Solche Sachen weiß ich genau.«

Natürlich hat er dann auch recht mit seiner Prognose. Es beginnt damit, dass sich in die regelmäßige Dünung eine zweite, kleinere Welle mischt. Sie kommt eher schräg aus Norden und ist etwas schneller als die östliche Welle. Meistens wechseln sie sich ab, dann rollt zuerst die große heran und gleich dahinter kreuzt die kleinere, und erst danach kommt wieder das Wellental. Manchmal heben sie sich auch auf, und da wird aus dem Wellental eine kleine Ebene, in der unser Schiff für einen Moment sicher schaukelt.

Aber manchmal stapeln sich beide Wellen auch übereinander. Dann kommt eine Wand auf uns zu, die so furchterregend ist, dass wir sie garantiert nicht überleben können. Wenn wir sie denn überhaupt rechtzeitig sehen, um Angst zu haben vor ihr. Keine Ahnung, wie hoch diese Brecher sind. Bestimmt doppelt so hoch wie unser Schiff. Wenn nicht noch viel gewaltiger.

Diese Wellen heben uns so brutal vorne hoch, dass alles im Schiff durcheinanderfliegt und wir in der Kajüte nach hinten gegen die Rückwand krachen. Nur Johan nicht. Er sitzt festgekeilt am Steuerrad und legt den Gashebel ganz auf den Tisch und versucht, das Schiff bei vollem Schub über den Kamm zu drücken. Meistens gelingt das. Aber einmal rutscht das Schiff auch zur Seite weg, und wir schlingern die Welle mit der Breitseite wieder herunter, und da erwischt uns der nächste Brecher, dass ich gar nicht mehr weiß, wo gerade oben und unten ist. Nur noch Wasser und Dunkelheit um uns herum. Vielleicht sind wir sogar komplett unter Wasser.

Eine ganze Ewigkeit dauert es, bis sich das Schiff danach wieder in die Senkrechte kämpft. In Johans Gesicht ist trotzdem keine Panik zu sehen. Er schaut rüber zu seinem Großvater, und der nickt ihm zu, und da nimmt Johan das Gas weg und kuppelt aus und schaltet die Maschine einfach so ab. Plötzlich ist nur noch das Brüllen des Sturms zu hören. Und das Krachen der Wellen.

Warum tut er das? Ich spüre, wie die Panik zurückkommt und nach mir greift. Wahrscheinlich sehe ich jetzt schon aus wie eine

Leiche. Der Großvater legt mir jedenfalls seine Hand auf die Schulter.

»Mach dir keine Sorgen«, meint er, »wir können hier sowieso nichts tun, gegen diese Wellen kommt unser Schiff nicht an. Warum also sollen wir den Diesel verschwenden?«

»Weiß ich doch nicht«, antworte ich, »vielleicht um manövrieren zu können.«

»Die Jenny M ist das beste Schiff, auf dem ich jemals gefahren bin«, erklärt der Großvater. »Du musst keine Angst haben, sie passt auf uns auf. Ich kenne sie gut. Sie hält solche Stürme aus. Du darfst sie nur nicht gegen ihren Willen durch das Unwetter prügeln.«

Ich schaue mich nach Johan und seinem Vater um. Auch sie scheinen nicht sonderlich beunruhigt zu sein. Ich atme in meine Zähne. Langsam und kontrolliert, wie es ein Arzt mir mal beigebracht hat, falls sich mein Herz anfühlt, als würde es gleich explodieren. Ausatmen und bis vier zählen. Und dann zwei Sekunden einatmen und versuchen, dabei an etwas Schönes zu denken.

Das Schönste, an das ich denken kann, sind eigentlich Tiere. Menschen nicht. Ich habe mit Menschen nicht viele Dinge erlebt, an die ich mich noch gerne erinnern möchte. Menschen wollen anderen Menschen keine Kraft geben. Sie wollen ihnen Kraft nehmen. Da kannst du hinschauen, wo du willst. An der Schule, im Beruf, in der Familie, sogar in der Liebe. Überall geht es nur darum, den anderen kleinzuhalten. Anstatt ihn groß zu machen.

Tiere sind anders. Zum Beispiel der Hund unseres Nachbarn, der Winston heißt und vor dem alle Angst haben, weil er ein Rottweiler ist und aus fünfzig Kilogramm Muskeln besteht. Aber wenn ich mich auf den Boden knie, kommt er sofort angerannt und drückt seinen massigen Kopf von unten gegen mein Kinn und reibt sich daran, und dabei dringt ein Brummen aus seiner kräftigen Brust, das so tief ist und wohlig und liebevoll, dass ich mich am liebsten überhaupt nie wieder aufrichten möchte. So innig und warm. Niemals würde er mich umwerfen dabei. Obwohl er es ganz locker könnte. Als würde er ganz genau spüren, was ich gerade brauche. Ich bin mir sogar sicher, dass er es spürt. Besser als jeder Mensch. Ich glaube, ich war nie zuvor und nie wieder so glücklich wie in solchen Momenten. Diese Mischung aus Kraft und Zartheit und Verstehen, was der andere braucht. An Winston zu denken, war auch immer der sicherste Deckel für die Dämonen in mir.

Hier aber hilft nicht einmal er. Ich kann auch gar nicht an etwas anderes denken als an das tobende Meer und wie das ist, wenn so ein Schiff auf den Grund des Meeres geschleudert wird und ob man dann eher erstickt oder erschlagen wird und wie sich das anfühlt, wenn einen fünfzig Tonnen Wasser erdrücken.

Die nächste Welle, die in das Schiff kracht, ist nicht weniger heftig. Mit einem Schlag ist plötzlich alles dunkel vor unseren Fenstern. Kein Leuchtkegel mehr, draußen ist nur noch Schwarz, selbst die weiße Gischt ist verschwunden. Kein Mensch versteht, wie total eine Finsternis sein kann, der das nicht erlebt hat. So schwarz und ausgeliefert und nur noch ein Spielball der Gewalten. Zuerst denke ich, dass es daran liegt, dass das halbe Schiff unter Wasser liegt. Aber das Licht kehrt auch nicht zurück, als sich das Schiff langsam wieder in die Senkrechte kämpft.

Außerdem sind plötzlich alle Bildschirme aus. Nur die roten Notlampen über den Armaturen leuchten noch. Kurzschluss, denke ich, das ist es doch, wovor Johan am meisten Angst gehabt hat.

In dem schwachen roten Licht kann ich erkennen, wie Johan in irgendwelchen Kisten wühlt, schließlich hält er eine Taschenlampe in seinen Händen. Im Vergleich zum Scheinwerfer auf dem Dach ist ihr kümmerliches Leuchten nicht mehr als ein Streichholz im Wind. Vom Steuerstand aus reicht der Kegel nur bis zum Fenster und der Gischt, die von außen gegen die Scheibe klatscht. Keine Chance, damit den Bug des Schiffs zu sehen. Geschweige denn die nächste heranrollende Welle.

Wieder schaut der Großvater hinüber zu seinem Enkel. Wenn ich es richtig erkenne, nickt er ihm zu, und der Junge nickt auch und hebt dabei irgendwie lässig die Hand und zeigt auf die Tür. Als würde er ihn nach draußen schicken in das Inferno. Aber das macht natürlich überhaupt keinen Sinn. Kein Mensch würde dort überleben können. Trotzdem greift der Großvater jetzt nach der Klinke. Er drückt mit der Schulter gegen die Tür, und als da ein Spalt ist, reißt der Sturm sie ihm schon aus der Hand. Sie scheppert volle Charlotte von außen gegen die Wand der Kajüte. Vorsichtig setzt der Großvater einen Fuß hinaus in den Sturm. Schon nach dem zweiten Schritt hat ihn die Nacht verschluckt.

Mir bleibt das Herz endgültig stehen. Warum macht er das? Will er etwa den Scheinwerfer reparieren? Ganz alleine, in dieser Nacht? Warum überlässt er das nicht seinem Sohn? Oder dem Enkel? Der alte Mann schafft das im Leben nicht. Auch wenn natürlich irgendwer das Licht reparieren muss, weil es wahrscheinlich das Todesurteil ist für uns und unser Schiff, ohne Sicht durch diesen Sturm zu manövrieren. Schätze ich mal.

Ich schaue entsetzt hinüber zu unserem Kapitän. Bestimmt hundertmal hat er mir eingeschärft, nur mit Sicherheitsgurt und Leine an Deck zu gehen. Und da waren die Wellen noch nicht einmal halb so hoch. Johan scheint das Verhalten des Großvaters trotzdem nicht zu beunruhigen. Auch der Blick des Vaters ist seltsam unaufgeregt. Nur ich fühle mich wie vor den Kopf geschlagen. Der Großvater ist der einzige Mensch auf dem Schiff, der die ganze Zeit zu mir freundlich war. Und der mich vielleicht sogar ein klein bisschen mochte.

Ich starre auf das schwarze Viereck, durch das der alte Mann eben verschwunden ist. Die Tür schlägt jetzt ohne Pause. Zu und wieder auf, jedes Mal mit einem ohrenbetäubenden Knall. Immer wenn die Tür offen steht, schwappt etwas Wasser in die Kajüte. Es läuft über den Boden und plattert dann durch den Niedergang in den Bauch des Schiffs. Schließlich hangelt sich der Vater zur schlagenden Tür und kriegt die Klinke zu fassen. Mit aller Kraft zieht er sie zu sich heran und schiebt mit einem Fuß einen Riegel vor, der die Tür versperrt. Kein Mensch kommt jetzt noch von außen herein. Auch keiner hinaus. Das ist doch das Todesurteil für den alten Mann. Vielleicht sogar Mord, wenn ich es mir recht überlege. Und warum haben die beiden Männer noch nicht mal ein schlechtes Gewissen dabei? Kein Entsetzen in ihren Gesichtern. Noch nicht einmal so was wie Traurigkeit.

»Warum hilft ihm denn niemand?«, schreie ich Johan ins Ohr. »Wie soll sich denn so ein alter Mann festhalten, alleine da draußen. Das Meer reißt ihn sofort von Bord.«

»Das geht dich gar nichts an«, antwortet Johan. »Großvater weiß ganz genau, was er tut.«

KAPITEL 1

Es ist jetzt fast sechs Monate her, dass sich in meinem Leben alles geändert hat. Den Tag erinnere ich noch, als wäre es gestern gewesen. Ich bin an diesem Tag wie immer von der Schule ganz schnell nach Hause gelaufen, um meine Hausaufgaben zu machen, weil mein Vater irgendwann um fünf oder sechs Uhr von der Arbeit kam, und dann gab es seit vielen Jahren kein Lernen und keine Hausaufgaben mehr, sondern nur noch aufpassen, dass meiner Mutter und mir nichts Schlimmes passierte.

Meistens konnte man schon am Geräusch des Schlüssels im Türschloss hören, wie der Abend werden würde. Und die kommende Nacht. Am besten war, wenn das Geräusch des Schlüssels so ein langes, kratzendes Stochern war, weil mein Vater dann zu betrunken war, um das Türschloss zu finden, und wenn wir ihm trotzdem öffneten, torkelte er nur noch ins Wohnzimmer zum Sofa und schlief dort seinen Rausch aus. Oder er legte sich vorher schon irgendwo auf den Teppich.

Es gab auch Tage, an denen er noch betrunkener war. Da schaffte er es nicht einmal mehr, den Klingelknopf neben der Haustür zu treffen mit seinen gelben Nikotinfingern, und dann lag er am nächsten Morgen irgendwo im Vorgarten, hinter der Hecke oder neben der Mülltonne. Vollgepinkelt, vollgeschissen und vollgekotzt.

Das alles waren die besseren Abende, weil er uns dann in Ruhe ließ. Ein paar Jahre früher hatte meine Mutter noch versucht, ihn in so einem Zustand ins Haus zu schleifen, auch wenn er dabei eigentlich immer um sich geschlagen hat, aber dann hat er sie einmal so hart an der Schläfe getroffen, dass sie auch ohnmächtig im Vorgarten gelegen ist und ich die ganze Nacht durch den Garten gelaufen bin und Blätter gesammelt habe, um sie zuzudecken, damit sie nicht friert. Da war ich acht oder neun oder so.

Seitdem haben wir meinen Vater nachts einfach liegen lassen. Selbst bei Regen. Oder wenn es geschneit hat. Ich glaube, wir haben gehofft, dass er einfach erfriert. Also ich auf jeden Fall. Ich habe in den Nächten, in denen er nicht zu Hause aufgetaucht ist, hundertmal gebetet, dass er für immer verschwunden bleibt. Ist aber nie passiert. Wenn ich am nächsten Morgen die Haustür aufmachte, um in die Schule zu gehen, schnarchte er doch wieder versteckt hinter der Hecke. Keine Ahnung, warum er es jeden Tag wieder nach Hause schaffte und warum er dann kein einziges Mal für alle sichtbar in der Einfahrt lag. Oder direkt vor der Tür. Als hätte er auch komplett betrunken noch einen letzten kleinen Funken bürgerlichen Anstand in sich.

Ich glaube, dass meine Mutter ihm deshalb auch immer wieder verziehen hat, weil sie so gegenüber den Nachbarn unsere beschissene heile Spießerfassade aufrechterhalten konnte und weil es für sie ein Zeichen von Treue war, dass er jede Nacht wieder nach Hause getorkelt kam. Und nicht bei einer anderen Frau gelandet ist oder im Puff oder sonst irgendwo. Ich glaube, für sie war das der Beweis, dass sich der Alkohol bei ihm nur wie so eine Grusel-Faschingsverkleidung über die Persönlichkeit stülpte, aber darunter war der wahre gute Mensch immer noch da. Nicht er war das brutale Arschloch, sondern der Alkohol, und eigentlich mussten wir nur jeden Tag aufs Neue verhindern, dass er sich völlig betrank, und dann würde das Leben wieder schön werden, und wir würden wieder eine heile Familie sein.

Ich habe nicht so gedacht. Für mich war mein Vater ganz alleine das Arschloch, weil er ja immer die Wahl gehabt hatte zwischen uns und dem Suff. Und es war auch nicht so, dass er nicht gewusst hätte, was passierte, wenn er trank. Ganz allein seine Arschlochentscheidung, dem Alkohol zu erlauben, dass er aus ihm einen Zombie machte. An diesem einen Abend, der alles geändert hat, war er noch nicht so betrunken, dass er das Schlüsselloch nicht mehr gefunden hätte. Aber so betrunken, dass er die Tür nicht aufbekam. Das war bei uns so, wenn man den Schlüssel drehen wollte und gleichzeitig an der Klinke zerrte. Dann blockierte das Schloss, und der Schlüssel ließ sich keinen Millimeter bewegen, und da fing er natürlich sofort an zu pöbeln und schlug mit der Faust gegen das Sicherheitsglas. »Mach die scheiß Tür auf«, brüllte er, »blöde Schlampe! Ich hau dir das Hirn ausm Schädel … verdammte Scheiße … du Fotze!«

Meine Mutter stand zitternd auf der anderen Seite der Tür, und ich schüttelte den Kopf und sagte: »Mach das nicht … nicht aufmachen … bitte.« Aber eigentlich war klar, wie es enden würde, weil es nämlich immer so endete, wenn meine Mutter versuchte, sich gegen meinen Vater zu stellen. Zuerst schaute sie ganz entschlossen und verschränkte die Arme, aber je lauter er brüllte, desto verzagter wurde sie, und am Ende knickte sie doch wieder ein, auch wenn sie wusste, was danach mit ihr und mir passierte.

War dann natürlich auch so, als meine Mutter die Tür öffnete. Mein Vater war noch nicht richtig durch den Rahmen getorkelt, da hatte er ihr schon eine geballert. Mit dem Handrücken quer durchs Gesicht. Das ging so schnell, dass meine Mutter überhaupt keine Chance hatte, sich noch zu ducken. »Wag das noch mal …«, schrie er, »… ich hau dich tot! Kannste drauf wetten … du Schlampe … Fotze, du …« Meine Mutter flog durch den Schlag nach hinten gegen das Schlüsselbord und rutschte dann die Wand herunter, und die Schlüssel klapperten auch alle zu Boden, und am Ende lag meine Mutter auf der Fußabtretermatte, zusammengekrümmt wie so ein Baby, mit dem Kopf zwischen den Armen.

Das war eigentlich immer die beste Taktik in solchen Situationen, weil mein Vater dann so betrunken war, dass er umgefallen wäre, wenn er sich hätte bücken müssen beim Schlagen. Und getreten hatte er meine Mutter nie. Da hatte er eine Schranke im Kopf, die er nicht überspringen konnte. Oder wollte. Wie bei den Tieren, die auch voneinander lassen, wenn sich einer von ihnen unterwirft.

An diesem Tag aber war alles anders. »Hän'e wech«, lallte mein Vater, und meine Mutter schüttelte nur verzweifelt den Kopf und wimmerte und kauerte sich noch kleiner, aber er schrie immer weiter. »Hän'e wech, du … du Nutte, blöde«, und dann packte er sie an den Haaren und zerrte sie wieder hoch. »Was glaubssu … wer du bis … du bis nix Bessres, odawas …«, schrie er, und das Gesicht meiner Mutter war voller Angst, wie ich es noch nie im Gesicht eines Menschen gesehen hatte, und sein Gesicht war keine zehn Zentimeter von ihr entfernt, und dabei brüllte er immer weiter. »Du machs, wassich sach … kapierssu … ich trink, wann ich will … un wo … un … un wie viel … kapierssu … Scheißhaufen, du … das mein Haus … … wag das noch mal … ischwör, ischlag dich tot … Fotze, blöde.« Dann ließ er sie wieder zu Boden plumpsen wie so einen Haufen Abfall, den man angewidert in der Tonne entsorgt, und danach wandte er sich ab, und als ich schon dachte, jetzt wäre alles vorbei, drehte er sich plötzlich noch einmal um und trat zu. Einfach so, brutal und ansatzlos. Er hatte seine schwarzen Doc Martens an mit den eingearbeiteten Stahlkappen, die er eigentlich immer auf der Arbeit trägt, falls ihm in der Werkstatt mal was auf die Zehen fällt. Mit dem ersten Tritt erwischte er meine Mutter mitten im Bauch. Ich glaube, sie war viel zu überrascht, um zu schreien. Sie krümmte sich nur zusammen und versuchte, den Körper mit ihren Armen zu schützen, und da erwischte der nächste Tritt ihren Unterarm, und das hörte sich an, als würde ein Knochen splittern, aber vielleicht war es auch nicht der Knochen, sondern nur die Uhr, auf jeden Fall schrie meine Mutter ganz spitz und laut und hörte auch gar nicht mehr auf zu schreien. Ich weiß nicht, ob das jemand verstehen kann. Dieses Schreien war wie ein Schwert, das bei mir alles gekappt hat. So hoch und fies und nicht auszuhalten. Ich konnte überhaupt nicht mehr denken. Ich konnte noch nicht mal fühlen. Nur roter Nebel und weiße Wut und alle Gewalt der Welt, die sofort und unbedingt jetzt nach draußen musste.

So was habe ich noch nie im Leben gefühlt. Und gegenüber meinem Vater schon gar nicht. Eigentlich hatte ich bei ihm immer nur versucht, unsichtbar zu sein, wenn er betrunken war. Ich hatte hundert Verstecke, in denen ich mich verkroch, wenn er sich näherte, weil alles, was man machte, sowieso in einer Katastrophe endete. Dann war angeblich der Blick abfällig oder ein Wort respektlos oder man hatte ihm nicht schnell genug geantwortet und so weiter. Unmöglich, vorher zu erraten, was ein Grund sein könnte für seinen Zorn. Egal, wie sehr man sich anstrengte. Jeder Schritt konnte direkt ins Verderben führen. Das Leben war ein Gehen auf rohen Eiern. Immer auf der Hut. Besser, man versteckte sich und kam ihm gar nicht erst in die Quere.

Dabei war ich eigentlich die Einzige, die das noch durfte, weil ich sein »Goldstück« war. So hat er mich nüchtern genannt. Ich war auch die Einzige, die ihn manchmal beschwichtigen konnte, bevor sein Zorn komplett eskalierte. Im Beschwichtigen war ich ziemlich gut. Aber das ist nichts, auf das ich mir etwas einbilde. Ich glaube, wir Menschen entwickeln eigentlich immer ein genaues Gespür, wenn das Leben abhängt davon. Nur meine Mutter konnte das nicht. Aber ich schätze, das lag eher daran, dass für meinen Vater allein ihre bloße Existenz eine Belästigung war.Deshalb musste ich ihn auch schon als kleines Kind jeden Tag von der Arbeit abholen und mich an seine großen, kräftigen Hände klammern und versuchen, ihn irgendwie nach Hause zu ziehen. Bevor er in seiner Stammkneipe hängen blieb. Das hat meine Mutter immer von mir verlangt. Und ich war dann natürlich auch schuld, wenn er sich trotzdem betrank. So hat meine Mutter gedacht und so habe ich mich auch selbst immer gefühlt.

Seit ich ungefähr sieben oder acht Jahre alt war, bestimmte der Alkohol nicht nur jede Sekunde im Leben meines Vaters, sondern auch jede Sekunde bei mir. Und je älter ich wurde, desto kleiner wurde mein Einfluss. Immer öfter torkelte er dann schon so betrunken vom Hof, dass er mich kaum erkannte. Oder er war stocknüchtern, und alles, was er dann sagte, war: »Hau ab, Nervensäge!« Oder: »Hat dich wohl wieder das Miststück von Mutter geschickt.«

Und ganz selten kam er auch überhaupt nicht aus seiner Werkstatt, weil er es nämlich noch nicht mal bis zur Arbeit geschafft hatte, sondern morgens schon in einer Kneipe hängen geblieben war. Dort schüttete er dann den ganzen Tag etwas in sich hinein, das hier in unserer Stadt »Polnische Hochzeit« heißt und halb Apfelsaft und halb Wodka ist. Mehr Wodka als Apfelsaft in den Kneipen, in denen er gerne verkehrte.

Zum Schluss gab es eigentlich immer nur ein ganz schmales Fenster, in dem mein Vater den richtigen Pegel hatte und ansprechbar war. Das konnte man an den Augen erkennen, die dann schon schmale Striche, aber immer noch aufmerksam waren, und an der Aussprache, die noch klar, aber schon feucht war, und daran, dass er jeden betatschen musste, der in seine Reichweite kam. Seine Stimme war in diesen Momenten schon viel zu laut und jede Geste zu groß, als stände er auf einer Bühne und die ganze Kneipe wäre sein Publikum. Sogar wenn er nur mit sich selber sprach, war das so. Meistens hielt er diesen Pegel nicht lange, weil er dann immer ungebremster und wahlloser trank, bis ihn die Paranoia wieder in den Klauen hatte. Eigentlich fühlte er sich von jedem und allem verfolgt. Besonders von meiner Mutter. Von ihr waren sowieso jeder Blick eine Beleidigung und jedes Wort gelogen, und dann schlug er sie, das konnte sie gar nicht verhindern.

Trotzdem hat meine Mutter ihn immer wieder entschuldigt. Selbst als er ihren Kopf einmal gegen das Waschbecken gehämmert hatte und ein blutiger Zahn im Ausguss liegen geblieben war. Oder damals, als er sie mit seinem Gürtel so blöde getroffen hatte, dass die Schnalle den Nagel des Daumens gespalten hatte, und der wurde dann schwarz und ist zwei Wochen später abgefallen, sodass sie dort heute keinen Nagel mehr hat, sondern nur noch eine verkrüppelte rote Narbe. Aber auch das hat sie ihm noch verziehen.

Ich saß an solchen Tagen normalerweise hinter der Waschmaschine im Bad oder in der Speisekammer hinter den Wasserkästen oder unter meinem Schreibtisch hinter dem Stuhl und betete, dass er nicht nach mir suchte. Also, das war nicht Beten im christlichen Sinn wie: »Lieber Gott, bitte mach, dass mich mein Vater nicht findet.« Sondern ich glaubte irgendwie daran, dass meine Gedanken die Kraft hätten, sich in sein Hirn zu bohren, und ihn dann lenken konnten.

An diesem Tag vor einem halben Jahr aber, an dem er meine Mutter getreten hat, war von Anfang an alles anders. Ich versteckte mich nicht. Sondern stand neben ihr und hörte ihre Schreie und konnte einfach nicht weglaufen und unsichtbar sein. Und da war dann kein einziger Gedanke mehr in meinem Kopf. Nur noch rote, glühende Wut. Als hätte etwas in mir so hart einen Bogen gespannt, dass ich die Sehne nicht mehr festhalten konnte. Meine Faust schnellte einfach nach vorn. Das war irgendwie gar nicht ich in diesem Moment. Ich sah mir eher selbst dabei zu, wie etwas in mir die Faust ballte und meinen Vater an der Schulter erwischte.

So ein richtig harter, präziser Schlag war das nicht. Eher ein Wischer, an der Schulter vorbei, aber er reichte, um ihn komplett zu verwirren. Er schaute hoch in seinem typisch besoffenen Zeitlupentempo und kriegte überhaupt nichts sortiert. Sein Goldstück schlägt? Auch noch ihn? Unerhört, das lag außerhalb seiner Vorstellungskraft.

Aber dann machte es doch irgendwie klick in seinem Kopf und das Gesicht wurde rot wie eine Ampel. Er ruderte auf mich zu und wedelte mit den Armen wie ein Schiffbrüchiger in der stürmischen Dünung.

Ich wich langsam aus dem Flur zurück ins Wohnzimmer, rückwärts, immer weiter, bis ich mit den Kniekehlen gegen unseren gläsernen Couchtisch stieß. Darauf stand stets eine gläserne Platte mit einem hohen Fuß, die man glaube ich Etagere nennt und die man supergut an ihrem Stiel greifen kann. Meine Mutter hatte dort immer Früchte drapiert, die sie jeden Tag mit einem Wolltuch polierte. Bis das Obst irgendwann schrumpelig war. Gegessen wurde es jedenfalls nie. Ich schnappte mir diese Platte am Fuß und hielt sie wie einen Ritterschild vor die Brust, und als mein Vater das erste Mal zuschlug, knallte seine Faust nur gegen das geschliffene Glas, das echt ziemlich fett und stabil war und auch nicht splitterte, sondern mein Vater holte sich nur ein blutendes Handgelenk. Ich glaube aber, dass er schon zu betrunken war, um noch etwas zu spüren, weil er gleich noch mal zuschlug. Da machte ich dann einfach einen Schritt zur Seite. Der Schlag zischte an mir vorbei ins Leere, mein Vater wurde von seiner eigenen Wucht nach vorne gerissen, und während er stolperte, hämmerte ich ihm die Platte volle Schüssel über den Hinterkopf. Mein Vater schepperte mit einem gewaltigen Krach in den Couchtisch, der in hundert Stücke zerbrach, und danach lag er seltsam gekrümmt zwischen den Scherben und rührte sich nicht. Er hatte einen Riss am Ohr und einen Schnitt quer über der Stirn, und am Hinterkopf klaffte eine Platzwunde, aus der das Blut jetzt auf unseren Teppich suppte. Ich schätze, die Platzwunde kam von meinem Schlag und nicht vom Glas des Tisches, aber das war mir ehrlich gesagt egal, und es wäre mir auch egal gewesen, wenn ich ihm dabei die Halsschlagader aufgeschlitzt hätte. Oder den Bauch.

Ich weiß nicht, ob das jemand verstehen kann. Aber es war ein unglaublich geiles Gefühl, so stark zu sein. Sich nicht verstecken zu müssen. Keine Angst mehr zu haben. Ich trat ihm noch mal mit aller Kraft in den Bauch, auch wenn ich natürlich keine Doc Martens trug, sondern nur meine Lieblings-Nike-Free-Laufschuhe, die nicht viel härter sind als ein Paar Socken. Ich trat ihm auch gegen die Arme, so wie er es bei meiner Mutter gemacht hatte, und zur Sicherheit zwischen die Beine, aber selbst da grunzte er nur und rührte sich nicht.

Danach lief ich zurück in den Flur. Meine Mutter hatte sich wieder hochgerappelt und lehnte jetzt an der Wand. Mit einer Hand ordnete sie sich die Haare. Die andere hing kraftlos und steif herunter wie das Pendel einer Standuhr. Ich glaube, sie hatte höllische Schmerzen darin. So schleppte sie sich ins Schlafzimmer. Sie schnappte sich einen unserer Koffer, die oben auf dem Kleiderschrank lagen, und warf mit der unversehrten Hand einige Klamotten hinein. Beim Zumachen musste ich ihr helfen, weil sie das nicht mehr schaffte mit einer Hand.

»Ist der Arm gebrochen?«, fragte ich. »Musst du ins Krankenhaus?«

»Du bleibst hier«, antwortete sie, ohne mich anzusehen. So als würde sie sich schämen für das, was gerade passiert war. Oder für das, was da jetzt kommen würde. Viel zu schnell hastete sie zur Haustür, die immer noch offen stand, als wäre sie auf der Flucht, und sie zog die Tür auch nicht hinter sich zu, sodass ich sehen konnte, wie sie den Plattenweg entlangschredderte mit ihrem Koffer und wie das Teil auf seinen kleinen Rollen immer wieder zur Seite kippte, wenn auf dem Weg eine Unebenheit war. Sie kümmerte sich gar nicht darum, sondern schleifte das Teil einfach immer weiter hinter sich her. Dann bog sie um die Hecke und verschwand aus meinem Blickfeld.

Plötzlich war alles still. Kaum ein Laut mehr zu hören. Nur das leiser werdende Kratzen des Koffers über den Bürgersteig. Nach all dem Schlagen und Schreien und Splittern war das total gespenstisch. Ich stand eine Ewigkeit in der Tür, dann ging ich wieder zurück ins Haus. Mein Vater lag noch immer im Wohnzimmer zwischen den Scherben. Sein Atem klang friedlich. Als würde er schlafen. Ich setzte mich an den Küchentisch. Eine Weile hockte ich einfach so da, dann stand ich auf und löschte das Licht, weil es im Dunkeln irgendwie leichter war. Wenn niemand mich sehen konnte, musste ich auch selbst nicht hinschauen. Vielleicht so. Keine Ahnung.

KAPITEL 2

Ich weiß ehrlich gesagt nicht so genau, warum mich das Verschwinden meiner Mutter so wenig erschüttert hat. Vielleicht weil ich es von Anfang an wusste. Schon in dem Augenblick, als sie mit ihrem beschissenen, billigen Koffer von unserem Grundstück gerollert war. Sie würde nicht wieder zurückkommen zu uns. Heute nicht und morgen nicht und auch nicht in zwanzig Jahren. Welchen Grund sollte sie auch haben? Um mich zu beschützen? Falls mein Vater mal wieder betrunken durch das Haus wütete? Sie hatte mich nie beschützt. Die ganzen Jahre hatte sie sich kein einziges Mal vor mich gestellt, sondern immer nur wie ein Schild vor sich hergeschoben. Ich war *ihr* Schutz. Ihre Versicherung, dass sich mein Vater selbst in seiner übelsten versoffenen Besinnungslosigkeit nicht komplett vergaß. Und sie dann womöglich zu Tode prügelte. Eigentlich hatte sie mich nur jeden Tag wieder aufs Neue im Stich gelassen. Warum sollte das jetzt plötzlich anders sein? Es war ihr finaler Abgang. Das war irgendwie völlig klar. Für immer aus meinem Leben verschwunden. Geräuschvoll und gründlich wie die Scheiße nach einer Toilettenspülung.

Ich saß in der Küche und starrte hinaus in den Garten und wartete, dass draußen vor dem Fenster die Sonne aufging. Ich versuchte, in mich hineinzuhorchen, wie sich das anfühlte, aber da war überhaupt kein Gefühl. Kein Bedauern, kein Verlust, kein Garnichts. Wenn ich in dieser Nacht in der Küche überhaupt etwas fühlte, dann war es Erleichterung. Ein Mensch weniger, der an mir zerrte und mich benutzte. Auch einer weniger, um den ich mich kümmern musste. Ganz ehrlich, wenn sie wirklich abgehauen war, interessierte es mich auch nicht, was mit ihr dann passierte.

Solange mein Vater sie verprügelte, war das natürlich anders gewesen. Das waren die schlimmsten Momente überhaupt. Aber jetzt? Ich brauchte sie nicht. Ich hatte sie nie gebraucht. Und ich würde sie auch nie wieder brauchen. Ich fühlte mich nicht verlassen von ihr.

Also, jedenfalls jetzt nicht mehr. Das hatte sie schon dadurch erledigt, dass sie mich niemals gegen meinen Vater verteidigt hat. Sie hat mich auch nicht in der Schule gegen die Lehrer verteidigt oder sonst gegen irgendwen. Ich glaube, sie hat sich in meinem ganzen Leben kein einziges Mal auf meine Seite geschlagen. Sie nickte den größten Blödsinn der Lehrer ab, nur um keinen Ärger zu kriegen. Immer hatten die anderen recht. Wenn sich irgendjemand beschwerte, die Nachbarn, die Lehrer, die Polizei. Ganz egal. Immer war ich die Schuldige. Auch damals zum Beispiel, als Winston sich den halben Zeh abgerissen hatte, weil er über die Mauer des Grundstücks gesprungen und mit seinen Pfoten in den Speichen meines Fahrrads gelandet war. Natürlich meine Schuld. Dabei hatte ich original gar nichts gemacht, sondern der Hund hatte sich nur gefreut, mich zu sehen, weil ich die Einzige war, die sich überhaupt jemals um ihn kümmerte.

Immer wenn ich von der Schule nach Hause gekommen war, hatte ich ihm etwas mitgebracht. Ein bisschen Leberwurst oder ein Stück Käse von meinem Pausenbrot oder wenigstens einmal Streicheln hinter den Ohren. Die ganze restliche Zeit am Tag hechelte er nämlich nur einsam am Zaun entlang, immer im Viereck, ohne Pause, da war schon ein richtiger Pfad in den Rasen getreten. Keiner hatte sich mit ihm wirklich beschäftigt, schon gar nicht sein schnöseliger Besitzer. Trotzdem wollte er, dass wir den Tierarzt bezahlen, weil der Hund angeblich niemals über den Zaun gesprungen wäre, wenn ich ihn nicht gerufen hätte. Hatte ich aber gar nicht.

Meine Mutter hat trotzdem gezahlt, weil sie sowieso allen anderen Menschen mehr glaubte als mir. Und weil es in ihrem Leben nichts Wichtigeres gab als die Meinung der anderen Leute. Bei dem ganzen Mist meines Vaters hat sie eigentlich immer nur versucht, die Fassade glänzend zu streichen. Dafür hat sie gelebt. Je peinlicher sich mein Vater verhalten hat, desto perfekter musste sie selber erscheinen. Und ich dann natürlich auch. Immer höflich, niemals laut und immer ordentlich angezogen mit Rock, Bluse und Spange im Haar. Und immer ein Lächeln im hübschen Gesicht. Selbst wenn es überhaupt nichts zu lächeln gab. Sie hat das echt sogar mal mit mir vor dem Spiegel geübt: wie man glaubwürdig lächelt. Oder wie man einen blauen Fleck im Gesicht überschminkt. Ich hatte auch ein Repertoire an Sätzen, die ich sagen sollte, wenn sich jemand nach dem Lärm in unserem Haus erkundigte. Das war völlig absurd: dass wir den Fernseher laut gestellt hätten, um zu testen, wie weit man ihn hört. Oder dass ich mit meinen Eltern Theater geübt hätte für eine Aufführung in der Schule. Kein Mensch hätte so was geglaubt. Aber zum Glück hat mich auch niemals jemand gefragt.

Meine Mutter trug auch immer eine Sonnenbrille, wenn sie das Haus verließ, nur damit es nicht auffiel, wenn sie tatsächlich eine brauchte, weil sie mal wieder ein blaues Auge verstecken musste damit. Nach außen spielten wir die perfekte Familie.

Und ich musste quasi der perfekte Beweis sein dafür. Wie es mir wirklich ging, hatte meine Mutter nie interessiert.

Ich hatte auch keine Freundinnen, weil meine Mutter immer wieder verhinderte, dass mich jemand besuchte. Und wenn es trotzdem mal ein Mädchen gab, dem ich alles erzählen konnte, hatten irgendwann deren Eltern etwas dagegen, weil ich ein schlechter Einfluss war. Und weil es bei uns zu Hause gefährlich werden konnte. Also, ich schätze, zumindest glaubten sie das. In Wirklichkeit hätte sich mein Vater aber niemals vor einem Gast vergessen. Da war er immer von ganz besonders schleimiger Höflichkeit.

Eigentlich war ich wie dieser Hund hinter dem Zaun. Der wurde auch jeden Tag gekämmt und gefüttert, aber um seinen wirklichen Hunger hat sich keiner gekümmert. Ich weiß, dass es seltsam klingt, aber wenn ich die Wahl gehabt hätte hier in der Küche, ich wäre trotzdem bei meinem Vater geblieben und nicht mit meiner Mutter gegangen. Ich meine, ich hasste meinen Vater und seine Sauferei und das großkotzige Getue und die Gewalt und alles andere. Viel mehr, als ich meine Mutter jemals hätte hassen können. Meine Mutter konnte ich nur verachten. Gegen Hass kann man kämpfen. Gegen Verachtung nicht. Verachtung ist Gift von innen, dagegen kann man sich gar nicht wehren. Also ich jedenfalls nicht. Außerdem war da in dieser Nacht dieses Gefühl, dass jetzt sowieso alles anders würde, und das war sogar mehr als nur ein Gefühl. Eher eine innere Sicherheit. Ich würde nie wieder Opfer sein. Nie mehr Angst haben. Ich würde stark sein. Viel stärker als mein Vater und so würde es ab jetzt immer sein. Er würde mir nie mehr etwas antun können, wenn er besoffen war. Jetzt würde er sich selbst in Acht nehmen müssen vor mir, wenn er trank. Ein falsches Wort und ich würde ihm eine ballern. Wenn es sein musste, auch mit ausgeschlagenen Zähnen.

Mir egal, ich hoffte, ihm war das klar. Ab jetzt gab es kein Verständnis mehr.

Ich stand auf und ging rüber zum Wohnzimmer. Noch war die Sonne draußen nicht aufgegangen, aber man konnte die Gegenstände im Zimmer schon wieder erkennen, ohne dafür das Licht anzumachen. Alles wie vorher. Mein Vater hatte sich keinen Millimeter gerührt. Nur das Blut lief ihm jetzt nicht mehr die Stirn herunter, sondern war zu einem rostigen Rinnsal getrocknet. Eigentlich konnte er immer noch einen seriösen Eindruck machen, wenn er nüchtern war. Trotz seines schütteren Mittelscheitels und des zerfurchten Gesichts, mit dem er ziemlich genauso aussah wie Christoph Daum, der koksende Fußballtrainer, falls sich noch jemand an diesen Typen erinnert. Aber jetzt, wie er so dalag, erinnerte mein Vater wirklich nur noch an einen geplünderten Müllsack. Zerrupft und eingefallen, als hätte sein Gesicht jeden Inhalt verloren. Ich holte einen alten Pizzakarton aus der Küche und sammelte die Scherben ein und dann wuchtete ich den Körper eine halbe Umdrehung zur Seite und kehrte auch dort den Teppich sauber. Zum Schluss trug ich noch das zertrümmerte Gestell des Tisches zur Mülltonne hinter dem Haus. Dann setzte ich mich aufs Sofa und sah meinem Vater beim Wachwerden zu. Das war lustig. Aber auch eklig, wie er irgendwann zu schmatzen und zu grunzen begann und sich ungeniert zwischen den Beinen kratzte, aber die Augen nicht aufbekam. Und wie sich dann doch langsam die Lider öffneten, ohne dass er dabei irgendetwas begriff. Er stöhnte leise und tastete sich mit den Fingern über das Gesicht. Dann wanderte der Blick durch den Raum, bis er mich schließlich auf dem Sofa erkannte. »Wo ist der verdammte Tisch?«, fragte er nach einer Pause. »Und was sitzt du da so herum? Geh schon und mach mir einen Kaffee.«

Ich rührte mich nicht von der Stelle. »Kannst du vergessen«, antwortete ich nach einer Weile. »Nie wieder! Du kannst mir nichts mehr befehlen.« Mir schlug das Herz bis zum Hals, als ich das sagte, weil es das erste Mal war, dass ich mich ihm ganz offen widersetzte. Ich meine, ich habe auch sonst nicht immer das gemacht, was er wollte, aber das war dann eben im Verborgenen, weil er sofort explodierte, wenn er nicht mehr das Gefühl hatte, der Boss zu sein. Dann brüllte er mit meiner Mutter oder schlug sie oder schleifte sie an den Haaren hinter sich her und sperrte sie im Schlafzimmer ein. Auch wenn nicht sie die Sache verbockt hatte, sondern ich. Dann hatte eben die Erziehung meiner Mutter versagt. So sah er das. Mich schlug er auch, seltener und nur, wenn er wirklich komplett betrunken war. Umso mehr schockierte ihn das, was ich sagte.

»Was soll das?«, schimpfte er. »Du machst, was man dir sagt … und zwar auf der Stelle.« Dabei überschlug sich am Ende sogar seine Stimme, so entrüstet war er, aber irgendwie klang sie trotzdem nicht so, als würde er noch an die Kraft seiner eigenen Worte glauben. Mühsam stemmte er sich hoch in die Vertikale. Er stopfte sich das Hemd in die Hose und zog den Gürtel hoch in die Taille. Dabei schwankte er langsam vor und zurück, aber das war gar nicht der Alkohol, schätze ich, sondern weil er gerade den Boden unter den Füßen verloren hatte. Nichts mehr da von seinem angeberischen Ich-bin-hier-der-Chef-Gehabe, mit dem er in solchen Situationen sonst immer seine Armseligkeit überspielte. Diese ganze böse, versoffene, aufgeplusterte Großspurigkeit. Er machte einen wackligen Schritt auf mich zu und hob dabei die Hand, als würde er mir gleich eine schallern wollen.

»Wag es, und ich hau dir noch eine in die Fresse«, sagte ich. »Ich mach das, ich schwör's.«

Für einen Moment erstarrte er, ich schätze, weil er gar nicht glauben konnte, dass sein kleines Goldstück so mit ihm sprach, aber dann setzte er noch einen Fuß nach vorn, und da schlug ich ihm sofort ins Gesicht. Nicht mit der Faust, sondern mit der flachen Hand, dass es richtig laut klatschte. Wie bei einem ungezogenen Kind. Die maximale Demütigung. Ungläubig schaute er mich an und befühlte dann seine Backe.

»Hock dich dahin«, befahl ich und deutete auf das Sofa.

Mein Vater kauerte sich ohne Widerspruch auf die Kante, gar nicht breitbeinig wie sonst und auch ohne sich anzulehnen, sondern mit zusammengepressten Knien, wie ein Tanzschüler, der zum ersten Mal die Eltern der Freundin besucht.

»Mama ist gegangen«, erklärte ich. »Sie kommt nicht wieder zurück.«

Sein Gesicht zeigte keinerlei Regung. So als würde das Gesagte ihn gar nicht erreichen.

»Und wenn du noch ein einziges Mal eine Flasche anrührst, bin ich auch weg. Tausendprozentig … kannst du dich drauf verlassen … das ist kein Spaß.«

»Woher willst du das wissen?«, entgegnete er schleppend nach einer Weile. »Ich meine, dass sie nicht mehr zurückkommt.«

»Weil sie keinen Grund hat, bei uns zu bleiben«, antwortete ich. »Und wenn du deinen Verstand nicht schon komplett versoffen hättest, wüsstest du, dass es stimmt.«

Wieder schaute ich in ein absolut leeres, regungsloses Gesicht. Ich meine, ich glaubte jetzt nicht, dass der Alkohol aus ihm tatsächlich schon einen echten Deppen gemacht hatte, aber es gab immer wieder Momente in einem Gespräch, in denen es eine Ewigkeit brauchte, bis der Sinn der Sätze ihn auch erreichte. Als hätte der Wodka den Datendurchlass in seinem Kopf schon massiv heruntergeregelt. Das war noch nicht mal mehr 3G auf einem veralteten Handy.

»Du kannst nicht gehen, du bist erst siebzehn«, sagte er schließlich. »Ich bestimme, wo du dich aufhältst.«

»Du willst noch bestimmen? Über mich? Das kannst du ja mal versuchen.«

Ich drehte mich um und ging aus dem Zimmer, ohne noch etwas zu sagen, weil ich jetzt eh in die Schule musste. Ich schnappte meinen Rucksack und verließ das Haus, und ehrlich gesagt hoffte ich, dass mein Vater um fünf Uhr, wenn ich nach Hause kam, wieder besinnungslos in der Ecke lag, damit ich noch mal einen Grund hatte, ihm eine reinzuhauen.

Den ganzen Tag stellte ich mir vor, wie ich ihn besoffen im Wohnzimmer fand und wie ich dann seinen Kopf auf den Fußboden schlagen würde und welches Geräusch das machen würde und was für ein geiles Gefühl das wäre, dabei in sein bescheuertes, erschrecktes Gesicht zu sehen. Er sollte verdammt noch mal richtig Angst haben, so wie ich all die Jahre Angst gehabt hatte. Am besten noch sehr viel schlimmer. Mit Zittern und Schwitzen und Um-Gnade-Winseln, aber ich würde keine Gnade kennen, sondern ihm die Nase brechen und ein paar Zähne ausschlagen und ihm so in den Bauch treten, dass er den ganzen beschissenen Wodka wieder auf unseren Teppich kotzte.

Als ich nach Hause kam, war aber alles anders. Mein Vater hockte auf dem Sofa und zitterte so stark, dass er kein Glas mehr zum Mund hätte führen können. Der Fußboden war schon wieder übersät mit Scherben. Besonders um den Fernseher herum. Der hatte ein paar Einschläge und mehrere Risse, als hätte jemand mit einer Pistole auf den Bildschirm gefeuert. Die Tapete dahinter war voller Spritzer. Gelbe, grüne, wässrige, rote, blaue. Offenbar hatte er seinen gesamten Alkoholvorrat gegen die Wand geschmettert. Und davon gab es in unserem Haus eine Menge. Whiskey, Rum, Grappa, Likör in den unterschiedlichsten Farben. Dort, wo die Flaschen zerschellt waren, hatten sich die Spritzer explosionsartig über die ganze Tapete verteilt.

So hatte ich meinen Vater noch nie gesehen. Ich kann das gar nicht richtig beschreiben. Total panisch und gleichzeitig völlig apathisch und irgendwie nicht mehr in dieser Welt. Er zupfte permanent an seinem Hemd herum und wischte irgendwelche imaginären Flecken weg und stammelte: »Oh Gott … das ganze Blut … da … von der Decke … und auf dem Hemd … und an der Wand … oh Gott, überall.« Dabei liefen ihm die Tränen aus den Augen, aber das war gar kein richtiges Weinen, sondern eher wie ein undichter Wasserhahn. Zwischendurch sprang er dann immer wieder auf und kämpfte gegen irgendwelche »Ratten auf der Fensterbank … Scheißviecher … siehst du die nicht«, um in der nächsten Sekunde wieder in sich zusammenzufallen. Und sobald ich mich einen Schritt näherte, fing er sofort an zu brüllen: »Verschwinde … du Satan … ich bring dich um … hau ab, Fotze … aus meinem Leben … du Teufel.«

Das Einzige, was mir einfiel, war, nach einem Rettungswagen zu telefonieren, und der kam auch sofort, ohne Sirene aber mit Blaulicht, da waren noch keine zehn Minuten vorbei. Es waren zwei junge, kräftige Männer, die sich sofort routiniert an die Arbeit machten. Zusammen wuchteten sie meinen Vater auf die Trage, obwohl er sich heftig wehrte, und dann legte sich einer quasi platt auf ihn drauf und fixierte den Arm, und der andere maß dort den Puls und spritzte ihm anschließend irgendwas in die Vene, das ihn sichtbar entspannte.

»Wie lange trinkt dein Vater schon?«, fragte er und deutete dabei auf die ganzen Scherben.

»Weiß nicht«, antwortete ich, »zehn Jahre vielleicht … so lange war er jedenfalls nicht mehr nüchtern.«

»Und jetzt macht er einen kalten Entzug?«

»Tatsächlich? Das wär ja mal was Neues.«

»Es wäre vor allem etwas Gefährliches«, sagte der Sanitäter. »Dein Vater muss allerschnellstens ins Krankenhaus. Fünfzehn Prozent der Patienten überleben so ein heftiges Entzugsdelirium nicht.«

»Mir egal«, antwortete ich. »Machen Sie, was Sie meinen.«

Der Sanitäter schaute nicht einmal hoch zu mir, sondern räumte nur ungerührt sein Rettungsbesteck in den Koffer. Wahrscheinlich hatte er in seinem Job schon alles gehört und in jeden Abgrund gesehen und wunderte sich über gar nichts mehr. Zusammen mit seinem Kollegen hob er die Trage an, klappte das Gestell mit den Rädern aus und rollte meinen Vater zum Auto. »Wir bringen ihn jetzt in die Küstenklinik«, sagte er noch. »Was ist mit dir? Kommst du klar? Oder sollen wir den sozialen Dienst benachrichtigen? Die kümmern sich dann um dich.«

»Meine Mutter kommt gleich nach Hause«, log ich. »Es ist alles in Ordnung. Machen Sie sich keine Gedanken um mich.«

KAPITEL 3

Als mein Vater nach sechs Wochen zurückkehrte aus dem Entzug, war er ein anderer Mensch geworden. Sogar körperlich. Als hätte er früher nur aus Wodka bestanden, und jetzt, da sie ihm das Gift aus dem Körper geschwemmt hatten, war auch von ihm kaum noch was übrig. Nur noch ein schmächtiges, schrumpeliges, lächerliches Männlein. Ich hätte sogar wetten können, dass er geschrumpft war in dieser Zeit, auch wenn das anatomisch natürlich nicht möglich ist, aber irgendwie wirkte er jetzt ungefähr einen halben Kopf kleiner als vor dem Entzug. Lag wahrscheinlich daran, dass ich schon eine ganze Weile größer war als er und es nur nicht gemerkt hatte in dem ganzen Elend.

Ich war auch in meiner Klasse das größte Mädchen. Sogar größer als einige Jungs. Und kräftiger war ich auch. Das wusste ich allerdings erst, seitdem ich es einmal ausprobiert hatte. Es war auf meinem Weg in die Schule, ein paar Wochen, nachdem mein Vater wieder zurückgekehrt war aus der Klinik. Dieser Schulweg führte durch einen historischen Friedhof mit verwitterten Grabsteinen, alten Bäumen und weiß gestrichenen Bänken, die ein Autohändler gespendet hatte. So stand es auf einer Messingplakette an jeder einzelnen Rückenlehne.

Mein Gymnasium grenzte direkt an diesen Friedhof. Und auf der gegenüberliegenden Seite des Friedhofs war das größte Wohnviertel unserer Stadt mit vielen viergeschossigen Blocks und Straßen voller Reihenhäuser und den beiden einzigen Hochhäusern in der Region. Deshalb bewegte sich jeden Morgen eine Karawane Schüler durch diesen Friedhof. Und mittags bewegte sich die Karawane wieder zurück. Sonst tippeln eigentlich immer nur Omis mit grünen Gießkannen über die Friedhöfe. Aber der hier war eher das Wohnzimmer der jungen Leute. Hunderte hatten hier ihren ersten Kuss bekommen oder den ersten Joint geraucht und manche hatten sich auf den Bänken auch schon ins Koma gesoffen. Der Friedhof war das Gegenteil eines traurigen Ortes, und wenn ich später mal die Wahl haben würde, würde ich mich auch hier beerdigen lassen, das steht auf jeden Fall fest, weil ich schon denke, dass die Toten irgendwie teilhaben an dem, was um sie herum passiert.

An jenem Tag aber wären sie wahrscheinlich knochenschwingend aus ihren Särgen geklettert. Ich war mal wieder zu spät für die erste Stunde, was mir neuerdings ziemlich häufig passierte, weil keine Mutter mehr da war, die mich noch weckte, und weil es so spät war, lungerten jetzt nur noch Schulschwänzer auf dem Friedhof herum. Oder Typen, die eigentlich in die Schule gingen, aber denen es egal war, wenn sie zu spät kamen und einen Eintrag kassierten.

Genau in der Mitte des Friedhofs unter der riesigen roten Blutbuche, die dort steht, krakeelten damals drei Arschlöcher herum. Sie rauchten einen Joint, den penetranten, harzigen Geruch konnte man schon am Eingang des Friedhofs riechen. Zwei von ihnen warfen sich irgendwas zu, und der Dritte versuchte, es immer wieder zu fangen, und alle drei lachten sich halb kaputt dabei.

Von Weitem sah es aus wie eine zusammengerollte Socke, aber als ich näher kam, war es ein kleiner Vogel, der offenbar aus dem

Nest gefallen war. Der kleine Kerl hatte noch Flaum auf dem Kopf, aber schon Federn an seinen Flügeln. Die waren allerdings noch zu kurz, als dass er damit hätte abheben können. In einer Woche wäre es wahrscheinlich so weit gewesen. Jetzt schlug er nur verzweifelt mit seinen Stummelflügeln, während er durch die Luft schlingerte und das Arschloch auf der anderen Seite ihn wieder auffing.

Ich kannte die Typen vom Sehen. Sie gingen auf meine Schule, und in einem Jahr würden sie Abitur machen, falls sie sich ihren Verstand bis dahin nicht schon komplett vernebelt hätten. Sie gehörten zu dieser Sorte von Jungs, die ich sowieso immer schon eklig fand: Jede Menge Pickel, und der Flaum auf der Oberlippe reichte noch nicht für eine Rasur, aber Papi hatte ihnen schon ein Auto vor die Tür gestellt. Sie hielten sich für was Besseres, weil sie T-Shirts von Gucci trugen oder ein Handy für tausend Euro besaßen, doch in Wahrheit waren sie noch erbärmlicher als mein Vater.

»Hör sofort auf damit«, brüllte ich den Typen an, der gerade den Vogel in seinen Händen hielt, aber der lachte nur noch hysterischer und streckte mir das arme Tier vor die Nase, und als ich nach ihm greifen wollte, warf er ihn wieder rüber zu seinem Kumpel.

Das machte er genau ein einziges Mal. Ich rammte ihm meinen Ellenbogen ins Gesicht, volle Kraft zwischen die Zähne, dass ein Zahn in meiner Strickjacke stecken blieb. Das Blut quoll aus seinem Mund, dass er aussah wie ein Vampir, der gerade eine Halsschlagader leer gesaugt hatte. Das ganze Kinn war verschmiert, von dort tropfte ihm die Soße dann auf das T-Shirt. Reden konnte er überhaupt nicht mehr. Ich sprang rüber zum Nächsten und hämmerte ihm meine Faust mitten aufs Auge. Er stand gerade vor einer der Bänke und kippte durch den Schlag über die Lehne und plumpste rückwärts ins Gras, die Beine nach oben wie ein hilfloser Käfer.

Der Dritte, der den Vogel gefangen hatte, schlich sich ein paar Schritte nach hinten. Man konnte ihm richtig ansehen, dass er sich vor Angst fast in die Hose machte und am liebsten fortgerannt wäre, aber vor einem Mädchen weglaufen ging auch irgendwie nicht. Also stand er da und ballte eine Faust vor seinem Körper wie so ein Boxer. Mit der anderen Hand hielt er noch immer den Vogel. Ich machte einen Schritt auf ihn zu. Er wich um dieselbe Strecke zurück.

»Lass den Vogel los«, sagte ich.

Sofort öffnete er die Hand und das kleine Geschöpf purzelte auf den Boden. Es duckte sich tief ins Gras, aber der Rasen war viel zu kurz, als dass es sich darin hätte verstecken können.

Ich klaubte die Brotbox aus meinem Ranzen, schmiss das Essen in den Abfalleimer neben der Bank und polsterte die Dose mit ein paar Buchenblättern aus, dann setzte ich den Kleinen vorsichtig in die Schachtel. Er brauchte Hilfe, das war klar, scheiß auf die Schule, ich drehte mich um und lief mit der Box zum nächsten Tierarzt. Der hatte seine Praxis zwei Straßen entfernt von unserem Haus.

Natürlich hielt er mir zuerst einen Vortrag, dass man junge Wildtiere nicht anfassen soll, weil dann die Mutter sie nicht mehr annimmt. Ich ließ ihn reden, weil es eh nichts änderte, wenn ich ihm die ganze Geschichte erzählte. Außerdem glaube ich nicht, dass er recht hatte. Vögel können nicht besonders gut riechen, und sie verstoßen ihre kleinen auch nicht, wenn ihnen ein fremder Geruch anhaftet. Hatte ich mal gelesen in einem Bestimmungsbuch. Der Tierarzt befühlte vorsichtig Beine und Flügel und meinte schließlich, dass einer der Flügel gebrochen sei. Er bastelte eine winzige Schiene und fixierte den Flügel mit einer Binde auf dem Rücken des Vogels. »In drei Wochen ist er wieder fit«, sagte er. »So lange musst du ihn füttern. Am besten mit Spinnen und Ohrenkneifern, die mag er am liebsten.«

Mein Vater sagte gar nichts, als ich während der Schulzeit mit dem Vogel nach Hause kam. Er sagte sowieso kaum noch was, seit er aus der Klinik zurückgekehrt war. Keine Vorschriften mehr. Keine Vorwürfe. Kein großspuriges Gelaber. Er hob auch kein einziges Mal mehr die Hand gegen mich. Und um den Abend, der ihn ins Krankenhaus gebracht hatte, machte er gesprächstechnisch sowieso einen großen Bogen. Vielleicht hatte er nur einen Filmriss. Oder er schämte sich, von seiner Tochter verprügelt worden zu sein. Oder er dachte, dass ich mich schämte. Oder er hatte ganz einfach Angst vor mir. Ich weiß es nicht. Auf jeden Fall war der Abend, an dem er eingeliefert wurde, bei uns nie wieder ein Thema. Genauso wenig wie meine Mutter. Als hätte sie nie existiert.

Mein Vater trank auch keinen einzigen Tropfen Alkohol mehr. Dafür rauchte er jetzt ohne Pause. Riss sich den Rauch in die Lunge wie ein Ertrinkender den Sauerstoff und vergaß dabei manchmal, die Asche abzustreifen, bis sie ihm aufs Hemd fiel und die Glut Löcher in das Gewebe brannte. Oder er zündete sich schon eine neue an, während die alte noch im Aschenbecher verglimmte. Bei uns wurde schon immer gequalmt. Aber jetzt war das Haus eine fettige, eklige Räuchertonne.

»Das ist so asozial«, sagte ich ihm irgendwann, »und du bist auch asozial mit deinen nikotingelben Fingernägeln und den gelben Zähnen und dem Gestank nach kaltem Rauch.«

Er nickte nur unterwürfig und zündete sich seitdem in der Wohnung keine Zigarette mehr an. Nur noch in der Gästetoilette. Bei gekipptem Fenster. In dem Zwei-Quadratmeter-Kabuff verbrachte er jetzt mehr Zeit als im Wohnzimmer und der Küche.

Schon nach einem Monat hatte sich der Lack des Fensterrahmens gelblich verfärbt. Mit dunklen Punkten, wo der Qualm zu braunen Tropfen kondensiert war.

Alles hatte sich geändert, seit er wieder da war. Nicht er bestimmte jetzt, was hier passierte, sondern ich. Und er akzeptierte es, als müsste er Buße tun und hätte das Recht auf einen eigenen Willen für alle Zeiten verwirkt. Hatte er auch, fand ich.

Das war nur gerecht, dass er jetzt nichts mehr zu sagen hatte, schließlich hatte er auch mein Leben bis hierhin zerstört. Trotzdem kümmerte ich mich um ihn. Ich wusch seine verschissenen Unterhosen, die er so lange trug, bis sie aussahen, als würde er sich damit den Hintern abwischen. Ich weichte seine weißen Hemden mit Fleckensalz ein, weil sie am Kragen immer gelbe Ränder hatten. Ich machte ihm morgens das Frühstück, bevor ich zur Schule ging. Ich achtete sogar darauf, dass immer etwas Vernünftiges zu essen im Kühlschrank war. Und nicht nur seine plastiksüßen Neunzehn-Cent-Erdbeerjoghurts, die er sonst morgens, mittags und abends gelöffelt hätte.

Ehrlich gesagt weiß ich nicht, warum ich das alles tat. Ich meine, von mir aus hätte er auch jetzt noch verrecken können. Ich hätte bestimmt nicht geweint. Aber aus irgendeinem Grund wollte ich immer noch eine gute Tochter sein. Vielleicht lag es an meiner Mutter, die mich so lange in ihr Perfektionismus-Köfferchen gefaltet hatte, dass ich nicht mehr rauskam aus dem Gefängnis. Oder ich gierte immer noch nach seinem Lob. So wie ich es die ganzen siebzehn Jahre vorher getan hatte. Oder es war, weil die gute Tochter mir die innere Erlaubnis gab zuzuschlagen.

Ich schätze mal Letzteres. Ich wollte schlagen. Denn eines ist auf jeden Fall klar. Es ist der totale Blödsinn, was die schlauen Bücher und schlauen Lehrer immer behaupten: dass Gewalt keine Lösung sei. Gewalt ist überhaupt die einzige Lösung. Da muss ich mir nur mein früheres Leben anschauen, um zu wissen, dass dieser Satz stimmt. Nur Feiglinge erzählen das Gegenteil, weil sie hoffen, sie kommen dann ohne Schläge in ihrem Leben davon. Ist aber falsch gehofft. Wenn ich überhaupt etwas weiß vom Leben, dann ist es das: Unsichtbar sein funktioniert nicht. Weglaufen funktioniert auch nicht. Oder um Freundlichkeit betteln. Oder um Mitleid. Das Einzige, was funktioniert, ist stark sein und Angst verbreiten. Kein Gefühl ist stärker als die Angst. Nicht nur bei Menschen. Auch alle Tiere sind so. Hunde zum Beispiel fressen nicht, wenn sie Angst haben. Sie trinken nicht, spielen nicht und schlafen nicht. Hunde sind eigentlich die treusten und aufmerksamsten Geschöpfe. Aber wenn sie Angst haben, vergessen sie sogar den, den sie lieben. Dann sind ihr Herz und ihr Körper nur noch ein einziges Zittern. Und bei den Menschen ist es nicht so viel anders.

Ich weiß das, weil ich tausendmal Angst gehabt habe vor meinem Vater und nichts anderes tun konnte, als in irgendeinem Versteck zu sitzen und zu zittern. Und erst als ich einmal zugeschlagen habe, wurde es anders. Mein Vater hätte niemals seine Hände vom Alkohol gelassen, wenn ich ihn nicht verprügelt hätte. Das ist Fakt. Genauso wie der kleine Vogel auf dem Friedhof nicht überlebt hätte ohne den ausgeschlagenen Zahn. Gewalt ist die Lösung. Und ganz besonders war sie die Lösung in meinem Leben, weil sich mit ihr alles geändert hat.

Seit sich die Geschichte aus dem Friedhof an der Schule herumgesprochen hatte, war ich plötzlich nicht mehr unsichtbar. Mit einem Mal waren die Leute aufmerksam und hatten Respekt. Keiner drängelte sich noch in der Schulmensa vor. Keiner rempelte mich auf den Fluren über den Haufen. Die anderen sahen mich plötzlich an. Und nicht mehr bloß durch mich hindurch. Ich war auch nicht mehr nur die Assi-Tochter. Sondern das Mädchen, das einem Abiturienten den Zahn ausgeschlagen hatte. Sogar mein Klassenlehrer, der gleichzeitig mein Deutsch- und mein Religionslehrer war, änderte für mich seinen Unterricht. Er hieß Christian Holzmann und war früher Pastor, aber wahrscheinlich fand er junge Schülerinnen und Schüler interessanter als tippelnde Omas in halb leeren Kirchen und hatte sich deshalb für den Schuldienst gemeldet.

Wir Schüler – das heißt vor allem der weibliche Teil – fanden ihn auch interessant, weil er eine ganz weiche, sanfte Stimme hatte und trotzdem auf dem Lehrerpult einen Handstand machen konnte, so sportlich war er. Jeder zweite Satz bei ihm lautete »Ich versteh dich so gut, mein Kind«, und dann kam irgendein pappsüßes christliches Schmalzgebäck, das einem jeden Zweifel verklebte und bei dem man sich gleich ernst genommen fühlte und irgendwie auch angenommen und sicher. In der Mittelstufe hatte ich mir oft vorgestellt, wie das wäre, ihn als Papa zu haben, aber jetzt in der Oberstufe bin ich mir sicher, dass sein ganzes Gerede auch nichts anderes war als eben Gerede.

An diesem Tag, als sich meine Geschichte herumgesprochen hatte, war das Thema im Religionsunterricht eigentlich die Schöpfungsgeschichte des Alten Testaments, aber Herr Holzmann setzte extra für mich die Bibelstelle Matthäus 5, Vers 39 auf den Stundenplan: »Wenn dich jemand auf die rechte Backe schlägt, dann halte ihm auch die linke hin.«

»Find ich gut«, erklärte ich damals im Unterricht, »ich hau gerne zweimal zu, wenn's einer verdient hat.«

Das war nicht das, was er hören wollte. Und es stimmte natürlich auch nicht. Ich haue nicht gerne zu. Aber ich finde es gut, wenn alle anderen denken, dass ich es gerne täte. Also eigentlich vor allem die Jungs. Ich weiß, wie es sich anfühlt, Angst zu haben, und Mädchen haben sowieso viel mehr Angst, weil sie auch viel mehr Angst haben müssen, und wenn Jungs dieses Gefühl selbst einmal spüren, dann würden sie sich vielleicht auch mal anders verhalten. Denke ich. Es sind nämlich immer die Männer, die den Ärger machen. Sogar bei den Zaunkönigen ist das so.

Zaunkönig-Frauen haben überhaupt kein Problem damit, friedlich und freundlich Nest neben Nest in einem Gebüsch zu brüten. Aber die Männer machen das große Geschrei und geben nicht eher Ruhe, bis sie alle anderen Konkurrenten vertrieben haben. Selbst wenn sie im Spinnenparadies leben und Essen im Überfluss da ist.

Ich denke ehrlich, es ist das männliche Prinzip, böse zu sein. Männer unterdrücken, Männer beginnen Kriege, Männer versklaven, Männer töten Tiere, Männer rasen andere Menschen zu Tode, Männer pumpen sich auf, wörtlich und bildlich, mit Muskeln und Macht. Ich habe da keine statistischen Zahlen, aber ich wette, dass von allen Problemen, die die Welt mit uns Menschen so hat, mehr als neunzig Prozent auf das Konto von Männern gehen. Alles, was Männer anfassen, wird irgendwann böse und hässlich. Das ist praktisch schon ein Naturgesetz. Es sind die betrunkenen Männer, die schlagen. Nicht die betrunkenen Frauen. Es sind die Männer, die unsere Luft verschmutzen und die Gewässer vergiften und zum Spaß mit Tieren werfen. Und ganz bestimmt sind es auch Männer, die sich so einen Mist ausgedacht haben wie die Bibel und ihre Schöpfungsgeschichte.

Da steht zum Beispiel, dass Eva die erste Frau war und dass sie aus der Rippe des Mannes geformt wurde und dann das Böse in die Welt gebracht hat. Ehrlich jetzt? Was ist das für eine hinterhältige Schwachsinnsgeschichte? Oder der Auftrag »Macht euch die Erde untertan«. Steht so auch in der Bibel. Das muss man sich einmal vorstellen. Gibt es eine schlimmere Anleitung zum

Leben? Da heißt es nicht: »Lebe in Frieden mit deiner Umwelt.« Oder: »Achte und bewahre die Natur und ihre Geschöpfe.« Oder: »Zerstöre nicht das, was dir anvertraut ist.« Von »untertan machen« ist es nicht mehr weit bis herrschen und unterdrücken und versklaven und platt walzen, was einem im Weg steht. Für mich ist dieses Untertan-Machen der Grund für die ganze Kaputtheit unserer westlichen Welt. Gar keine Frage. Wegen dieses Satzes existieren Plastik in unseren Ozeanen und die Erwärmung des Klimas und die Abholzung des Regenwaldes und überhaupt alles, was die Erde jeden Tag ein Stückchen weiter zerstört. Und außerdem ist dieser Satz der Beweis, dass es keinen Gott geben kann, denn wenn es ihn gäbe, hätte er so einen Mist auf jeden Fall nie gesagt.

Diese Meinung fand Pastor Holzmann dann auch nicht so lustig. Für ihn war die Bibel das Wort Gottes und ihr Inhalt ewige Weisheit. Für mich ist die Bibel aber nur ein mieser Trick der Männer, die sich selbst für Gott halten und ihre Macht betonieren wollen. Und die Geschichte mit der linken Backe ist der zweite miese Trick. Wem sollte das bitte schön helfen außer den Verbrechern und Schlägern? Die eigene Backe hinhalten, demaskiert vielleicht die Poser, die zu feige zum Zuschlagen sind. Wie der Typ auf dem Friedhof, der auf Boxer getan hat. Für alle anderen Arschlöcher ist der Spruch wie Selbstbedienung im Supermarkt, ohne danach bezahlen zu müssen. Das ist keine schlaue Idee.

Und noch dümmer ist der Spruch, den meine Mutter immer sagte und der so was Ähnliches wie ihr Motto war. »Der Klügere gibt nach«, meinte sie in fast allen Lebenslagen: beim Essen, beim Spielen, an der Supermarktkasse, beim letzten Stück Kuchen und natürlich auch, wenn mein Vater so lange rumbrüllte, bis meine Mutter endlich kapitulierte. Dafür kassierte sie dann trotzdem oftmals ein blaues Auge. Keine Ahnung, was daran schlau sein sollte und wieso sie glaubte, die Klügere in dieser Ehe zu sein.

Und selbst wenn an ihrem Verhalten irgendwas klug gewesen wäre, würde ihr Lieblingssatz doch bedeuten, dass am Ende immer die Dummheit gewinnt, und das kann ja auch kein schlaues Konzept sein für die Rettung der Erde.

Nachgeben, nur weil der andere dümmer oder stärker oder ein Mann ist, funktioniert einfach nicht. Es funktioniert weder bei kleinen Zaunkönigen noch bei großen Arschlöchern und schon mal gar nicht funktioniert es gegenüber Verbrechern oder Politikern oder besoffenen Typen. Auch unsichtbar oder leise sein führt nirgends zum Ziel, und deshalb war irgendwie klar, dass so was ab jetzt aufhören musste. Irgendwie. Ich wollte nicht mehr unsichtbar sein. Das hatte ich mir vorgenommen an diesen Tagen.

KAPITEL 4

Der einzige Ort, an dem ich mich früher nicht einfach nur versteckt hatte, war unsere Schülerzeitung. Sie hieß »Sturm und Stress«, weil meine Schule das Theodor-Storm-Gymnasium war und weil es die Aufgabe junger Leute ist, Stress zu machen und weil »storm and stress« auf Deutsch »Sturm und Drang« heißt, was bekanntlich eine Epoche war, in der es um den Kampf gegen Tradition und Autoritäten ging und um die Welt der Gefühle, die auf jeden Fall wichtiger war als die dürre, reine Vernunft.

Meistens machte unsere Zeitung ihrem Namen inhaltlich keine Ehre. Stattdessen war sie voll mit Themen wie: »Welcher Lehrer hat den coolsten Style?« Oder: »Wie kriege ich ein Sixpack?« Oder: »Die drei besten Clubs, in die kein Lehrer hineinkommt.« Ich schrieb über Tiere.

Zum Beispiel über die Vogelarten auf unserem Friedhof. Ob Hunde eine Seele haben. Oder so was. Die letzten zwölf Monate schrieb ich aber nicht mehr, weil für die Jungs in unserer Redaktion meine Texte »Mädchenkram« waren, und für die Mädchen waren sie »Gülle«, aber das zählte eigentlich nicht, weil die Mädchen sowieso viel lieber Influencerinnen gewesen wären, als für eine Schülerzeitung zu schreiben. Außerdem liefen sie auch fast alle im Winter in diesen Daunenjacken herum, die ungefähr tausend Euro kosten und einen Kragen aus Fell haben, für den jedes

Mal ein Kojote sterben muss. Das war wie eine Epidemie an unserer Schule. Wie dumm und gleichgültig muss man sein, um so einen Mist anzuziehen? Ich meine: Hat irgendeine von diesen Tanten schon mal einen Kojoten gesehen? Genauso gut könnten sie ihren eigenen Familienhund schlachten und sich das Fell an die Kapuze nähen. Da gibt's praktisch keinen Unterschied. Hunde und Kojoten können sich sogar paaren und zusammen Junge bekommen.

Auf jeden Fall musste sich jeder Mensch mit so einer Jacke von mir einen Text anhören, und wenn er dann mit einer ganz blöden Antwort kam, kriegte er noch eine reingedrückt. Das gehörte auf jeden Fall auch zur neuen Nora.

Ich glaube nicht, dass ich dadurch einen einzigen Kojoten retten konnte. So naiv bin ich nicht. Aber an unserer Schule gibt es mittlerweile ein paar Schüler, denen ihre Jacke peinlich ist oder die vor mir Angst haben und den Kragen abknöpfen von der Kapuze, bevor sie zur Schule gehen.

Wegen einer Schlägerei um so einen Fellkragen wurde ich übrigens auch schon mal zu unserem Klassenlehrer zitiert. Da hatte ich so einen mittelalten Typen auf dem Parkplatz vor unserem Supermarkt angesprochen, der gerade seinen Einkaufswagen zum Eingang rollte. Der Mann war mindestens vierzig, aber trug trotzdem eine verspiegelte Pilotenbrille und ein hellblaues Camp-David-Kapuzenshirt mit tausend Schriftzügen drauf, und darüber hatte er eine von diesen leichten, glänzenden, gesteppten Daunenjacken mit Fellkragen an. Außerdem hatte er dauergebräunte Haut und nach hinten gekämmte Haare, die ein bisschen zu lang waren, sodass sie sich im Nacken kräuselten. Wie diese schmierigen Skilehrer, die auch immer denken, alle Frauen würden feuchte Hosen bekommen bei ihrem Anblick. Dabei sehen sie einfach nur lächerlich aus.

»Hallo«, sagte ich zu ihm. »Sie haben da ein totes Tier am Hals.«

Der Mann schaute sich irritiert nach mir um, dann befühlte er seinen Hals und wischte sich hektisch mit den Fingern den Nacken sauber.

»Wo denn?«, meinte er schließlich. »Was für ein Tier?«

»Das Fell«, erklärte ich. »Bevor es Fell wurde, war es mal ein lebendiger, wilder Kojote.«

»Na und?«, antwortete der Mann. »Sehe ich so aus, als ob mich das interessiert?«

»Es sollte Sie interessieren. Niemand darf einem Tier ohne vernünftigen Grund Schmerzen, Leid oder Schaden zufügen. So lautet der erste Paragraf des Tierschutzgesetzes. Halten Sie einen Kragen an der Kapuze für einen vernünftigen Grund?«

»Warum kümmerst du dich nicht um deinen eigenen Scheiß?«

»Genau das tue ich gerade.«

»Ah … okay«, sagte er und grinste dabei auf so eine überheblich-dämliche Art, dass ich ihm am liebsten sofort eine geballert hätte. »Dann sind wilde Tiere also dein Ding«, meinte er, »das trifft sich gut … ich bin nämlich auch ein wildes Tier. Wie sieht es denn aus mit uns beiden?«

Dafür bekam er dann doch eine geschallert. Der Schlag erwischte ihn direkt auf dem Ohr, er taumelte zur Seite, kippte gegen ein parkendes Auto und knickte im Fallen den Spiegel ab, sodass die Hülle nur noch an zwei Kabeln herunterhing. Immer wieder befingerte der Idiot sein Ohr, um zu prüfen, ob da vielleicht ein Tropfen Blut wäre, aber natürlich blutete überhaupt nichts. Diese Memme. Das Einzige, was man sehen konnte, war eine gerötete Backe.

Ich weiß nicht, ob er wirklich etwas unternommen hätte gegen mich, so armselig, wie er dastand, aber beim Abbrechen des

Spiegels war die Alarmsirene im Auto losgegangen und ließ sich auch nicht wieder abstellen, bis nach fünf Minuten endlich der Besitzer des Autos zur Stelle war. Der rief natürlich sofort die Polizei, und die notierte sich meinen Namen und meine Adresse, und noch am selben Tag kam ein Sozialarbeiter bei uns zu Hause vorbei. Einen Tag später stand derselbe Mensch bei meinem Klassenlehrer, weil er sich ein »Bild machen wollte« von meinem »sozialen Verhalten«.

Danach zitierte mich Pastor Holzmann ins Lehrerzimmer. »Was ist bloß aus dir geworden, Nora?«, fragte er ehrlich erschüttert. »Du warst doch vor einem Jahr noch so ein ruhiges, zurückhaltendes Mädchen. Dich haben eigentlich nur Tiere interessiert. Alles musstest du über sie wissen und keines war dir zu klein oder zu lästig. Keinem Lebewesen konntest du etwas zuleide tun. Noch nicht einmal Mücken und Spinnen. Ich weiß noch genau, wie du einmal die Schnecken auf dem Schulhof aufgesammelt und unter die Büsche gebettet hast, damit keiner sie in der Pause zertrat. Und jetzt verprügelst du wildfremde Männer vor dem Supermarkt? Was ist im letzten Jahr nur mit dir passiert?«

»Nichts ist passiert«, erklärte ich. »Ich werde in meinem Leben nur nie mehr das Opfer sein.«

»Dafür musst du dich doch nicht prügeln.«

»Aber wenn ich's muss, tu ich's auch.«

»Ach, Nora, kein Mensch muss prügeln, glaub mir, schon in der Bibel steht –«

»Kommen Sie mir nicht damit«, unterbrach ich ihn, »das ist nur ein mieses, sexistisches Arschloch-Buch.«

»Ich mache mir wirklich Sorgen um dich«, sagte er kopfschüttelnd, »das ist wirklich keine gesunde Entwicklung bei dir.«

»Im Gegenteil«, antwortete ich, »das ist nur das Ende einer langen, beschissenen Krankheit.«

Eine Weile schwieg Holzmann schwer enttäuscht vor sich hin und wiegte den Kopf hin und her wie ein armer hospitalisierter Bär im Zirkus. »Was hältst du davon, wenn du mal wieder einen Artikel für unsere Zeitung schreibst?«, meinte er schließlich. »So wie früher, irgendwas Freundliches über Tiere vielleicht, damit dich das wieder an die alten Zeiten erinnert.«

»Mach ich echt supergerne«, sagte ich. »Aber in der Redaktion werden sie darüber wenig begeistert sein.«

KAPITEL 5

Vor allem der Chefredakteur war nicht amüsiert, als ich ein paar Tage später zur Redaktionskonferenz erschien, und das lag nicht nur an meinen Tiergeschichten von früher, sondern auch daran, dass ich tatsächlich mal verknallt in ihn war, ihn aber nach ein paar umnachteten Wochen wieder abserviert hatte. Er hieß Hendrik, und sein Vater gehörte zur Prominenz in unserer Stadt, weil er ein Ingenieurbüro besaß, das praktisch jede Windkraftanlage in unserer Gegend projektierte, und damit Millionen verdiente und der reichste Mensch in der Gegend war.

Hendrik gehörte auch zur Prominenz, zumindest an unserer Schule, weil er damals schon als freier Mitarbeiter für die Lokalzeitung schrieb. Außerdem sah er ehrlich gesagt ziemlich gut aus mit seinen blonden, welligen, nach hinten gekämmten Haaren und der sportlichen Bräune.

Er war einer von diesen Jungs, die ihre Kaschmirpullover als Schal um die Schulter knoten und garantiert später mal BWL studieren und alle aussehen wollen, als würden sie Polo spielen oder wenigstens Golf. Solche Jungs gab es reichlich an unserer Schule. Ein größerer Unterschied als der zwischen denen und mir war praktisch überhaupt nicht mehr denkbar.

Ich war auch nie sportlich braun, sondern immer nur käsebleich. Oder glühend rot, wenn ich mich länger als zehn Minuten ins Freibad legte. Warum Hendrik sich trotzdem eine Zeit lang für mich interessierte, hatte ich – damals jedenfalls – nicht begriffen. Heute denke ich, dass er nur beweisen wollte, dass er jede Frau klarmachen kann. Sogar ein Mädchen wie mich, von dem alle glauben, dass ich eine Art menschlicher Stacheldraht bin, an dem man sich ganz leicht blutige Finger holt.

Ich weiß nicht, was mich damals geritten hat, aber anfangs dachte ich wirklich, dass Hendrik ein ernsthafter, tiefgründiger Junge sei, weil er beim Reden sogar Philosophen wie Wittgenstein und McLuhan zitieren konnte und wirklich zu allem eine fundierte Meinung zu haben schien.

Heute sehe ich es eher so, dass Typen, die permanent auf supergebildet tun, in Wahrheit nur intellektuelle Wichser sind, die sich beim Reden selbst einen runterholen. Besonders wenn sie ihr Gegenüber ungefragt und gönnerhaft zuschütten mit ihren Weisheiten und Ratschlägen, weil ungefragte Ratschläge eigentlich nur eine besonders hinterhältige Form sind, dafür zu sorgen, dass sich der andere winzig und bedeutungslos fühlt.

Bei Hendrik kam noch dazu, dass er in Wirklichkeit noch nicht einmal klug war, sondern nur ein billiger Poser. Das weiß ich, seitdem er mich zum ersten und einzigen Mal mitgenommen hat zu sich nach Hause, wo es wirklich jeden Scheiß gab, den man sich für Geld kaufen kann: Pool, Sauna, Fitnessraum, Billardzimmer, Bibliothek. Mit bestimmt zweitausend Büchern. In seinem eigenen Zimmer hatte er ein Kingsize-Bett und einen Fernseher samt Konsole, der sich per Fernbedienung in einem Sideboard versenken ließ.

Damals hielt ich ihn wie gesagt noch für einen tiefgründigen Menschen, und deshalb hatte ich sogar gehofft, dass wir vielleicht herumknutschen würden auf seinem Riesenbett, aber nach einem kurzen, fischigen Kuss ist er plötzlich wieder aufgestanden, und ich dachte, dass er jetzt vielleicht die Lampe dimmt oder eine romantische Playlist anwirft, aber er stellte sich nur allen Ernstes vor seinen Spiegel und schaute sich selber an. Er griff sein Jackett und warf es sich cool und weltmännisch über die Schulter, und die andere Hand hatte er in der Hosentasche, und dann redete er – mehr zu seinem eigenen Spiegelbild als zu mir – genau wie dieser FDP-Politiker Christian Lindner, bei dem auch jede Geste und jedes Wort so demonstrativ weltmännisch aussehen, als hätte er ewig dafür geübt. Finde ich.

Jedenfalls redete er extra langsam und betonte jede einzelne Silbe und machte bedeutungsschwere Pausen, auch wenn nichts von dem, was er sagte, wirklich bedeutsam war. Er erzählte, wie er später mit »Start-ups im Medienbereich« Kohle scheffeln würde und dass er »einige sehr geniale Ideen« hätte und dass er alle »armen Schlucker« verachten würde, weil jeder Mensch dieselben Chancen hätte, reich zu werden, da sei sein Vater das beste Beispiel. Und die, die es nicht zu was bringen würden, seien eben zu schwach oder zu dumm oder zu faul dazu.

Ich schätze, ihn interessierte noch nicht einmal meine Meinung. Sondern nur mein Applaus.

»Hast du mich mitgenommen, um mir diesen Blödsinn zu sagen?«, fragte ich.

»Was dachtest du?«, antwortete Hendrik. »Dass wir Sex haben hier? So betrunken kann ich gar nicht sein, dass mir das passiert.«

Zuerst war ich so perplex, dass ich es noch nicht einmal schaffte, ihm verbal eine reinzuhauen. »Aber … ich meine … aber wir haben uns doch geküsst«, stotterte ich.

»Und schon das war eine Katastrophe«, sagte Hendrik.

»Aber bestimmt nicht wegen mir«, antwortete ich. »Und überhaupt redest du den totalen Müll. Ihr seid vielleicht reich. Aber du hast keine Ahnung, was Reichsein bedeutet. Reichsein ist eigentlich ein Verbrechen. Reichtum braucht nämlich die Armut der anderen, um reich zu sein. Reichtum lässt sich nur anhäufen auf dem Rücken der Armen. Und wenn die Armen nicht hier in Deutschland leben, dann leben sie halt in Afrika oder Bangladesch. Aber Arme brauchst du immer, um reich zu werden. Das ist wie mit der Macht. Auch da hat eigentlich jeder die Chance, mächtig zu sein. Aber wenn alle mächtig sind, bleibt niemand mehr übrig, über den die Mächtigen noch bestimmen können. Dann hat keiner mehr Macht. Macht braucht immer die Machtlosen, um mächtig zu sein. Genauso funktioniert der Reichtum. Guck dich doch um. Je reicher ein paar wenige Leute werden, desto mehr Arme gibt es auch. Das ist ein Naturgesetz. Eigentlich müsste sich jeder Reiche schämen für seinen Reichtum. Oder wenigstens ein schlechtes Gewissen haben.«

»Da spricht die verschmähte Jungfrau«, entgegnete Hendrik. »Oder der Neid.«

»Da lass ich gleich was ganz anderes sprechen«, antwortete ich, und dann sagte ich zu ihm noch, dass er ein armseliger Wichser sei mit einem winzigen Schwanz und dass ich ihm eine ballern würde, wenn er mich noch ein einziges Mal ansprechen würde, und das war der Stand an diesem Tag in der Redaktion von »Sturm und Stress«.

Wieder trug der Wichser eines seiner Jacketts, und sein Hemd hatte eine Brusttasche, in der wie immer genau drei Kugelschreiber steckten. Einen, den er benutzte, einen als Ersatz und einen, falls er mal einen ausleihen musste. Mit Sturm und Drang hatte Hendrik noch viel weniger zu tun als alle anderen Redakteure unserer Zeitung.

»Ich soll eine Reportage schreiben, hat der Holzmann befohlen«, sagte ich zu ihm. »Ich dachte, ich mach was über den Schlachthof.«

Keine Ahnung, wie ich ausgerechnet auf dieses Thema kam. Von allen Tieren hatte ich bisher über Kühe am wenigsten nachgedacht. Dabei ist meine Heimatstadt praktisch von Schafen und Kühen umzingelt. Rundherum gibt es hier fast nur Weiden und Windräder, außer im Westen, dort beginnt gleich hinter der Stadt das Wattenmeer. Schafe wurden in unserem Schlachthof nicht getötet. Auch keine Schweine. Aber jede Woche ungefähr zweitausend Rinder.

Dieser Schlachthof gehörte zu einem dänischen Konzern. Wie viele andere deutsche Schlachthöfe auch. In Deutschland lassen sich Tiere billiger töten als in Dänemark. Das liegt aber nicht an Deutschland, sondern daran, dass auf deutschen Schlachthöfen vor allem Bulgaren und Rumänen schuften, die nicht mehr als fünf Euro in der Stunde bekommen. Trotz Mindestlohn. Erzählte man sich jedenfalls hier. Belege hatte aber keiner dafür, weil unser Schlachthof wie ein Gefängnis war. Komplett eingezäunt und Security an den Schranken und oben auf den vier Meter hohen Zäunen noch mal Stacheldraht. Kein Unbefugter hatte dort Zutritt. Und die Bulgaren, die nach ihrer Schicht das Gelände verließen, wurden sofort in Busse gesetzt und zu einer Anlage mit Wohncontainern gekarrt. Außerhalb der Stadt. Dort gab es auch Security und Stacheldrahtzäune rundherum, angeblich zu ihrer Sicherheit, weil es schon mal einen Überfall gegeben hatte auf das Containerdorf. Irgendwelche Nazis wahrscheinlich. Von denen liefen einige in unserer Stadt herum. Ich glaube aber, dass es bei den Zäunen gar nicht um die Sicherheit der Arbeiter ging. Sondern darum, dass niemand mit ihnen sprechen sollte.

Auf jeden Fall glaubte niemand, dass es möglich wäre, eine Reportage über den Schlachthof zu schreiben. Hendrik sowieso nicht.

»Das kannst du vergessen«, erklärte er. »Das schafft keiner.«

»Ich schon«, meinte ich.

»Ich weiß von einigen Kollegen, die es versucht haben«, antwortete er. »Auch welche von unserer Lokalzeitung hier. Die Leute vom Schlachthof lassen einfach niemanden in ihre Hallen.« Er sagte tatsächlich »Kollegen«, als wäre er selbst schon ein richtiger Journalist.

»Wir werden ja sehen«, entgegnete ich, weil es nämlich so war, dass der Betriebsleiter in der nächsten Woche zu uns nach Hause kam. Mein Vater hatte ihn eingeladen, weil wir eine kleine Spedition mit drei Lkw haben, die aber immer am Rand zur Insolvenz balanciert. Besonders seit mein Vater wegen seiner Sauferei den Führerschein verloren hatte und einen zusätzlichen Fahrer einstellen musste. Für drei Angestellte gibt es einfach zu wenig Aufträge in unserer Stadt. Keine Industrie, nur ein bisschen Tourismus und der einzige wichtige Arbeitgeber ist eben der Schlachthof. Also hatte mein Vater vor drei Jahren einen Kredit aufgenommen und einen hypermodernen zweistöckigen Vieh-Auflieger gekauft. Mit Ventilatoren und Tränken und ferngesteuerten Fenstern, die sich vom Führerhaus öffnen lassen. Und seitdem kroch er dem Betriebsleiter in den Hintern, weil schließlich jede Woche zweitausend lebende Kühe herangekarrt werden mussten, und das sind einhundert Lkw voll mit Vieh. Und noch mal hundert Lkw, die das zersägte Fleisch danach wieder abtransportieren.

Alle halbe Jahre lud mein Vater deshalb den Betriebsleiter zu sich nach Hause ein. Und von mir verlangte er dann, dass ich ein bisschen »nett und aufmerksam« bin und vielleicht das »hellblaue Top« anziehe, was echt ziemlich eng ist und nur aus zwei Stückchen Stoff besteht, die mit einem überkreuz geflochtenen Band zusammengehalten werden, sodass man an den Seiten die Haut sieht. Muss man sich mal vorstellen: der eigene Vater.

Am Ende war ich trotzdem immer die gute Tochter. Lief durchs Haus wie eine Bardame und servierte den teuersten Single Malt aus unserer Bar und der Betriebsleiter kippte das Zeug wie Wasser und starrte mir permanent in den Ausschnitt. Nicht dass da allzu viel zum Starren gewesen wäre. Aber das war ihm egal.

Der Typ war Däne, wie sein Konzern, und er hatte bestimmt noch nie ein blutiges Messer in seinen Händen gehabt. Eigentlich sah er eher aus wie ein Politiker: mit dunkelblauem Anzug, roter Krawatte und sauber rasiertem Gesicht, aber das war auch das einzig saubere an ihm. Er schnaufte wie ein Walross und war auch genauso fett, und sein Bauch wackelte bei jeder Bewegung wie ein Pudding, sodass ihm beim Gehen pausenlos die Hose nach unten und das weiße Hemd aus dem Gürtel rutschte. Dann stellte er sich breitbeinig hin und wuchtete die Hose wieder über den ersten Schwabbelring, aber nach zehn Schritten hing das Hemd schon wieder heraus.

In diesem Jahr kam er ungefähr eine Woche nach meinem Gespräch mit Hendrik zu uns.

»Wie alt bist du denn jetzt, mein Kind?«, fragte der Däne nach seinem dritten Whiskey. »Bestimmt stehen die Jungs in der Schule mittlerweile Schlange bei dir.«

Ich lachte und sagte: »Die Jungs in der Schule sind doch nur Kinder. Die interessieren mich nicht.«

Eigentlich hätte ich mir sofort auf die Schuhe kotzen müssen für diesen Satz, weil es schon klar war, dass solche Typen genau so etwas hören wollen: dass Frauen auf Macht und Kohle stehen und dass selbst eine halbe Tonne Übergewicht für sie keine Rolle spielt.

»Was interessiert dich denn stattdessen?«, fragte der Dicke dann auch mit einem triefenden Grinsen.

Ich antwortete: »Vielleicht zeigen Sie mir mal Ihren Schlachthof, das würde mich interessieren. Wie alles so funktioniert.«

»Das ist aber kein Ort für empfindsame Mädchen«, erklärte er.

»Ich bin nicht empfindsam«, entgegnete ich, und da grinste er noch einmal und lud mich zu einer Führung ein. Gleich am nächsten Tag nach der Schule.

KAPITEL 6

Es war ein brütend heißer, windstiller Tag, das weiß ich noch, weil so ein Wetter ziemlich ungewöhnlich ist in unserer Stadt. Wind herrscht hier eigentlich immer. Und gefühlte vierzig Grad Celsius hat es auch nur alle zehn Jahre einmal. Ich trug nichts als ein Tank Top und abgeschnittene Jeans und dem Dänen kippten auch gleich die Pupillen aus ihren Höhlen. »Eigentlich darf man hier nicht so rumlaufen«, erklärte er. »Das hat hygienische Gründe. Aber wäre ja jammerschade, wenn wir dich jetzt verhüllen müssten. Da drücken wir mal ein Auge zu, nicht wahr.«

»Noch besser wären beide Augen«, sagte ich, aber was ich damit meinte, hat er glaube ich nicht kapiert. Er legte mir seine verschwitzte, sommersprossige Hand auf den Arm und schob mich aus seinem Büro. Auf den Flur, durch ein Treppenhaus runter nach draußen bis auf den Hof. Dort waren mehrere Gatter, die exakt so breit waren wie ein Lkw. Auf der einen Seite waren sie offen, und am anderen Ende liefen sie wie ein Trichter zusammen, und dort war immer ein kleines Tor, aus verzinktem Stahlrohr, wie die Stangen eines Gerüsts. Hinter dem Tor führte ein schmaler Gang ins Innere des Gebäudes.

Gerade war ein Viehtransporter rückwärts an solch ein Gatter gefahren. Jetzt ließen die Männer die Rampe herunter und dann kletterte einer von ihnen auf die Ladefläche. Er wühlte sich durch die Kühe bis ans hintere Ende, und dort waren solche rot-weißen Plastikschilder, die der Straßenbau normalerweise für seine Absperrungen nutzt. Der Mann schlug mit der flachen Hand immer wieder gegen das Plastik und rief »ho, heia, ho« und versuchte dabei, die Kühe von der Rampe zu schieben. Es war nicht die Rasse, die bei uns im Norden meistens auf den Weiden steht. Nicht diese hochgezüchteten schwarz-weißen Tiere, deren Euter größer sind als das Hinterteil und deren Hüftknochen knochig nach oben ragen, weil der Körper zu schwer ist für das Skelett, sodass er alles nach unten zieht. Diese Kühe hier hatten ein hellbraunes Fell und große Augen, und ihre Ohren wackelten hin und her, als würden sie sich damit etwas Luft zufächeln wollen. In einer dichten Reihe standen sie oben auf dem Transporter und stemmten sich gegen den Rand, aber dann rutschte die erste doch die Rampe herunter, und die ganze Herde stolperte hinterher.

Als alle Kühe unten im Gatter standen, fuhr der Lkw wieder weg, und der Mann mit dem Plastikschild trieb die Kühe weiter in den Trichter, bis eine Kuh schließlich direkt vor dem schmalen Gitter stand. Sie hatte einen weißen Fleck auf der Stirn und lange, dichte weiße Wimpern über den braunen Augen, und ihre Ohren zeigten gar nicht nach vorne, sondern eher nach oben, sodass sie wie eine Schüssel bei Regen volllaufen mussten, schätze ich mal. Ich wartete auf der anderen Seite des Gatters, jenseits des schmalen Gangs. Ohne zu blinzeln, blickte die Kuh mir direkt in die Augen. Ganz ohne Argwohn. Irgendwie geduldig und sanft und dem Schicksal ergeben, so sah das aus. Als könnte sie sich gar nicht vorstellen, dass mit ihr etwas Schlimmes passierte. Sie rollte die Zunge um eine Eisenstange und lutschte daran. Dann rieb sie ihre Stirn am Scharnier. Von hinten rempelten die anderen Kühe sie immer wieder gegen das Tor. Irgendwann kam dann ein Arbeiter und schob den Riegel zur Seite. Mit einer Stange stocherte er ihr in die Seite und die Kuh schüttelte den Kopf und setzte sich unsicher in Bewegung. Ganz vorsichtig, einen Huf vor den anderen.

Dem Arbeiter ging das nicht schnell genug. »Vorwärts, hopp, hopp, hopp«, rief er und schlug ihr die Stange auf den Rücken, und die Kuh tastete sich durch das Tor, und als sie es endlich passiert hatte, schwang das Gitter mit einem Quietschen wieder zurück ins Schloss. Langsam stakste die Kuh den Gang entlang, durch eine Öffnung in der Wand in das Gebäude.

»Warum wird sie geschlachtet?«, fragte ich.

Der Däne schaute mich an, als hätte er diese Frage noch nie im Leben gehört. »Wie warum?«, meinte er. »Das ist unsere Arbeit, wir sind doch ein Schlachthof.«

Er griff nach meinem Arm und zog mich durch eine Seitentür ebenfalls in das Gebäude. Dort stand die Kuh jetzt in einer Box, die rechts und links Edelstahlwände hatte, die so hoch waren, dass die Kuh den Kopf recken musste, um überhaupt darüber zu sehen. Über ihr baumelte ein Rohr von der Decke. Es war an einem selbstaufrollenden Stahlseil befestigt und sah aus wie eine überdimensionierte Luftpumpe. Ungefähr so dick wie mein Unterarm. Und nicht sehr viel länger. Ein einziger Arbeiter stand neben der Box. Er trug eine weiße Gummischürze und weiße Gummistiefel, die voller Blutspritzer waren. Die Ärmel seines Hemdes hatte er hochgekrempelt bis an die Schulter, sodass man seine fetten Muskeln besonders gut sehen konnte. Wahrscheinlich war er so richtig stolz darauf. Er zog das Gerät zu sich herunter, klappte es auf und stopfte eine Kartusche in das Rohr.

Dann hielt er den Apparat an die Stirn der Kuh. Eine Handbreit über den Augen. Dort, wo die Kuh diesen weißen Fleck hatte auf ihrem Fell. Die Kuh schüttelte ihren Kopf, und der Arbeiter schimpfte »Halt endlich still, blödes Vieh«, und da hörte die Kuh tatsächlich auf, sich zu schütteln, sondern drehte ihren Kopf und sah wieder zu mir herüber. Ich glaube, sie wusste , was gleich passierte. Sie wehrte sich nicht, sie blinzelte nicht, und ich schwöre, dass in diesem Moment ein paar Tränen aus ihren Augenwinkeln herunterliefen, ich konnte es ganz genau sehen. Es war ein kleines Rinnsal, das ein paar Zentimeter unter dem Auge wieder im Fell versickerte. So traurig und sanft und schicksalsergeben war sie in diesem Augenblick. Dann presste der Arbeiter ihr das Rohr ein zweites Mal auf die Stirn.

Das Geräusch war nicht lauter als das Ploppen beim Entkorken einer Flasche. Für eine Millisekunde hing der schwere Körper der Kuh quasi frei in der Luft, dann krachte die ganze Masse zu Boden. Als hätte jemand der Kuh die Füße unter dem Leib gekappt. Der Schlachter drückte auf einen Knopf, die beiden pneumatischen Edelstahlwände fauchten mit einem Zischen nach oben, und die Kuh schlingerte den schrägen Betonboden herunter. Ihre Zunge hing schräg aus dem Maul und die Augen waren hinter die Lider gerutscht. Über das ganze Fell lief ein Zittern. Der Arbeiter stach mit einem Finger in eine Pupille. »Das ist, um zu testen, ob sie noch etwas spürt«, sagte der Däne. Die Beine der Kuh schlugen jetzt hilflos durch die Luft. Als würde sie sich gerade verzweifelt gegen ein Ertrinken wehren. Der Arbeiter hatte Mühe, eine Kette um einen ihrer Hinterhufe zu schlingen.

»Das sind nur die Kontraktionen der Muskeln«, erklärte der Däne.

»Ist sie jetzt tot?«, fragte ich. Ich konnte fast nicht mehr hinsehen. So sehr presste sich mein Herz zusammen bei diesem Anblick.

»Noch nicht«, sagte der Däne. »Aber dieses Vieh spürt nichts mehr, das ist mal sicher, dem ist alles egal.«

»Mir nicht …«, stammelte ich. »Mir ist es nicht egal.«

Da grinste der Däne triumphierend, als hätte er es sowieso gewusst, und dann gab er dem Arbeiter ein Zeichen, und der griff sich eine Art Fernbedienung, die auch an einem Seil unter der Decke hing. Ratternd straffte sich die Kette und zog die Kuh nach oben, bis sie kopfüber frei über den Kacheln hing. Ihre Beine strampelten immer noch irgendwie unkontrolliert und verzweifelt, dass der Arbeiter aufpassen musste, um nicht getroffen zu werden von einem Huf. Von hinten näherte er sich dem strampelnden Körper. Er umfasste den Kopf mit dem linken Arm und mit der rechten Hand stach er ein monsterlanges Messer in ihre Seite und zog es einmal quer über den Hals, von einem Ohr bis zum anderen. Eine schnelle, präzise Bewegung. Das Blut platschte in einem riesigen Schwall aus dem Schlitz. Es flutete über seine Arme, die Schürze, auf die Kacheln. Innerhalb einer Sekunde schwamm alles darin. Als hätte jemand einen großen Eimer roter Farbe auf den Boden gekippt. Ich schätze, das waren mindestens zwanzig Liter. Aber schon nach zwei oder drei Sekunden wurde aus dem Schwall langsam ein Rinnsal. Nur das Herz pumpte noch mit jedem Schlag eine neue, kleine Welle aus dem riesigen Körper. Man konnte genau dabei zusehen, wie es immer langsamer und schwächer schlug und am Ende schließlich stehen blieb. Da lief dann nur noch ein dünner, gleichmäßiger roter Faden aus der offenen Wunde.

Mein Herz fühlte sich an, als hätte es dieser Fettsack in einen Schraubstock gespannt. Und als hätte er dann erbarmungslos zugedreht. Jede Sekunde eine Umdrehung. Ich konnte nicht wegschauen, und ich konnte nicht hinschauen, während der Tod von diesem sanften, schönen, arglosen Riesen langsam Besitz ergriff. Ich hatte noch nie einem Lebewesen beim Sterben zugesehen. Keinem Menschen und keinem Tier, und es war ganz anders, als ich vorher gedacht hatte. Überhaupt nicht greifbar. Wo hörte das Leben auf? Wo fing der Tod an? Gab es da eine Grenze? Irgendwie war der Tod hier im Schlachthof allgegenwärtig, und gleichzeitig war er auch überhaupt nicht da, und das machte es den Arbeitern leicht, nicht an das Töten denken zu müssen. So wie der Mann in der blutigen Schürze hantierte, existierte der Tod für ihn nicht. Er arbeitete, als würde er Mülltonnen leeren, und wahrscheinlich waren die Tiere für ihn auch schon totes Fleisch, noch bevor er ihnen den Hals aufschnitt. Und der Bolzenschuss wiederum tötete sie nicht, sondern betäubte sie nur. Und irgendwo dazwischen hatte der Tod sich versteckt, sodass ihn keiner mehr finden konnte. Auch ich nicht.

Der Arbeiter kurbelte den Körper anschließend mit der Kette am Hinterhuf ein bisschen höher und säbelte das Ohr mit der Marke ab. Dann fräste er mit einer Art Kreissäge quer durch den Hals, bis der Kopf nur noch an einem schmalen Fellstreifen hing. Die Säge hörte sich an wie der Bohrer bei einem Zahnarzt. Danach stieß er der Kuh das Messer bis zum Anschlag in die Brust und säbelte die Luftröhre hoch bis zum durchtrennten Hals. Da platschte auch noch mal ein Schwall Blut heraus. Anschließend schob er den Kadaver die Rollbahn an der Decke entlang in die Nachbarhalle. Da stand die nächste Kuh bereits in der Tötungsbox.

Der Arbeiter hatte keine Sekunde Pause, sondern musste sich im Gegenteil richtig beeilen, und es durfte auch kein einziger Schnitt danebengehen. Ich schätze, das war auch ein Grund, dass der Tod keinen Platz fand in dieser Maschinerie.

Der Däne schaute mich an. Mit so einer spöttischen, hochgezogenen Augenbraue. »Na, Mädchen«, fragte er, »willst du dir noch 'ne Kuh anschauen? Oder hast du genug? Dann zeig ich dir jetzt, wie es weitergeht.«

»Ich kann das«, sagte ich. »Kein Problem.«

»Natürlich«, meinte das Arschloch und grinste. »Ihr Mädchen seid heute viel taffer als zu unserer Zeit.« Dann griff er nach meinem Handgelenk und zog mich durch eine Stahltür in die nächste Halle.

Dort sah es aus wie in einer Fabrik. Mit Maschinen und Fließbändern und jeder Menge Arbeitern in weißen Gummischürzen und Hauben über den Haaren wie in einem Krankenhaus. Die Kadaver, die hier von der Decke hingen, hatten nichts mehr mit einem Lebewesen zu tun. Das Fell war ihnen schon irgendwo abgezogen worden, ohne dass ich es zu Gesicht bekommen hätte. Auch der Kopf hing jetzt nicht mehr am Körper.

»Das hier ist deine Kuh«, sagte der Däne und zeigte auf den Kadaver ganz am Anfang der Förderbandkette. Gerade klappte einer der Arbeiter die Bauchdecke auseinander und tauchte mit dem Kopf und beiden Armen in die Höhle und schaufelte die Eingeweide heraus. Die riesige Masse klatschte aufs Band, und der nächste Arbeiter sortierte die einzelnen Organe und warf sie in irgendwelche Kisten: Lunge, Leber, Niere, Magen. Zum Schluss lag nur noch eine schmaler, praller weißlicher Beutel da. Ungefähr so groß wie ein Schäferhund. Nur etwas länglicher.

»Das ist aber nicht schön«, sagte der Däne.

»Was ist?«, fragte ich.

Der Däne schwieg und griff mit seiner verschwitzten sommersprossigen Hand wieder nach meinem Arm, um mich aus der Halle zu ziehen. Ich machte mich steif und blieb einfach stehen wie so ein festgeschraubter Prellbock. Am Förderband schlitzte der Arbeiter jetzt mit seinem Messer den Beutel auf. Aus dem Loch glitschte ein nasser Klumpen Tier heraus. Die Haut glänzte wie frisch poliert, auf der Stirn hatte es einen weißen Fleck. Wie die Mutter. Die kleinen Hufe sahen aus wie weißes Porzellan, und dort, wo später die Hörner gewachsen wären, hatte es zwei kleine Trichter im Kopf. Ganz zart und unversehrt und schon bereit, ins Leben zu treten. So wirkte es. Noch hatte das Kalb die Augen nicht geöffnet. Aber auch die geschlossenen Augen sahen einen irgendwie an.

»Lebt es denn?«, fragte ich entsetzt.

»Normalerweise erstickt ein Kalb, wenn die Mutter ausblutet«, erklärte der Däne. »Aber es passiert schon mal, dass eins überlebt.« Er grinste schon wieder so schadenfroh fies, als würde er sich aufgeilen an den Schockwellen in meinem Gesicht. Am Förderband wurde es plötzlich hektisch. Einer der Arbeiter rief nach irgendwas und wedelte mit seinen Armen. Hatte das kleine Tier gerade mit einem Huf gezuckt? Ich war mir nicht sicher. Auf jeden Fall kam vom anderen Ende des Förderbands ein Mann mit einem Korb angerannt, in dem eine Menge Spritzen lagen. Sie hatten ewig lange und dicke Nadeln. Mit den Fingern tastete der Mann den Brustkorb des Kälbchens ab. Dann stach er eine der Spritzen zwischen zwei Rippen tief in den Körper. Bei lebendigem Leib. Das Zucken der Hufe wurde heftiger. Eine kleine Welle lief unter dem glänzenden Fell durch den ganzen Körper. Langsam zog der Mann mit der Spritze Blut in die Ampulle.

»Wichtig ist, dass du genau das Herz triffst«, erklärte der Däne. Beiläufig, als ginge es um ein Rezept für Kartoffelsuppe. Immer noch hielt er meinen Arm fest umklammert. Ich hatte überhaupt keine Chance, nicht hinzuschauen. Oder mich umzudrehen.

Danach setzte der Mann am Förderband die nächste Spritze an und auch noch die dritte. »Die Pharmaindustrie ist ganz verrückt nach dem Zeug«, erklärte der Däne. »Frag mich nicht, warum sie unbedingt ungeborene, lebende Tiere brauchen. Ich habe keine Ahnung. Hat irgendetwas mit Stammzellen zu tun, glaube ich.«

Mir war speiübel geworden. Mein Bauch fühlte sich an, als wäre er ein ausgewrungenes Handtuch. Hatte das kleine, ungeborene Tier Schmerzen bei dieser Quälerei? Spürte es, dass es auf der Welt war? Und dass es sie doch gleich wieder verlassen musste? Hatte es irgendetwas mitbekommen vom Tod der Mutter? »Aber … aber warum …«, stotterte ich, »warum machen die Bauern so was? Ich meine … schwangere Tiere zum Schlachten schicken? Dürfen die das? Ist das erlaubt?«

»Es heißt trächtig«, sagte der Däne. »Und natürlich dürfen sie das. Es gibt kein Gesetz, dass das Schlachten eines trächtigen Tieres verbietet.«

»Und was haben die Bauern davon?«

»Trächtige Kühe setzen schneller Gewicht an. Oder es ist eine Notschlachtung, weil die Kuh krank ist oder so.«

»Und warum weigern Sie sich dann nicht einfach, solche Kühe zu schlachten?«

»Weil wir dann jedes angelieferte weibliche Tier untersuchen müssten. Hast du eine Ahnung, was das für ein Aufwand ist? Und was so was kostet? Bei dreihundert Kühen am Tag. Geht alles runter von unserem Gewinn.«

»Na und? Dann ist das halt so. Warum muss der Gewinn über allem stehen?«

»Willkommen in der erwachsenen Welt«, lachte der Däne. »Wer hat jetzt recht gehabt? Ein Schlachthof ist nicht der richtige Ort für eine empfindsame Seele.«

»Im Gegenteil«, sagte ich und drehte meinen Arm aus seiner Umklammerung. »Er bräuchte viel mehr davon.«

KAPITEL 7

Wahrscheinlich klingt das jetzt total nach Mädchenkram, aber das Bild dieses kleines Kälbchens mit seinen porzellanweißen Hufen hatte sich irgendwie in mein Gehirn gebrannt. Ich konnte an gar nichts anderes denken. In der Schule, zu Hause, im Bett. Immer wenn ich die Augen zumachte, erschien dieses kleine, zuckende Tier vor mir und schaute mich mit seinen blinden Augen an, die noch gar nichts gesehen hatten von dieser Welt. Mir ist schon klar, dass so etwas völlig schwachsinnig klingt, aber so war es nun mal. Auch bei blinden Menschen geht mir das so. Da habe ich genauso das Gefühl, dass sie mich anschauen und alles erkennen.

Noch in der Nacht setzte ich mich hin und schrieb den ganzen Mist auf, den ich gesehen hatte. Punkt für Punkt, wie im Rausch. Ich musste überhaupt nicht mehr überlegen oder nach Worten suchen, wie sonst immer, wenn ich einen Artikel verfasste. Nach drei Stunden hatte ich sechs eng bedruckte Seiten. Das war natürlich viel zu lang für einen Bericht in unserer Schülerzeitung, aber das war mir in diesem Moment egal. Ich verstaute die Blätter in einer Mappe und ging damit am nächsten Morgen noch vor dem Unterricht zu unserem Wichtigtuer-Wicht in die Klasse.

Er lehnte im Türrahmen und versuchte mal wieder, gut auszusehen. Posermäßig, wie damals vor seinem Spiegel.

»Hättest du nicht gedacht?«, sagte ich und drückte ihm meine Geschichte in die Hand.

»Was ist das?«, fragte er.

»Der Schlachthof.«

Seltsamerweise schien er überhaupt nicht überrascht zu sein. Als hätte er davon schon gehört. Er nahm die Blätter in die Hand, setzte sich an seinen Tisch in der Klasse und begann zu lesen. Genauer gesagt raste er durch die Seiten, schneller, als man eigentlich lesen kann. Nach fünf Minuten oder so legte er den Packen Papier schon wieder zurück auf den Schreibtisch. Er lehnte sich zurück und faltete seine Hände vor dem Bauch.

»Das drucke ich nicht«, sagte er.

»Darüber kannst du gar nicht entscheiden«, entgegnete ich.

»Ich drucke es trotzdem nicht. Ich will nicht, dass meinen Lesern morgens schon das Wurstbrot im Hals stecken bleibt.«

»Es sind nicht deine Leser. Und es ist auch nicht deine Zeitung. Wenn überhaupt kann nur die Redaktionskonferenz das Stück ablehnen. Oder Holzmann. Aber garantiert nicht du.«

»Die werden dir auch nichts anderes sagen.«

»Werden wir ja sehen«, antwortete ich und schnappte mir meine Blätter.

»Die Geschichte musst du schon dalassen«, erklärte er. »Wie soll die Konferenz über dein Stück entscheiden, wenn du es ihr nicht zu lesen gibst?«

Das klang plausibel.

»Heute nach der Schule«, sagte er. »Ich verteile schon mal deinen Text.«

Es war um sechzehn Uhr, als sich die ganze Redaktion im Konferenzraum versammelte. Wobei »Konferenzraum« jetzt ein bisschen hochtrabend klingt. Eigentlich war es nur ein gekachelter Raum mit Milchglas, der früher das Jungsklo der Schule gewesen war. Aber dann war hier renoviert worden, und aus dem Klo wurde der Kartenraum, bis vor einem Jahr jedes Klassenzimmer ein Smartboard bekam und keiner mehr Karten brauchte für seinen Unterricht. Deshalb waren in diesem Raum jetzt sechs ausrangierte, vollgekritzelte Pulte zu einem großen Konferenztisch zusammengeschoben, und die Schautafeln an den Wänden waren nur noch Dekoration: »Käfer und Spinnen«. »Unsere Waldbewohner«. Und: »Die Fische des Mittelmeers«.

Als ich den Raum betrat, saßen alle anderen Redaktionsmitglieder schon da. Mit ernsten Mienen, ohne mich anzuschauen. Und vor jedem lag eine Kopie meiner Geschichte.

»Wir haben hier ein ernstes Problem«, sagte der Chefredakteur und klopfte auf seinen Packen Papier. »Nora hat uns einen Text geschrieben, der viele Fragen aufwirft und den wir leider nicht so stehen lassen können. Ich habe mir erlaubt, die Fakten dieses Artikels zu überprüfen. Wie sich herausgestellt hat, entspricht fast nichts in dem Text der Wahrheit.«

»Wie bitte?«, fragte ich entgeistert. »Wie kommst du zu so einem Quatsch?«

»Ich habe die Geschichte dem Betriebsleiter unseres Schlachthofs gezeigt. Er bestreitet so ziemlich alles, was du geschrieben hast. Er bestreitet sogar, dass du überhaupt in den Produktionshallen gewesen bist. Nach seiner Aussage hast du ihn nur in seinem Büro besucht. Vom Betrieb selbst hast du gar nichts gesehen. Das würde auch gar nicht gehen, sagt er, weil sich dort kein betriebsfremder Mensch aufhalten darf. Das schreibt schon die strenge Hygieneverordnung seines Betriebs vor. Deshalb könntest du logischerweise auch nicht gesehen haben, dass Kühe beim Ausbluten zappeln oder wie man bei einem ungeborenen Kälbchen das Herz punktiert. Es gebe noch nicht einmal ungeborene Kälbchen bei ihm. Sagt dieser Betriebsleiter. Sogar seine Zitate im Text hättest du frei erfunden. Nichts von all dem hätte er jemals geäußert.«

»Das ist Bullshit«, entgegnete ich, »jedes einzelne Wort ist wahr! Und wie kommst du überhaupt dazu, so einem Typen meine Geschichte zu zeigen? Ist doch völlig klar, dass er alles bestreiten muss.«

Hendrik stand auf und lehnte sich lässig gegen »Unsere Waldbewohner«. Er öffnete die Manschettenknöpfe an seinem Hemd und krempelte sich ganz wichtig die Ärmel hoch. »In Zeiten von Fake-News«, dozierte er Lindner-mäßig, »ist es meine Pflicht zu prüfen, ob unsere Geschichten auch zu hundert Prozent der Wahrheit entsprechen. Es ist besser, nichts zu veröffentlichen, als Falsches zu veröffentlichen.«

»Und das prüfst du, indem du diesem Schwachkopf von Betriebsleiter den Text vorlegst? Ist nicht dein Ernst, oder?«

»Es gibt keinen Grund für mich, an seinen Aussagen zu zweifeln. Alles, was er sagt, klingt plausibel und schlüssig.«

»Und was ich sage, etwa nicht?«

»Ich glaube Folgendes: Du hattest angekündigt, eine Reportage aus dem Schlachthof zu schreiben. Und als das nicht funktioniert hat – was im Übrigen keine Schande ist, weil es noch keinem gelungen ist –, hast du halt eine Story erfunden. Gut erfunden. Aber erfunden. Daran besteht in meinen Augen kein Zweifel.«

Ich schaute mich um. Von einem zum anderen. Lauter ratlose Gesichter. Niemand an diesem Tisch hatte eine Ahnung, wem er noch glauben sollte. War ja auch nicht verwunderlich.

»So ein Betrieb hat tausend Gründe, nicht die Wahrheit zu sagen«, erklärte ich.

»Und die wären?«, fragte ein anderes Mädchen aus unserer Runde.

»Komm schon«, antwortete ich, »die liegen doch auf der Hand. Es ist verboten, ein Tier zu töten, bevor es nicht ordnungsgemäß betäubt ist. Und garantiert ist es auch verboten, einem Kälbchen bei lebendigem Leib eine Spritze ins Herz zu stechen. Es passiert ja nicht ohne Grund, dass der Schlachthof sich so einzäunt mit Stacheldraht. Und keinen Menschen hineinlässt. Was glaubst du, was passiert, wenn die Bevölkerung weiß, wie brutal und verachtend die Arbeiter dort zu den Tieren sind? Vielleicht essen dann noch viele andere Menschen kein Fleisch mehr. Und schlimmstenfalls hat der Däne einen Prozess am Hals.«

»Aber wie hast du es dann geschafft, in den Schlachthof zu kommen?«

»Weil mein Vater den Betriebsleiter kennt. Und weil der Typ scharf auf mich ist.«

»Auf dich?«, fragte das Mädchen mit großen Augen. »Echt jetzt?«

»Wieso denn nicht?«

»Na, guck dich doch mal an«, sagte das Mädchen. »Keine Frisur, kein Busen. Und die Klamotten sind auch von der Flüchtlingshilfe.«

»Gibt auch Männer, die auf andere Dinge schauen.«

»Also, mir müsstest du auf jeden Fall was dazugeben«, meinte Hendrik, und ich sagte »Ach ja, so was zum Beispiel?« und beugte mich über den Tisch und versuchte, ihm eine zu scheuern.

Es war ganz bestimmt kein brutaler Schlag, weil ich ihn von meinem Stuhl aus kaum erreichte, sondern eher ein leichter Wischer am Hinterkopf, aber das war natürlich trotzdem ein Fehler. Hendrik gab sofort den sterbenden Stier und sackte schwer verletzt in sich zusammen und alle seine Groupies rannten sorgenvoll um den Tisch herum und suchten nach Blut oder befühlten die Beule. Hat eigentlich nur noch die stabile Seitenlage und eine Mund-zu-Mund-Beatmung gefehlt. Mich gifteten sie an, als hätte ich einen Terroranschlag verübt. Da brauchte ich gar nicht mehr zu warten, was sie von meiner Geschichte hielten. Also schnappte ich meinen Text und verließ den Raum.

Irgendwie muss ich den Text unter die Leute bringen, dachte ich. Aber der Lokalzeitung musste ich auch nicht kommen damit, weil die Zeitung garantiert abhängig war vom größten Arbeitgeber in der ganzen Region. Facebook wäre noch eine Möglichkeit. Aber dort war ich gerade mal mit elf Menschen befreundet. Und auf Instagram waren meine Follower noch nicht einmal zweistellig. Obwohl ich eine Zeit lang immer mal wieder irgendwelche Tierfotos gepostet hatte. Und dann hatte ich früher noch einen Blog, in dem ich Bilder oder Videos oder Geschichten gepostet hatte von Hunden, die einsam waren. »Winston-allein-zu-Haus.de« hieß der Blog, und Winston war dann auch das Wappentier meiner Seite, aber das hatte der Nachbar zufällig mitgekriegt und gleich mit dem Anwalt gedroht, und seitdem liegt die Seite brach. Die letzten drei Jahre hatte ich nichts mehr darauf gepostet. Lange bevor Winston sich seinen Zeh in meinem Fahrrad gebrochen hat.

Zu Hause wartete mein Vater dann schon an der Tür. Auch er machte ein schwer besorgtes Gesicht. »Herr Christensen vom Schlachthof hat mich heute Vormittag angerufen«, sagte er gleich beim Reinkommen. »Und er hat mich auf das Dringlichste gebeten, dich davon abzuhalten, etwas Unüberlegtes zu tun. Andernfalls sehe er sich nämlich gezwungen, seine Auftragspolitik noch einmal zu überdenken. Was ist denn während deines Besuchs passiert? Nora? Hörst du mir zu? Konntest du denn nicht ein einziges Mal ein bisschen freundlich sein? Und nicht gleich wieder die Welt retten wollen? Du weißt, dass unsere Spedition mit dem Rücken am Abgrund steht. Ohne den Auftrag des Schlachthofs können wir beide nicht überleben. Das weißt du.«

»Es gibt kein ›wir beide‹ mehr zwischen dir und mir«, sagte ich.

»Kannst du nicht trotzdem das, was du geschrieben hast, ausnahmsweise einmal für dich behalten?«

»Du würdest mich, ohne mit der Wimper zu zucken, an diesen Fettsack verkaufen. Dann leb auch damit.«

»Ich habe dich doch nicht verkauft, was redest du da?«

»Du weißt, dass er ein notgeiler Grapscher ist. Und genau deshalb sollte ich das engste und aufreizendste Top anziehen, das bei mir im Kleiderschrank hängt. Was ist das anderes als verkaufen?«

»Nora, bitte, du bist doch das Wichtigste in meinem Leben, nie würde ich dir etwas Böses wollen, das weißt du!«

So war das immer bei ihm, seit er trocken war: Sobald ich ihm widersprach, schrumpfte er sofort auf Zwergengröße und jammerte und klammerte, dass es echt schwierig war, ihn dabei überhaupt noch anzusehen. So peinlich und zum Fremdschämen war das. Aber wenn man ihm nicht widersprach, versuchte er gleich wieder, sich aufzupumpen zur alten Größe, bis dann ein energisches Wort genügte, um bei ihm erneut den Stöpsel zu ziehen.

»Bitte«, sagte er jetzt noch einmal, »wenn du es nicht für mich tun kannst, dann tu es wenigstens für unsere guten Zeiten. Die hatten wir doch, mein Goldstück, nicht wahr. Bevor mich der Dämon gepackt hat.«

»Vielleicht war das so«, sagte ich. »Vielleicht war es früher mal gut. Aber vielleicht war auch damals schon die gute Zeit nur eine große, beschissene Lüge.«

Damals, das war, als mein Vater noch seinen Führerschein hatte und im Hafen sein Motorboot lag, mit dem wir manchmal hinausgefahren sind aufs Meer. Er und ich und meine Mutter. Eigentlich waren das die einzigen Augenblicke, in denen wir wirklich eine Familie waren. Er stand dann am Steuerrad mit offenem Hemd und war Kapitän und lehrte mich alles, was man als sein »Matrose« in der Seefahrt so wissen muss. Und meine Mutter rekelte sich währenddessen direkt vor ihm auf dem Sonnendeck und streifte sich dabei die Träger ihres Bikinis herunter. »Für ein perfektes Dekolleté«, sagte sie dann jedes Mal. Und: »Hach, Spatzi, ist das Leben nicht Bombe.« »Bombe«, das war ihr Wort. Mit »Spatzi« meinte sie meinen Vater. Nicht mich.

Damals fuhr mein Vater tagsüber Getreide von den Bauern aus der Umgebung zu dem riesigen Silo, der unten am Hafen steht, direkt hinter dem Bahnübergang. Oder er brachte Mehl von der Mühle neben dem Silo zu irgendwelchen Großbäckereien im ganzen Land. In den Ferien nahm er mich sogar manchmal mit, und das waren wirklich die schönsten Tage mit ihm, an die ich mich überhaupt noch erinnern kann. Dann saß er hinter dem Steuer und wir rollten mit achtzig km/h über die Autobahn, und wenn er über ein Schlagloch fuhr, wippte der gasgefederte Stuhl rauf und runter wie eine Sänfte. Stundenlang erzählte mein Vater dabei Geschichten: Wie er mit dem Lkw früher durch die Sahara gefahren ist oder nach Bagdad oder Damaskus und ein paarmal sogar bis nach Kabul. Einmal ist er von Beduinen auf Kamelen verfolgt worden, und ein anderes Mal war es in den Bergen an der türkisch-irakischen Grenze so kalt, dass der Diesel im Tank eingefroren ist, und da musste er zwei Wochen bei minus zwanzig Grad im Schlafsack ausharren, bis der Frühling kam und der Diesel endlich wieder flüssig wurde. Und dann ist er noch in den Bergen Afghanistans mit Panzerfäusten beschossen worden, weil er einen Lkw mit Siegburger Nummer fuhr und die Taliban dachten, dass es ein Militärlaster aus der Sowjetunion sei. Wegen des SU-Nummernschilds. So hat es mein Vater immer erzählt. Angeblich hatte er sich dann mit einer rasanten Fahrt die Schotterserpentinen hinuntergerettet.

Heute denke ich, dass diese Geschichten genauso gelogen waren wie alles andere, was er erzählte, wenn er betrunken war. Sogar wenn er bei meinem Leben schwor. Das tat er häufiger, weil so ein Schwur erst einmal total überzeugend klingt, aber in Wirklichkeit gar nichts bedeutet. Schließlich falle ich ja nicht auf der Stelle tot um bei einer Lüge. Wenn er damals auf seinen Wodka-Vorrat geschworen hätte, den er immer unter der Treppe gebunkert hatte, das hätte etwas bedeutet. Aber mein Leben? Hatte ihn doch gar nicht interessiert.

Und dann hatte die Polizei ihm zweimal in einem einzigen Jahr den Führerschein abgenommen und danach hatte er nur noch in der Werkstatt gehockt und sich angeblich um die Reparatur der Autos gekümmert. Aber viel war da nicht zu reparieren bei drei mickrigen Lkw. Schätze ich mal. Also hatte er immer weitergesoffen und sich und mich und alles andere in den Schmutz gezogen.

»Ich bin dir überhaupt nichts schuldig«, sagte ich. »Alles, was ich mache oder nicht mache, passiert nur noch, weil ich es will. Oder nicht will. Damit das für immer zwischen uns klar ist.«

»Und was heißt das jetzt für den Text?«

»Ich habe mich noch nicht entscheiden. Mal schauen.«

KAPITEL 8

Wenn ich irgendetwas gelernt hatte in meinem Leben, dann war es das: Solange ich nichts anderes tat als reden, hörte mir niemand zu. Kein Mensch interessierte sich für das, was ich dachte oder fühlte oder zu sagen hatte. Ich war nicht wie dieses schwedische Mädchen zum Beispiel, das gerade unser Klima zu retten versucht. An ihren Lippen hängen die Medien und eine ganze Generation und die halbe Welt. An mir hängt immer nur der Geruch von Alkohol. Selbst jetzt noch, da mein Vater keinen Tropfen mehr trinkt. Die Leute sagen, dass ein Alkoholiker immer ein Alkoholiker bleibt. Und genauso ist es mit seinen Kindern, glaube ich. Ich war für immer die Alkoholiker-Tochter, daran würde sich nie etwas ändern. Ich würde immer diejenige sein, die von allem zu wenig bekommen hat. Zu wenig Liebe, zu wenig Aufmerksamkeit, zu wenig Sicherheit, zu wenig Gehör. Ich war das Mädchen, das sich jahrelang unsichtbar gemacht hatte und es vielleicht deshalb immer noch ist, und wahrscheinlich würde es auch in Zukunft genauso weitergehen. Ich hatte einfach keine Idee, wie ich es anstellen sollte, dass mich jemand beachtete. Es sei denn, ich haute diesem jemand die Nase zu Brei.

Das Erste, was ich am nächsten Tag tat, war, mit dem Fahrrad zu einem Baustoffhandel zu radeln, um ein extra stabiles Rohr aus Beton zu kaufen. Das Geschäft lag in unserem Industriegebiet, das zwar so heißt, aber gar keine Industrie beherbergt. Außer dem Schlachthof. Der Baustoffhandel war von außen nur eine Wellblech-Halle und von innen eine dreißig Meter lange Theke mit ungefähr zehn Verkäufern dahinter und dreißig Handwerkern davor. Alle starrten mich an. Als hätten in diesem Universum Frauen keinen Zutritt. Sie redeten auch so, dass ich kein Wort verstand. Obwohl es eindeutig Deutsch war. Ich stellte mich in die Schlange.

»Bitte schön«, sagte ein Bürschlein mit Scheitel, als ich an der Reihe war. Er trug einen grauen Kittel, wie alle anderen Verkäufer hier, und darunter eine Krawatte, die schon bei seiner Geburt nicht mehr modern gewesen war.

»Ich brauche ein Rohr«, sagte ich. »Aus Beton. Wenn möglich.«

»Wir haben hier tausend verschiedene Rohre«, erklärte das Bürschlein. »Für welchen Zweck, wenn ich fragen darf?«

»Als Schutz«, antwortete ich, »für eine Kette.«

»Ich verstehe nicht ganz.«

Ich beugte mich vor und sagte: »Ich will meine Hände anketten. Und brauche etwas, damit man die Kette nicht einfach durchschneiden kann.«

Unfassbar, wie still es plötzlich in solch einem Geschäft sein kann. Und was Handwerker einem alles anbieten, wenn es um »Rohr« oder »Kette« geht. Aber das war nicht die Form von Beachtung, die ich meinte.

Nur das Bürschlein hinter dem Tresen blickte noch nicht einmal hoch zu mir.

»Ah … okay«, sagte er, »lassen Sie mich kurz überlegen … also am stabilsten wäre ein armiertes Hunderterrohr aus Schleuderbeton. Aber das ist leider nicht ganz billig. Da kommen wir … Moment, ich muss schauen … bei unserem Fünfhundert-Millimeter-Verbindungsstück mit Doppelmuffe … auf vierundfünfzig Euro zehn plus Mehrwert. Dafür bekommen Sie aber auch ein Rohr, das nicht kaputtgeht, wenn Sie es aus einem Flugzeug schmeißen. Mit einer Flex oder dem Schneidbrenner haben Sie bei der Qualität überhaupt keine Chance.«

»Nehm ich«, sagte ich.

»Eine exzellente Wahl«, meinte der Junge.

Ich ignorierte das Feixen der Männer und zurrte das Rohr auf dem Gepäckträger fest, dann radelte ich fünfhundert Meter weiter zu einem Shop, bei dem man achtzehn sein musste, um ihn betreten zu dürfen. Im Schaufenster hingen Kleidungsstücke in Lack und Leder und die Männer drinnen starrten mich genauso an wie die Handwerker zuvor. »Ich brauche Handschellen, die man nicht so leicht knacken kann«, sagte ich.

Diesmal war es eine Frau, die mich bediente. Sie meinte: »Herzchen, da nimmst du am besten unsere Blackstone-Handschellen mit dem Doppelgelenk für vierunddreißig Euro neunzig. Mit denen werdet ihr auf jeden Fall ganz viel Freude haben.«

Zu Hause stellte ich als Erstes die Schlachthof-Geschichte auf meinen Blog. Und dazu noch alle Zahlen, die ich zum Thema Massentierhaltung und Fleischproduktion auf die Schnelle finden konnte: Dass die Massentierhaltung in Deutschland pro Jahr fast eine Million Kühe so krank macht, dass sie vorzeitig geschlachtet werden müssen. Dass fünfundsiebzig Prozent aller weltweit produzierten Antibiotika an Tiere verfüttert werden. Dass pro Sekunde dreitausend Tiere in den Schlachthöfen der Welt getötet werden. Pro Sekunde, muss man sich mal vorstellen. Dass in Deutschland über zweihundert Millionen Kubikmeter Gülle unsere Felder ertränken und die Gewässer vergiften. Dass ein konventionelles Mastschwein in Deutschland sein Leben auf null Komma fünfundsiebzig Quadratmeter fristen muss.

Und manche in Gitterboxen stehen, die so eng sind, dass sie sich ihr Leben lang nicht einmal umdrehen können. Solche Sachen halt. Unsere ganze Brutalität im Umgang mit den Tieren. Es wurde eine ewig lange Liste.

Dann malte ich »Fickt euch – nicht die Natur!« auf ein großes Pappschild, und darunter schrieb ich den Namen meines Blogs, und als es ungefähr vier Uhr nachts war, schlich ich mich aus dem Haus und radelte rüber zum Eingangstor des Schlachthofs. Um sechs würden die ersten Lkw kommen und bis dahin musste alles geregelt sein.

Der Platz vor der Einfahrt war taghell erleuchtet, das Tor bestand aus zwei Flügeln, und die bestanden aus senkrechten Vierkantrohren, ungefähr alle zehn Zentimeter ein Rohr, vier Meter hoch, ohne Querstrebe und so glatt, dass ein Fuß nirgends Halt finden konnte. Tagsüber rollten sie auf Schienen zur Seite. Aber nachts versperrten sie das Gelände. Unmöglich darüberzuklettern. Für mich jedenfalls. Außerdem waren auf beiden Seiten Kameras an den Flutlichtmasten montiert.

Weil das Rohr gerade so nicht hindurchpasste zwischen den Vierkantrohren, legte ich es vor dem Eingangstor ab und hoffte, dass im Gebäude gerade niemand auf die Monitore der Kameras schaute. Dann suchte ich nach einer Stelle, an der ich über den Zaun klettern konnte, ohne gesehen zu werden. Der Zaun war höher als das Tor, ungefähr fünf Meter, geschätzt, und aus Maschendraht, und alle zehn Meter war ein Pfosten, der oben die Form eines Ypsilons hatte, und darauf lagerte noch mal gerollter NATO-Draht. Ohne Lücke um den gesamten Schlachthof herum.

Ich hatte einen kleinen Seitenschneider dabei, um ein Loch in den Zaun zu knipsen, aber der Draht musste aus irgendeiner stabilen Legierung sein, weil er sich einfach nicht durchtrennen ließ. Vielleicht war auch meine Zange zu stumpf. Über den Zaun zu klettern, traute ich mich auch nicht wegen des Stacheldrahts, aber an seiner Ostseite grenzte der Schlachthof an ein kleines Wäldchen mit älteren Buchen und deren Äste reichten zum Teil über den Zaun. Allerdings waren die Bäume auf den unteren Metern glatt und gerade wie ein Laternenpfahl, aber dann fand ich doch noch eine knochige Eiche, an der ich hochklettern konnte bis in die Krone. Ich robbte auf einem der großen Äste nach vorn, über den Zaun, bis zum Ende, wo er sich unter meinem Gewicht nach unten beugte und ich ohne Probleme den Boden erreichte. Zurück würde ich auf diesem Weg nicht mehr kommen. Aber ein Zurück hatte ich sowieso nicht geplant.

Wahrscheinlich hatten die Wachleute, die hier auf dem Gelände patrouillierten, mich spätestens jetzt auf ihrem Schirm. Also rannte ich so schnell es ging nach vorne zum Tor. Dort stellte ich meinen Rucksack ab, holte die Handschellen und das Plakat heraus und hockte mich auf den Boden. Ich streckte beide Arme durch die Flügel des Tors und dasselbe machte ich mit den Beinen. Dann legte ich das Betonrohr auf meine Oberschenkel und fasste mit der rechten Hand von rechts und mit der linken von links in die Röhre und klickte innen die Handschellen um die Gelenke. Wie so ein menschliches Bügelschloss, das die beiden Torflügel zusammenschloss. Jetzt konnte man das Tor nur noch öffnen, indem man mir einen Arm ausriss. Ich fand, das war eine ziemlich geniale Idee, um den Betrieb zu blockieren.

Nach einer halben Stunde fand ich das nicht mehr. Das Rohr wurde mit jeder Minute schwerer und kratzen konnte ich mich auch nicht. Dafür schmirgelte der Beton die Haut am Unterarm auf.

Nach einer Stunde war immer noch kein Wachmann zu sehen. Aber vor dem Tor kamen jetzt die ersten Lkw an. Die Fahrer stiegen auch alle aus und lachten über den Spruch auf meinem Schild, aber als sie realisierten, dass sie ihre Kühe in den nächsten Stunden mit Wasser und Futter versorgen mussten, änderte sich ihre Laune bedenklich. Später kam dann endlich ein Wachmann vorbei, um das Tor zu öffnen. Da war es fünf Minuten vor sechs.

Der Mann war schon jenseits der sechzig, würde ich sagen, und schob hier wahrscheinlich seit Jahren Nacht für Nacht eine ruhige Kugel, weil kein vernünftiger Mensch in einen leeren Schlachthof einbricht. Dementsprechend ratlos wirkte er jetzt. Er inspizierte die Lage, kratzte sich hinter dem Ohr, dann versuchte er, mit einer Taschenlampe in das Betonrohr auf meinen Knien zu leuchten. Aber da war es zu eng, um irgendetwas erkennen zu können. Außerdem waren meine Arme im Weg. Also winkte er einen der Lkw-Fahrer zu sich, und dann zerrten beide mit aller Kraft an je einem Arm, bis ich anfing zu protestieren.

»Das funktioniert nicht«, erklärte ich, »die Arme sind mit Handschellen aneinandergekettet. Und außerdem tut das weh, wenn Sie so daran ziehen.«

»Das hättest du dir mal vorher überlegen sollen«, sagte der Wachmann.

»Was denn nu?«, fragte der Fahrer. »Ich muss abladen, und zwar sofort, ich hab heute noch eine zweite Tour.«

Die anderen Fahrer nickten. »Genau«, meinte einer von ihnen. »Wer zahlt uns den Ausfall? Die Kleine doch sicher nicht.«

»Ich weiß auch nicht«, meinte der Wachmann, und dann fing einer der Fahrer an zu telefonieren, und alle anderen machten es auch.

Der Wachmann wahrscheinlich mit seinem Chef und die Trucker mit ihren Disponenten. Irgendjemand rief vermutlich die Polizei. Nach fünf Minuten hörte ich jedenfalls eine Sirene.

Etwas später erreichte ein Wagen mit Blaulicht den Vorplatz des Schlachthofs.

Danach dauerte es keine zwei Minuten, bis ein Reporter erschien. Es war ein junger Kerl, der wahrscheinlich den Polizeifunk abgehört hatte.

Er kroch mir mit seinem Fotoapparat in jede Pore, dann filmte er die Szene von allen Seiten, wahrscheinlich schrieb er auch noch einen Artikel. Jedenfalls hockte er sich danach zu mir auf den Boden, auf der anderen Seite des Tors, und wollte alles wissen von mir: warum jetzt, warum ausgerechnet der Schlachthof, was ich mit der Aktion bezweckte, was meine Eltern dazu sagten und ob ich denn gar keine Angst hätte vor den Konsequenzen. Immerhin käme da wahrscheinlich eine hohe Schadensersatzforderung auf mich zu.

»Ist mir egal«, antwortete ich. »Und alle anderen Antworten finden Sie auf meiner Homepage. Die heißt ›Winston-allein-zu-Haus.de‹. Werfen Sie mal einen Blick darauf.«

Als Nächster erschien der dänische Betriebsleiter auf dem Parkplatz.

Er war in aller Aufregung aufgebrochen, das konnte man an den Resten von Rasierschaum an seinem Ohrläppchen sehen. Und daran, dass sein Hemd wieder aus seiner Hose hing und er nicht mal die Zeit fand, es wieder in den Gürtel zu stopfen. Für seine Masse hatte er einen erstaunlich energischen Gang.

»Ich hab's geahnt«, schimpfte er, als er schnaufend vor mir stand. »Verdammter Scheißfehler, dir unseren Betrieb zu zeigen. So dankst du mir also meine Freundlichkeit? Dass du dich überhaupt nicht schämst.«

»Warum sollte ich?«, erwiderte ich.

»Also, wo ist der Schlüssel? Damit wir diesen Mist beenden können.«

»Bestimmt nicht hier«, antwortete ich. Obwohl ich ihn in der Röhre in meiner Hand hielt.

»Schön, und wo ist der Schlüssel dann?«, fragte der Däne.

»Zu Hause. Aber wo genau, werde ich nicht verraten.«

»Du dumme Göre. Weißt du überhaupt, was du hier anrichtest?«

»Wissen Sie denn, was Sie anrichten? Tag für Tag? Bei den Tieren? Und bei den Menschen, die für Sie arbeiten?«

»Hat denn hier keiner einen Vorschlaghammer?«, brüllte der Däne. »Ich brauche einen Vorschlaghammer. Und zwar schnell!«

Trotzdem dauerte es eine ganze Weile, bis der Wachmann angebückelt kam mit einem echten Monstrum auf seiner Schulter.

Der Däne riss ihm das Teil aus der Hand und stellte sich breitbeinig vor mir auf und sein Hängebauch hing mir praktisch direkt im Gesicht. Dann trat er einen Schritt zurück und schwang den Hammer nach oben und ließ ihn auf die Röhre fallen. Gar nicht einmal mit voller Kraft. Aber es tat auch so schweinemäßig weh in den Armen und noch mehr in den Schenkeln, auf denen die Röhre lag. Viele Schläge würde ich nicht aushalten können. Das war mal sicher. Zum Glück senkte der Däne den Hammer nach dem Schlag erst einmal wieder und betrachtete das Ergebnis. Die Röhre war unversehrt. Kein Riss. Keine Löcher. Nur eine winzige flache Absplitterung. Nicht größer als ein Zehncentstück.

Das Ergebnis des zweiten Schlags war nicht sonderlich anders. Danach schwabbelte der Däne mit rotem Kopf wieder davon. Es dauerte vielleicht eine Viertelstunde, bis er schwer atmend erneut vor mir stand. Dieses Mal war er mit einer Kabeltrommel und einem riesigen Winkelschleifer bewaffnet. In der Zwischenzeit hatten sich noch mehr Viehtransporter auf dem Parkplatz gestaut. Auch die ersten Zuschauer waren gekommen und es wurden mit jeder Minute mehr. Dabei lag der Schlachthof in einer Sackgasse. Kein Mensch lief hier aus Zufall vorbei. Irgendwie musste sich die Geschichte schon verbreitet haben. Vielleicht das rasende Ein-Mann-Reporter-Team. Oder einer der Fahrer hatte mich mit dem Handy gefilmt und das Video online gestellt. Zu gerne hätte ich selbst mal auf mein Handy geschaut. Aber das ging natürlich nicht mit den gefesselten Händen.

Dann warf der Däne den Winkelschleifer an. Die Maschine machte einen brutalen Lärm, als die Trennschreibe sich in den Beton fräste und dabei glühende Funken nach hinten schleuderte. Wie eine gewaltige Wunderkerze sah das aus. Wenigstens flogen die Funken nicht in meine Richtung. Aber es war trotzdem so, dass ich in diesem Moment heftige Angst bekam. Hoffentlich hatte das Bürschlein im Baustoffhandel recht. Falls sich der Winkelschleifer durch den Schleuderbeton fressen würde, wäre es um meine Hände geschehen. Das war mal sicher.

Zum Glück mischte sich jetzt einer der Polizisten ein. Auch er war noch ganz jung und sah eigentlich eher aus wie ein zarter Abiturient und nicht wie ein stiernackiger Gesetzeshüter. »Sind Sie irre«, rief er. »Machen Sie sofort die Maschine aus. Sie können ihr doch nicht die Hände abtrennen.«

»Was denn?«, sagte der Däne. »Ich schneide hier nur Beton«, aber zum Glück schnitt die Maschine doch nicht Beton, sondern das Bürschlein vom Bauhandel hatte recht gehabt, und der Winkelschleifer kam in diesem Material überhaupt nicht vorwärts. Stattdessen zerlegte sich die Trennscheibe langsam selbst. Immer wieder brachen kleine Stücke heraus, bis die Scheibe so eine brutale Unwucht hatte, dass der Däne den Apparat kaum noch festhalten konnte. Beinahe hätte er sich ins eigene Bein gefräst.

»Hoppla, das ging ja fast in die Hose«, sagte der Polizist und grinste.

»Stehen Sie hier nicht so blöd rum«, schimpfte der Däne. »Sorgen Sie gefälligst dafür, dass mein Betrieb wieder zum Laufen kommt.«

»Das Problem löst sich doch irgendwann von alleine«, meinte der Polizist. »Das Mädchen kann hier nicht ewig sitzen, irgendwann muss sie auch was trinken oder schlafen oder aufs Klo.«

»Sind Sie völlig von Sinnen«, entgegnete der Däne. »Haben Sie 'ne Ahnung, was eine Stunde Stillstand hier kostet? Ganz abgesehen davon, dass die Tiere auf den Lkw versorgt werden müssen. Ich möchte, dass dieses Problem auf der Stelle beseitigt wird.«

»Da sind mir – wie soll ich sagen – die Hände gebunden«, antwortete der Polizist und grinste. Glaube ich jedenfalls, aber beschwören kann ich es nicht. Der Polizist orderte trotzdem Verstärkung an und telefonierte anschließend mit der Feuerwehr und der Däne stoppte seine Maschine und tippte selbst wütend auf dem Display seines Handys herum. Wahrscheinlich traf er mit seinen Wurstfingern nicht die richtigen Zahlen, weil er pausenlos neu ansetzen musste. Sein Kopf wurde auch immer röter dabei. Am Ende hatte er jemanden an der Strippe.

Zuerst redete er noch ganz normal, aber dann wurde die Stimme immer lauter. »Du bringst dieses Miststück sofort zur Vernunft«, brüllte er. »Sonst kannst du dir mit den Aufträgen deinen Arsch abwischen. Ich mache euch fertig, dich und deine Firma und diese Missgeburt hier. Was bildet ihr euch ein? Also rede verdammt noch mal mit ihr.«

Dann hielt er mir das Handy ans Ohr. »Was machst du denn da?«, hörte ich meinen Vater fragen. »Bist du von allen guten Geistern verlassen?«

»Mit dir hat das nichts zu tun«, sagte ich.

»Natürlich hat das mit mir zu tun«, entgegnete er. »Merkst du nicht, dass du gerade unser Leben zerstörst? Also wo hast du den Schlüssel? Sag's mir, und ich komme sofort zu euch, und vielleicht verzeiht er uns dann noch einmal die ganze Geschichte.«

»Mir egal«, erklärte ich. »Das Einzige, was ich will, ist, dass die Welt erfährt, was hier mit den Tieren passiert. Die ganzen Grausamkeiten, nur damit es im Supermarkt billige Schnitzel gibt.«

»Na, das hast du ja schon erreicht. Du bist überall in den Nachrichten. Herzlichen Glückwunsch.«

»Und je länger ich durchhalte, desto mehr Menschen werden davon erfahren. Ich werde nicht aufhören damit. Nur weil du das willst. Oder weil sich der irre Fettsack hier unnormal aufregt.«

Den »irren Fettsack« sagte ich extra laut, damit er ihn auch wirklich hörte. »Sie können das Handy jetzt wieder wegnehmen«, meinte ich noch, »ich bin fertig mit dem Telefonat.«

Der Däne schnappte sich mein Plakat und stopfte es in einen Abfalleimer, der auf dem Vorplatz stand. »Wenn die ganzen verdammten Leute nicht wären, ich schwöre, du säßest schon längst nicht mehr hier. Das glaub mir mal.«

Die ganzen Leute, von denen er sprach, wurden sogar mit jeder Minute mehr. Die meisten waren nicht älter als ich, viele von meiner Schule. Sie hockten sich zu mir auf den Boden und blockierten die Einfahrt oder umstellten die Lkw. Manche hatten Schilder dabei. »Menschen sind Tiere«, stand irgendwo. Eines hieß: »Schlachtet das Schlachten«. Ein anderes: »Wir haben eure Schweinereien so satt«.

Einige Schüler versuchten sogar, ein paar Tiere aus einem Lkw zu befreien, aber die Fahrer verteidigten mit Dachlatten und Brechstangen ihre Fracht. Der Däne war längst nicht mehr der Boss im eigenen Haus. Die wenigen Polizisten hatten die Lage auch nicht im Griff. Keine Chance mehr, ans Tor zu gelangen. Oder den Weg freizuräumen für die Feuerwehr. Die stand etwas abseits mit ihrem Gerät. Deshalb wackelte der Däne rüber und quatschte ihrem Hauptmann ein Ohr ab und versuchte wahrscheinlich, ihn irgendwie nach vorne zu treiben. Der Mann schüttelte aber nur den Kopf. Das heißt, vielleicht war es auch eine Frau, das konnte man unter diesem komischen Helm und dem weiten Mantel unmöglich sehen.

Dann rollten zwei grüne Mannschaftswagen vor, aus denen mehrere Dutzend Polizisten sprangen. Helme auf dem Kopf, mannshohe Schilder, Schlagstöcke aus Eschenholz. So drängten sie sich zwischen Schüler und Lkw.

Eine halbe Stunde später tauchte auch noch ein riesiger silber-blauer Wasserwerfer auf und der Chef der Truppe aus dem Mannschaftswagen stellte sich mit einem Megafon vor das Ungetüm.

»Achtung, Achtung, hier spricht die Polizei«, trompetete er. »An alle, die rechtswidrig die Zuführung zum Schlachthofgelände versperren: Ihre Demonstration ist nicht angemeldet und damit illegal. Bitte verlassen Sie unverzüglich und geordnet den Platz. Ich wiederhole: Räumen Sie umgehend das Gelände.«

Die Leute auf dem Platz antworteten mit lauten Pfiffen, dass seine Worte kaum zu verstehen waren. Trotz des Megafons. »Wir wollen eine Zukunft haben. Ihr seid nur Vergangenheit«, skandierten sie. Ein anderer Slogan war: »Wir sind dumm, wir sind faul, deshalb haun wir euch aufs Maul.«

Zweimal setzte der Polizist noch an mit dem Megafon, und jedes Mal wurde er niedergebrüllt, dann rückte der Wasserwerfer langsam vor.

Das Teil hatte rechts und links auf dem Dach zwei Kanonen, die bestimmt dreißig Meter weit spritzen konnten. Auf zehn Meter hatte das Gerät so viel Wucht, dass es einen hockenden Schüler einfach so von der Straße spülte. Neben dem Wasserwerfer marschierten die gepanzerten Polizisten im Gleichschritt bis vor zum Tor. Dort waren am Ende nur noch ich und das Ungetüm. Der Megafon-Polizist rief nach der Feuerwehr. Und die kam jetzt auch mit ihrem Gerät.

Mitgebracht hatte sie eine hydraulische Betonsäge, die genauso aussah wie die Kettensägen der Holzfäller. Nur mit einem Schlauch hinten am Griff. Mit ihr ließe sich Beton bis zu einer Dicke von achtunddreißig Zentimetern durchsägen. Erklärte einer der Feuerwehrleute. Auch Panzerglas könnte er damit schneiden, ohne dass etwas splittert. Knochen würde das Gerät allerdings auch durchtrennen. Deshalb dürfte es leider doch nicht zum Einsatz kommen. Deshalb wäre ihr Einsatz vielleicht doch keine gute Idee.Meinte er.

Außerdem hatte er eine hydraulische Presse dabei, mit der man nach einem Erdbeben tonnenschwere Betondecken wegdrücken könnte. Röhren eindrücken könnte das Gerät aber nicht. Mit der Blechschere ließen sich auch nur Autos aufschneiden. Und kein hochverdichteter Schleuderbeton.

So diskutierten der Däne und die Experten der Feuerwehr hin und her. Dann entschlossen sie sich, die Stangen, die ich mit meinen Armen blockierte, einfach zu kappen, sodass die beiden Flügel wieder zur Seite wegfahren konnten. Auch wenn der Schlachthof danach ein neues Tor brauchen würde. »Das Teil hat mich sechzigtausend Euro gekostet«, sagte der Däne zu mir, »ich hol mir das Geld garantiert zurück. Kannst du glauben.«

Das war der Moment, an dem ich dann doch die Handschellen öffnete. Ich schlüpfte mit den Armen aus meiner Röhre, und der Däne bekam noch einmal hohen Blutdruck, und die Polizei holte sofort ihre eigenen Handschellen heraus und schob mich in einen vergitterten Bulli. »Ich mach dich fertig«, rief der Däne hinter mir her, »du wirst dir noch wünschen, nie geboren zu sein.«

KAPITEL 9

Als Erstes trudelte die Forderung der Feuerwehr ein. Dreitausend Euro verlangte die Truppe für ihren Einsatz, obwohl sie gar nichts gemacht hatte, außer dumm in der Landschaft zu stehen. Die Forderungen der Spediteure waren zusammen schon fünfstellig. Der Schlachthof verlangte dann sogar einen »Schadensersatz wegen Produktionsausfall« in Höhe von hundertzwölftausenddreihundertzwanzig Euro. Und als Letztes lag noch ein ockergelber Recycling-Umschlag in unserem Briefkasten, der von der Staatsanwaltschaft kam, die mir auf zwei eng beschriebenen Seiten »Gewalttätigkeit« vorwarf und »Verwerflichkeit der Nötigung nach Paragraf zweihundertvierzig Strafgesetzbuch«. Verhandelt werden sollte mein Verbrechen vor dem Amtsgericht. Im schlimmsten Fall drohten mir drei Jahre Gefängnis. Sagte das Internet.

Mein Vater sagte: »Die blasen doch nur die Backen auf. Mach dir keine Sorgen, mein Goldstück, wir verkaufen den Viehanhänger, den brauchen wir eh nicht mehr, und dann haben wir genug Geld in der Kasse für unsere Schlacht.«

Er sagte das mit diesem tiefen, drohenden Boxer-Ton, der eigentlich überhaupt nicht passte zu ihm und der mir schon als Kind immer gefallen hatte, weil er so kräftig und unbeugsam klang. Auch jetzt, nach fünfzehn Jahren Wodka und Zigaretten, hörte sich diese Stimme nicht an wie ein schwächlich hustendes Moped, sondern immer noch wie ein großvolumiger Traktor.

»Wir werden jetzt nicht einknicken vor diesen Leuten«, meinte er zu mir. »Verlass dich darauf, uns kann überhaupt nichts passieren, wenn wir nur beide zusammenstehen.«

Er sagte tatsächlich »wir beide« und »uns«, obwohl er selbst original gar nichts zu tun hatte mit meiner Aktion. Und obwohl ich ihm früher schon erklärt hatte, dass es ein »wir« nie wieder geben wird. In diesem Moment fand ich es trotzdem rührend. Das war kein autoritäres Bestimmer-Wir mehr so wie früher. Eher war es ein zaghaftes Bob-der-Baumeister-wir-schaffen-das-Wir. Als wolle er mir das Gefühl geben, nicht mehr allein zu sein.

War ich aber auch ohne ihn nicht. Von überallher meldeten sich jetzt die Unterstützer. Die Kommentarspalten auf meinem Blog quollen über mit aufmunternden Postings. Es gab unzählige Anfragen von Journalisten, die alle ein Interview haben wollten von mir. Ich hatte plötzlich mehr als dreitausend Follower auf Instagram. Obwohl ich noch gar nichts gepostet hatte. Außerdem meldete sich ein Rechtsanwalt, der mich kostenlos vor Gericht vertreten wollte.

Das fand mein Vater allerdings nicht so schlau und bezahlte lieber den Anwalt, der ihm schon bei seinen ganzen Alkoholgeschichten geholfen hatte.

Ich glaube, es war das erste Mal überhaupt nach zehn Jahren, dass ich echt mal wieder Respekt vor meinem Vater empfand. Keine Vorwürfe von ihm, kein Jammern, eher sogar ein bisschen Vorfreude auf den Kampf. Vielleicht sah er es auch als Gelegenheit, einen Teil des riesigen Schuldenbergs abzutragen, den er in seinen Suffjahren angehäuft hatte bei mir.

Wenn ich den Anwalt richtig verstand, wollte er argumentieren, dass zur Rechtswidrigkeit einer Nötigung die Verwerflichkeit der Handlung gehört, die aber nicht gegeben sei, weil es sich bei meiner Aktion um eine politische Meinungsäußerung gehandelt habe. Und die sei vor dem Gesetz durch die Versammlungsfreiheit gedeckt. Also sei es auch keine Nötigung. Oder so ähnlich.

Gegen die »Gewalttätigkeit« meiner Aktion wollte er nicht plädieren. Dabei war ich überhaupt nicht gewalttätig geworden. Ich hatte niemanden verprügelt. Noch nicht einmal Prügel angedroht. Aber das spielte offenbar keine Rolle.

»Jemandem den Zugang zu versperren, erfüllt bereits den Tatbestand der Gewalttätigkeit«, erklärte der Rechtsanwalt. »Aus dieser Nummer kommen wir nicht heraus. Aber das war dir ja klar, nicht wahr? Kein vernünftiger Mensch plant doch solch eine Aktion, ohne sich vorher zu informieren, welche Folgen sie möglicherweise hat.«

Ich bin aber kein vernünftiger Mensch. Und ich kann auch denken, so viel ich will, mit meinem Handeln hat das überhaupt nichts zu tun. Noch nicht einmal morgens im Bett, wenn der Wecker klingelt. Da denke ich auch hundertmal, Nora, aufstehen jetzt, ohne dass irgendeine Handlung aus diesem Gedanken folgt.

»Ich hatte gar keinen Plan«, sagte ich also.

»Nichts, was du erreichen wolltest mit dem Protest? Irgendein Ziel, das du langfristig verfolgst?«

»Ich wollte nur, dass die Menschen darüber nachdenken, was sie den Tieren antun mit ihrem Verhalten.«

»Dann ist ja alles perfekt«, meinte der Anwalt. »Genau dafür ist eine öffentliche Gerichtsverhandlung doch ideal.«

Ideal war außerdem – nach seiner Meinung –, dass diese Verhandlung vor dem Amtsgericht stattfinden sollte, weil man »Fälle, bei denen mit einer Einweisung in die Psychiatrie zu rechnen ist, grundsätzlich vor einem Landgericht verhandelt«.

»Wie bitte?«, fragte ich.

»Keine Psychiatrie«, sagte er.

»Das hab ich schon verstanden. Aber was hat das mit mir zu tun?«

»Ja nichts, glücklicherweise, also ist alles bestens.«

War es dann trotzdem nicht am Tag der Verhandlung. Das Erste, was die Amtsrichterin tat, war, die Öffentlichkeit wieder rauszuschmeißen aus dem Gerichtssaal. Angeblich weil ich zum Zeitpunkt der Tat noch nicht volljährig war und deshalb »Anspruch hätte auf besonderen Schutz«. Ich schätze, in Wahrheit hatte sie eher Angst um ihr Mobiliar. Die Leute stapelten sich nämlich vor den Sitzreihen und in den Gängen des Gerichts und selbst vor dem Gebäude warteten noch welche auf den Einlass. Ich glaube, die halbe Schule war gekommen und dazu noch ein paar Unterstützer von meinem Blog, und der Idiot von Schlachthofbetreiber hatte auch sein Personal aktiviert, um ordentlich Stimmung zu machen. Er selbst saß als Nebenkläger ganz vorne, keine drei Meter von mir entfernt.

Der Saal hatte nichts von den Gerichtssälen, wie man sie aus den Filmen kennt. Keine alten, hölzernen Balustraden und keine erhöhte Bühne für die Richterin und die Geschworenen. Stattdessen war der Boden flach und aus grauem Nadelfilz und der Richtertisch hätte in jede Kantine gepasst. Nur ein Gestell aus schwarzem viereckigen Eisenrohr und die Platte war kratzfester Kunststoff. Mein Tisch sah genauso aus. Nur etwas kleiner. Und mein Anwalt musste sich auch noch neben mich quetschen. Der Typ grinste fröhlich. Er trug eine Art schwarzen Batman-Umhang mit Ärmeln. »Das ist Gesetz bei Strafsachen«, flüsterte er, als er meinen fragenden Blick bemerkte.

Die Richterin trug ebenfalls so ein Kleidungsstück. Sie war eine schmale Person und hatte viel zu blonde und dauergewellte Haare, sodass sie von hinten aussah, als wäre sie ungefähr dreißig. Von vorne war sie dann mindestens sechzig. Trotzdem hätte sie mit ihren freundlichen Falten supernett und sympathisch gewirkt, vermute ich mal, aber unter dem Blondhelm sah das Gesicht aus wie zerknittertes Altpapier.

Mir gegenüber saß auch noch ein Kerl mit einem schwarzen Poncho, der garantiert der Staatsanwalt war. Sein Tisch hatte dieselbe Größe wie meiner. Und dann gab es einen Mann, der vor einem Computer hockte und eifrig jedes Wort protokollierte.

Als Erstes musste ich meinen Namen und meinen Wohnort sagen, und dann las die Richterin vor, was ich alles verbrochen hatte, und dann erklärte der Staatsanwalt, warum ich nicht nur eine Bedrohung für andere Menschen sei, sondern auch für die ganze Gesellschaft.

Wenn man seinen Worten glauben wollte, war ich eine asoziale, prügelnde, gemeingefährliche Bitch, der die Gefühle anderer Menschen völlig egal wären. Und die körperliche Unversehrtheit dieser Menschen natürlich auch. Von fremdem Eigentum erst gar nicht zu reden. Jedes Detail meiner Blockade kam dabei zur Sprache und jedes Schimpfwort, mit dem ich die Polizisten vor dem Schlachthof beleidigt hatte, und dass ich gerne Leute verprügelte, wurde auch noch erwähnt.

Trotzdem interessierte sich die Richterin erst einmal nicht für meine Tat. Sie wollte nichts wissen von meiner genialen Idee mit dem Rohr aus Schleuderbeton oder wie es mir gelungen war, den monsterhohen Stacheldrahtzaun zu überwinden. Oder wie das ist, wenn man festgekettet ist und einem ein Wasserwerfer seinen Strahl volles Rohr auf den Körper hält. Stattdessen bohrte sie die ganze Zeit in meiner Kindheit herum. Zuerst fragte sie, woher meine Liebe zu den Tieren käme und ob das etwas damit zu tun hätte, dass mein Vater ein Alkoholiker sei.

Ich hatte keine Ahnung, woher sie das wusste mit meinem Vater. Und ehrlich gesagt ging sie das auch überhaupt gar nichts an, fand ich, weil nur ich das Recht hatte, ihn zu beschimpfen, und niemand sonst. »Das denke ich schon immer«, antwortete ich, »dass ich Tiere beschützen muss, weil es nämlich so ist, dass das Schicksal der Tiere mittlerweile in den Händen der Menschen liegt. Aber den meisten Menschen ist das komplett egal, weil sie überhaupt nicht mehr hinsehen, denn wenn sie einmal hinsehen würden, würden sie auch erkennen, dass Tiere Gefühle haben wie wir. Und Wesen, die fühlen können, quält man nicht, es sei denn, man ist ein riesengroßes, brutales Arschloch.«

Das war aber auch nicht das, was die Richterin wissen wollte. Ihr ging es nicht um die Tiere und was ich über sie dachte. Viel wichtiger war für sie, wie oft mein Vater betrunken war und wie oft ich geschlagen wurde und wie sich meine Mutter verhalten hatte dabei. Den ganzen beschissenen Mist aus meiner Familie fragte sie ab, und da war ich dann doch froh, dass die Leute aus meiner Schule draußen vor dem Gericht warteten und nicht hier im Saal.

Eigentlich hatte ich mir vorgenommen, die Wahrheit zu sagen, weil auch der Anwalt dazu geraten hatte, aber das war gar nicht so leicht, weil ich manche Dinge einfach nicht mehr erinnerte. Ob mein Vater mich über sein Knie gelegt hätte, wenn er mich schlug? Und ob er auch mal mit seinem Gürtel zugeschlagen hätte? Das alles versteckte sich in meinem Kopf in einem dunklen, übel riechenden Nebel.

Sie stellte auch Fragen, bei denen es einfach keine richtige Antwort gab. Ob ich denn meinen Vater eher gehasst hätte oder eher geliebt? Was sollte ich darauf sagen? Klar hatte ich ihn geliebt. Aber natürlich hatte ich ihn auch abgrundtief, böse und leidenschaftlich gehasst. Und beides sogar manchmal zur selben Zeit, auch wenn ich keinem Menschen erklären könnte, wie so was geht.

»Wollten Sie ihn denn auch schon mal umbringen?«, fragte die Richterin.

»Darauf musst du nicht antworten«, meinte der Anwalt.

»Mindestens tausendmal«, erwiderte ich. »Im letzten Jahr verging keine Nacht, in der ich mir das nicht ausgemalt hätte.«

Mein Vater sog geräuschvoll die Luft ein, als hätte er Zahnschmerzen oder so. Aber ich fand gut, dass er das jetzt mal hörte. Trotzdem schaffte ich es nicht, zu ihm rüberzusehen. Erst sehr viel später. Da hockte er auf seinem Stuhl und starrte versteinert in seine Hände. Die hatte er auf seine Schenkel gelegt. Geöffnet wie eine Schale.

Auch in meinem Benehmen in der Schule bohrte die Richterin herum. Sie interessierte sich für die Schlägerei auf dem Friedhof und auf dem Parkplatz und was da genau in mir passierte, wenn ich die Beherrschung verlor.

»Ich verliere nicht die Beherrschung«, erklärte ich. »Ich schlage zu, wenn ich denke, dass es in diesem Moment die beste Entscheidung ist.«

Mein Anwalt räusperte sich: »Was meine Mandantin sagen will, ist, dass es Situationen gibt, in denen sie das Gefühl hat, keinen anderen Ausweg zu haben.«

»Nein, das will ich nicht sagen«, widersprach ich. »Früher dachte ich, dass die beste Möglichkeit immer die ist, sich wegzuducken und unsichtbar zu sein. Das denke ich heute nicht mehr. Und seitdem ich das nicht mehr denke, geht es mir besser.«

Der Anwalt schaute augenrollend zu meinem Vater. Der starrte weiter in seine Hände.

»Tut es Ihnen später leid, wenn Sie zugeschlagen haben?«, fragte die Richterin.

»Nein«, antwortete ich. »Nicht wenn es die richtige Entscheidung war.«

»Und wenn es nicht die richtige Entscheidung war?«

»Bisher war die Entscheidung immer richtig.«

»Was ist mit dem Schaden, den Sie auf dem Schlachthof angerichtet haben? Tut der Ihnen vielleicht leid?«

»Auch nicht.«

»Die Forderung des Unternehmens beläuft sich auf hundertzwölftausend Euro.«

»Wenn mein Vater die Summe bezahlen müsste, das täte mir leid. Alles andere nicht.«

Danach wurde der Däne in den Zeugenstand gerufen. Die Richterin fragte ihn nach meiner Reportage, und der Typ sagte, dass »darin alles gelogen« sei, aber was genau alles gelogen war, konnte er nicht präzisieren.

»Das tote Kalb?«, fragte die Richterin.

»Ja, das kommt schon mal vor«, sagte der Däne. »Aber natürlich nicht, wie es dieses hinterhältige Mädchen beschrieben hat.«

»Bitte enthalten Sie sich solcher beleidigenden Kommentare«, meinte die Richterin. »Und was die strampelnden Tiere betrifft: Kann es tatsächlich passieren, dass sie noch nicht tot sind, wenn sie kopfüber am Haken hängen und man ihnen die Kehle aufschlitzt?«

»Ehrenwerte Richterin«, sagte der Däne, »so etwas passiert nicht in unserem Betrieb. Die Angestellten an dieser Stelle der Produktionskette sind erfahrene und extra geschulte Mitarbeiter. Für einen tiergerechten Umgang lege ich meine Hände ins Feuer.«

»Aber strampeln tun sie?«

»Das sind tatsächlich nichts anderes als Reflexe.«

»Gelogen ist die Beschreibung der Angeklagten also nicht.«

»Es ist der reißerische Ton der Beschreibung«, sagte der Däne. »Der ganze Bericht ist mit Absicht unfair und aufgebauscht.«

»Was für ein Scheiß«, platzte es aus mir heraus, »das glaubt Ihnen doch kein Mensch hier.«

Die Richterin schaute kurz herüber zu mir und sagte: »Wenn mich Ihre Meinung interessieren würde an dieser Stelle, hätte ich Sie gefragt. Sie reden bitte nur, wenn Sie auch an der Reihe sind.«

Aber der Ton, mit dem sie das sagte, war gar nicht böse, sondern eher irgendwie mütterlich. Als würde sie sich echt Sorgen machen und hätte da nur einen freundlichen Tipp für mich. Dann wandte sie sich wieder zum Dänen. »Was passierte denn nun mit den Tieren, die nicht geschlachtet werden konnten während der Blockade?«, fragte die Richterin.

»Wir mussten am selben Tag eine Extra-Nachtschicht fahren, um den Produktionsstau wieder abzubauen«, erklärte der Däne. »Das war im Übrigen auch aus Tierschutzgründen geboten, weil das Gesetz eine weitere Nacht der Tiere ohne Futter auf den Lkw verboten hätte. In der Einhaltung solcher Vorschriften sind wir äußerst genau.«

»Und genauso gesetzestreu sind Sie sicherlich auch in der Entlohnung Ihrer bulgarischen Arbeitskräfte bei dieser Extra-Nachtschicht, nicht wahr?«

»Selbstverständlich.«

»Das ist wunderbar«, sagte die Richterin, »aus Ihrer Branche hört man ja durchaus auch Gegenteiliges. Wir werden zu diesem Thema gleich noch einen bulgarischen Zeugen aus Ihrer Belegschaft vernehmen. Er wird uns sicher all Ihre Aussagen bestätigen können, nicht wahr?«

»Ich verstehe nur nicht, was die Bezahlung meiner Mitarbeiter mit der Blockade der Angeklagten zu tun hat«, meinte der Däne.

»Auch wenn dies keine zivilrechtliche Verhandlung ist, spielt die Höhe des Schadens bei der Findung eines möglichen Strafmaßes durchaus eine Rolle«, erklärte die Richterin und schickte den Dänen zurück auf seinen Platz. Dann rief sie den Schlachthofmitarbeiter in den Gerichtssaal, der die ganze Zeit vor der Tür gewartet hatte. Er trug Sandalen zum Reinschlupfen mit schief gelaufenen Absätzen und tastete sich mit kleinen, vorsichtigen Schritten zum Zeugentisch. Sein Deutsch war praktisch perfekt, aber seine Stimme war kaum mehr als ein Flüstern, als hätte er überhaupt nicht das Recht, hier zu sein.

Die Richterin beugte sich weit über ihren Tisch und hielt eine Hand an ihr Ohr. »Erzählen Sie uns von Ihrer Arbeit. Wie sieht ein typischer Tag bei Ihnen aus?«, sagte sie und: »Könnten Sie vielleicht etwas lauter sprechen, ich habe wirklich Mühe, Sie zu verstehen.«

»Ja, Frau Richterin«, antwortete der Mann, aber nach zwei Sätzen wurde seine Stimme doch mit jedem Wort wieder leiser.

»Ich stehe an der großen Kreissäge«, erzählte er. »Zu mir kommen die Rinder, da sind sie schon ohne Fell und Kopf, und die Innereien sind auch schon draußen. Ich säge die Körper dann in zwei Hälften. Und dann nehme ich die große Schere und schneide die Hufe ab. Am untersten Gelenk.«

»Wie muss ich mir das vorstellen?«, fragte die Richterin. »Was ist das für eine Schere?«

»Wie eine große Astschere im Garten. Aber stabiler.«

»Wie viel bekommen Sie für diese Tätigkeit pro Stunde?«

»Ich werde nicht nach Stunden bezahlt. Sondern nach Arbeit.«

»Und das bedeutet?«

»Wenn die Schlachter an der Tötung gut arbeiten und genug

Kühe ankommen bei mir, habe ich in einer Schicht ungefähr sechzig Euro.«

»Wie lange geht eine Schicht?«

»Neuneinhalb Stunden.«

»Mit Pausen?«

»Wir dürfen zweimal auf die Toilette. Für fünf Minuten.«

»Sechzig Euro für neuneinhalb Stunden. Das ist länger als erlaubt und deutlich weniger als der Mindestlohn.«

»Aber wir bekommen noch Kindergeld von der Regierung für alle Kinder, die zu Hause in Bulgarien sind. Das organisiert der Boss für uns. Er stellt den Antrag und füllt die ganzen Papiere aus. Zusammen mit dem Kindergeld komme ich bestimmt auf knapp neun Euro.«

»Mit Boss meinen Sie diesen Menschen hier«, sagte die Richterin und deutete auf den Dänen.

»Nein, wir sind bei einem Subunternehmer angestellt. Der regelt das alles.«

»Und wenn ein Arbeiter keine Kinder hat?«

»Dann organisiert der Boss Papiere, die beweisen, dass er doch welche hat.«

»Das ist Betrug, ich hoffe, das ist Ihnen klar«, sagte die Richterin und blickte über den Rand ihrer halben Brille hinüber zum Dänen, und der versuchte sich an einem hilflosen Lächeln und sagte: »Frau Richterin, ich höre von dieser Methode zum ersten Mal. Sie sehen mich tief erschüttert. Selbstverständlich werden wir unsere Subunternehmer dahingehend überprüfen und gegebenenfalls Konsequenzen ziehen. Die Firmen, die mit uns zusammenarbeiten, haben sich verpflichtet, den gesetzlichen Lohn zu zahlen. Ein Verhalten, wie es hier jetzt im Raum steht, werden wir unter keinen Umständen tolerieren.«

»Ich bin kein Betrüger«, sagte der Bulgare. »Noch niemals,

in meinem ganzen Leben nicht. Ich habe wirklich fünf Kinder. Und ich habe ein Recht auf das Kindergeld. Sagt der Boss.«

»Das stimmt«, erklärte die Richterin, »aber Sie haben ein Recht auf Kindergeld plus Lohn. Nicht auf Kindergeld statt Lohn. Verstehen Sie das?«

Der Mann nickte. Aber glauben wollte er ihr allem Anschein nach nicht.

»Erzählen Sie uns doch, was an jenem Tag passiert ist, als die Einfahrt zum Schlachthof blockiert war«, sagte die Richterin.

»Da haben wir fünf Stunden in der Halle gestanden und auf Arbeit gewartet. Aber kam keine Arbeit. Zum Glück haben wir dann nachts alles wieder aufholen können.«

»Was haben Sie an diesem Tag verdient?«

»Nachts lief es gut mit der Arbeit. Ich glaube, es waren zweiundsiebzig Euro.«

»Kein Extra-Geld für die Nachtschicht?«

»Nur Geld für die Kühe, die wir verarbeitet haben.«

Die Richterin schaute wieder hinüber zum Dänen. Dieses Mal, ohne etwas zu fragen, aber das musste sie auch nicht, weil er selbst sofort anfing zu reden. »Das ist absolut nicht möglich«, sagte er, »da muss ich tatsächlich noch einmal unsere Bücher prüfen.«

»Sie beziffern hier sehr detailliert Ihren Schaden, und jetzt müssen Sie erst noch mal in Ihre Bücher schauen?«, fragte die Richterin.

»Ja nun, ich leite einen großen Betrieb, und die Sache liegt ja bereits einige Wochen zurück, das müssen Sie schon entschuldigen«, erklärte der Däne.

»Das ist mein Gerichtssaal, ich muss hier überhaupt nichts«, erwiderte die Richterin, und da kann man über diese Frau sagen, was man will, aber das konnte sie gut: aus diesem aufgeblasenen

Typen die Luft rauslassen, bis von ihm nichts mehr übrig war als seine unappetitliche Hülle.

Danach rief sie meinen Vater in den Zeugenstand, und der nahm auch ganz eifrig dort Platz, ich schätze, weil er dachte, er könnte jetzt sein Alkoholikerbild korrigieren und sich ein bisschen feiern lassen dafür, dass er so sehr hinter mir gestanden hatte in den letzten Wochen. Aber auch das wollte die Richterin wieder nicht wissen.

Stattdessen fragte sie, ob er sich erklären könne, woher mein »verhängnisvoller Rigorismus« käme. Und warum ich dieses »selbstzerstörerische Bedürfnis« hätte, den schwächsten Geschöpfen unserer Erde zur Seite zu stehen. Koste es, was es wolle.

»Ich weiß es doch auch nicht«, sagte mein Vater.

»Könnte es sein, dass Ihre Tochter zu viele schlimme Dinge erleben musste? Und dass sie sich dabei so sehr gewünscht hatte, dass da jemand wäre, der sie beschützt? Vielleicht will sie deshalb über ein vertretbares Maß hinaus Menschen oder Dinge beschützen?«

Mein Vater zuckte nur blöd mit seinen Schultern. »Vielleicht hat sie es nicht immer einfach gehabt«, meinte er schließlich. »Das stimmt. Aber so schlimm war ihr Leben jetzt auch wieder nicht.«

»Vielleicht nicht aus Ihrer Sicht«, erklärte die Richterin. »Ein schwaches Kind empfindet das möglicherweise anders.«

»Meine Tochter war niemals schwach«, entgegnete mein Vater. »Sie war immer die Kräftigste und Größte in ihrer Klasse. Auch im Kindergarten schon. Sie wusste sich immer zu wehren.«

»Hat sie sich auch gegen ihren Vater gewehrt?«

»Darüber will ich nicht reden. Und Sie dürfen mich auch nicht zwingen. Als Angehöriger in direkter Linie habe ich ein Zeugnisverweigerungsrecht.«

Mein Vater sagte das so schnell und entschieden und auswendig gelernt, dass die Richterin für einen Moment irritiert innehielt, dann bog sie ab zu einem anderen Thema.

»Wie würden Sie das Verhältnis zu Ihrer Frau beschreiben?«, fragte sie.

»Mein Verhältnis oder das meiner Tochter?«

»Fangen wir mit letzterem an.«

»Es war eigentlich immer so, dass meine Tochter meine Frau beschützt hat. Und nicht umgekehrt. Schon als Nora noch ein kleines Kind war. Meine Frau hatte zum Beispiel furchtbare Angst vor großen Tieren. Pferde, Kühe, Schweine, ganz egal. Wenn so ein Tier auf sie zukam, konnte sie sich keinen Millimeter bewegen, sondern stand nur noch da und zitterte am ganzen Körper. Nora war die Einzige, die sie da noch erreichen konnte.«

»Hätten Sie vielleicht ein Beispiel für mich, was Sie genau mit ›beschützen‹ meinen?«

»Zum Beispiel, das ist jetzt schon viele Jahre her, da haben wir zu Ostern wie jedes Jahr vor dem Eiersuchen einen Spaziergang auf dem Deich hier gemacht. Normalerweise laufen um diese Jahreszeit dort höchstens ein paar Schafe herum, die sofort Reißaus nehmen, wenn man ihnen näher kommt als einhundert Meter. An diesem Tag aber waren keine Schafe mehr da, sondern der Bauer hatte schon seine Rinder auf den Deich getrieben. Die hatten den ganzen Winter im Stall gestanden und jetzt freuten sie sich über die neue Freiheit. Als sie uns aus der Ferne sah, galoppierte die Herde sofort auf uns zu, und so ein Deich ist ja relativ schmal, und rechts und links ist auch immer Stacheldraht, der garantiert Strom führte, und der nächste Übergang war bestimmt einen Kilometer entfernt. Für meine Frau gab es gefühlt kein Entrinnen mehr. Nora lief dann mit ausgebreiteten Armen auf die Herde zu. Sie war damals fünf oder sechs Jahre alt, glaube ich, und sie trug eine rote Regenjacke, und ich weiß noch, wie ich dachte: Mein Gott, rote Farbe ist aber gar nicht gut, aber die Tiere bremsten tatsächlich vor dieser kleinen Person. Keine einzige Kuh kam ihr zu nahe. Wie das rote DDR-Ampelmännchen stand Nora da mit ausgebreiteten Armen, bis ich meine Frau über den Zaun gewuchtet hatte. So war meine Tochter.«

»Und wie war das, wenn Sie getrunken haben? Hat Nora ihre Mutter dann auch beschützt?«

Mein Vater nickte. »Vermutlich schon, aber das habe ich ja in der Regel nicht mehr so richtig realisiert.«

»Und Ihre Frau? Hat sie sich denn umgekehrt auch um Ihre Tochter gekümmert?«

»Doch, doch, ganz viel sogar. Nora trug immer saubere und gebügelte Kleidung, wenn sie zur Schule ging. Sie hatte auch immer zwei Pausenbrote in ihrer Alubox, da gab es nicht einen einzigen Tag ohne Pausenbrot. Immer eins mit Frischkäse und eins mit Tomatenmark. Meiner Tochter hat es nie an etwas gefehlt. Sie hat auch immer Taschengeld bekommen. Und nicht einmal wenig: jede Woche ihr Alter in Euro. Da hat meine Frau penibel darauf geachtet.«

»Und wie war nun Ihr eigenes Verhältnis zu Ihrer Frau?«

»Das hat nicht gepasst«, sagte mein Vater. »Leider, von Anfang an nicht, wir haben uns gegenseitig nicht gutgetan.«

»Haben Sie Ihre Frau geschlagen?«

»Muss ich darauf antworten?«

»Nicht Sie stehen hier vor Gericht, sondern Ihre Tochter. Wenn Sie ihr etwas Gutes tun wollen, dann antworten Sie.«

Mein Vater schaute Hilfe suchend rüber zu unserem Anwalt. Der nickte leicht, und da räusperte sich mein Vater und sagte: »Das ist wohl schon mal passiert.«

»Mehr als mal«, entgegnete ich.

»Wie oft?«, fragte die Richterin.

»Vielleicht einmal im Monat«, sagte mein Vater. »Ungefähr.«

»Mindestens dreimal die Woche«, entgegnete ich.

»Was denn nun?«, fragte die Richterin. Sie schaute ziemlich verärgert hinüber zu meinem Vater. »Sie müssen hier zwar nicht antworten«, erklärte sie, »aber wenn Sie antworten, müssen Sie schon die Wahrheit sagen. Haben Sie das verstanden?«

»Selbstverständlich«, sagte mein Vater.

Ich meinte: »Wenn wir ihm nicht aus dem Weg gegangen wären und wenn er nicht manchmal zu besoffen gewesen wäre, um zu schlagen, hätte er meine Mutter jeden Abend verprügelt.«

Die Richterin wandte sich wieder an meinen Vater: »Und wie oft haben Sie Ihre Tochter geschlagen?«

»Ich weiß es doch nicht«, antwortete mein Vater. »Das ist die ehrliche Wahrheit, Frau Richterin, ich rühre keinen Tropfen mehr an, aber seit das so ist, realisiere ich, dass in meinem Gedächtnis seltsame Dinge geschehen. Vieles, das sich wirklich ereignet hat, ist wohl für immer aus ihm verschwunden. Und anderes hat sich dort eingenistet, das es in Wirklichkeit niemals gegeben hat.«

»Dann beenden wir die Befragung an dieser Stelle«, sagte die Richterin in Richtung des Verteidigers. »Hat ja keinen Sinn, wenn Sie sich an das, was passiert ist, nicht mehr erinnern, und wenn das, was Sie sagen, vielleicht gar nicht passiert ist.«

Mein Vater schlich wie ein geprügelter Hund zurück zu seinem Platz, und nach den Plädoyers der Staatsanwaltschaft und des Verteidigers verschob die Richterin »die Urteilsverkündung auf kommende Woche, weil die Sachlage zu kompliziert« sei, um noch am selben Tag »ein gerechtes und angemessenes Urteil zu fällen«.

KAPITEL 10

Die Urteilsverkündung war tatsächlich so wie in den hunderttausend Gerichtsfilmen, die man aus dem Fernsehen kennt. Alle Anwesenden saßen auf ihren Plätzen und erhoben sich eifrig, als die Richterin endlich den Saal betrat. Ich versuchte, irgendetwas in ihrem Gesicht zu erkennen, aber da war nur professionelles Unbeteiligtsein. Sie schaute quasi durch mich hindurch, aber den Dänen oder den Staatsanwalt würdigte sie auch keines Blickes. Noch bevor sie sich richtig hingesetzt hatte, fing sie schon an zu reden. Das heißt, eigentlich war es eher ein Runterleiern als ein richtiges Reden: »Im Namen des Volkes«, sagte sie, »ergeht folgendes Urteil in der Strafsache gegen die Angeklagte Nora Petersen, wohnhaft in …« und »geboren am ….«, und dann kam der ganze andere offizielle Sermon noch einmal hinterher. Auch der Verteidiger wurde namentlich vorgestellt, samt Familienstand und Adresse.

»Die Angeklagte«, fuhr die Richterin fort, »wird der Nötigung nach Paragraf zweihundertvierzig Strafgesetzbuch für schuldig befunden und zur Ableistung einer Jugendstrafe in Höhe von dreihundert Sozialstunden verurteilt. Ein Anspruch der Nebenklägerin zur Zahlung eines Schadensersatzes durch die Beschuldigte besteht nicht. Der Nebenklägerin verbleibt die Möglichkeit, ihre Forderungen in einem Zivilprozess geltend zu machen.

Die Kosten der Verhandlung trägt die Beschuldigte. Und nun zur Begründung, meine Damen und Herren, bitte nehmen Sie wieder Platz.«

Da straffte sich dann plötzlich ihre Stimme und war gar nicht mehr Leierkasten, und dann redete sie bestimmt eine Viertelstunde lang ohne Pause, und dass ich jeden einzelnen Satz heute noch so genau erinnere, liegt nur daran, dass sie uns die Begründung ein paar Wochen später auch noch per Brief zugeschickt hat. »Frau Petersen«, sagte sie also, »zunächst einmal möchte ich betonen, dass sowohl Ihre Motive als auch Ihr Mut dem Gericht unabhängig von einer rechtlichen Bewertung Respekt abnötigen. Wir halten es in unserer heutigen Zeit nicht für selbstverständlich, dass sich jugendliche Menschen derart konsequent für eine bessere und gerechtere Welt engagieren. Auch sind Ihre Aussagen hier sowohl inhaltlich wie systemisch von hoher Glaubwürdigkeit gewesen. Alle Einlassungen waren in sich konsistent und frei von inneren und äußeren Widersprüchen. Im Unterschied übrigens zu den Einlassungen der Nebenklägerin, doch dazu später. Wenn es hier also um eine moralische Bewertung der Blockade gehen würde, hätte das Gericht keine Schwierigkeiten damit, den Einlassungen der Verteidigung vollumfänglich zu folgen. Den von der Staatsanwaltschaft vorgetragenen Tatbestand der Verwerflichkeit sieht das Gericht deshalb auch nicht erfüllt. Dass wir hier dennoch von einer Nötigung gemäß Paragraf zweihundertvierzig Strafgesetzbuch sprechen müssen, liegt an der Besonderheit dieses Falls. Das Bundesverfassungsgericht hat bereits in einem ähnlich gelagerten Fall entschieden, dass bei Blockadeaktionen mit politischer Zielsetzung zum Schutze der Versammlungsfreiheit ganz besondere Anforderungen an die Anwendung der Verwerflichkeitsklausel zu stellen sind. Zu prüfen ist demnach vor allem die Mittel-Zweck-Relation des Einzelfalls.

Entlastend in unserem Fall ist zu nennen, dass die Nebenklägerin durch ihren Versuch, eine Veröffentlichung der Reportage zu verhindern, selbst zur Blockadeaktion beigetragen hat. Auch die prekären Arbeitsverhältnisse im Betrieb der Nebenklägerin und die offensichtlichen Verstöße gegen das Tierschutzgesetz haben hier eine Rolle gespielt. Hinzu kommt eine Informationspolitik des Schlachthofs, die ganz offensichtlich nur auf Abschottung und Verschleierung zielt. Dies mag bei der Angeklagten das Gefühl der Ausweglosigkeit verstärkt haben. Andererseits hätte die Angeklagte Raum und Zeit gehabt, ihren Protest in einer gesetzeskonformen Art zu artikulieren. Insbesondere hätte sie eine Demonstration organisieren und korrekt anmelden können. Dass sie das nicht getan hat, indiziert, dass die Blockade nicht allein der politischen Meinungsäußerung diente, sondern auch gespeist wurde aus einer persönlichen Kränkung. Trotz ihrer klugen und überlegten Vorgehensweise. Dies korrespondiert mit dem unwidersprochenen Hang der Angeklagten, Konflikten gewaltsam zu begegnen, was an dieser Stelle mehrfach zur Sprache gekommen ist. Beachten musste das Gericht außerdem, dass die Angeklagte durch ihr Verhalten das Wohl der Tiere auf den blockierten Lkw gefährdet und damit ihr eigenes Anliegen konterkariert hat. Das Gericht musste deshalb den Tatbestand der Nötigung nach Paragraf zweihundertvierzig Strafgesetzbuch Absatz zwei trotz fehlender Verwerflichkeit zumindest teilweise bejahen. Gleichwohl hat das Gericht in der Bemessung des Strafmaßes diesem Sachverhalt und diversen anderen mildernden Umständen Rechnung getragen. Da ist zum einen das Verhalten der Nebenklägerin selbst, der wir eine Mitschuld an der Eskalation der Lage attestieren. Zum anderen sind die familiären Lebensumstände zu nennen, vor deren Hintergrund es fast an ein Wunder grenzt, dass die Angeklagte in Summe doch zu einem empathischen und verantwortungsvollen Wesen herangewachsen ist. Es ist uns daran gelegen, diese Entwicklung weiter zu unterstützen. Die von der Staatsanwaltschaft geforderte Gefängnisstrafe scheint uns dazu wenig geeignet. Viel eher sehen wir die Gefahr, dass eine Gefängnisstrafe, auch eine, die zur Bewährung ausgesetzt wird, möglicherweise zu einer weiteren Radikalisierung führt. Lieber möchten wir der Angeschuldigten jetzt die Möglichkeit geben, weiterhin aktiv zu einem nachhaltigeren und fürsorglicheren Umgang mit der Natur beizutragen. Und zwar nicht in einem Tierasyl oder Ähnlichem, sondern dort, wo die Natur fernab jeder Wohlfühloase objektiv so sehr im Argen liegt, dass sie dringend unseres Umdenkens und unserer Hilfe bedarf. Die Angeklagte wird zu dreihundert Stunden gemeinnütziger Arbeit verurteilt, abzuleisten beim Verein Ocean Watch. Sie wird diese Zeit mit dem Säubern unserer Strände und Küstengewässer verbringen. Wir haben ihr Erscheinen der Organisation bereits avisiert. Rechtsmittel gegen diese Entscheidung sind zugelassen.

Und nun noch ein Wort zu den Schadensersatzforderungen der Nebenklägerin. Das Gericht hat diese Forderung bereits aus formalen Gründen abweisen müssen, weil ein solches Adhäsionsverfahren im Jugendstrafrecht nur für Heranwachsende zulässig ist. Das trifft für die Angeklagte zum Zeitpunkt der Tat nicht zu. Darüber hinaus sehen wir die Forderung auch inhaltlich eher skeptisch. Weder hat die Nebenklägerin ihren Schaden exakt begründen können, noch hat sie in der Verhandlung irgendeine Anstrengung unternommen, sich zu erklären. Sie konnte noch nicht einmal nachweisen, dass ihr überhaupt ein Schaden entstanden sei. Alle Zeugenaussagen deuten im Gegenteil darauf hin, dass die Klägerin den entstandenen Schaden gesetzeswidrig auf die schwächsten Mitglieder des Produktionsprozesses abgewälzt hat und nun die Dreistigkeit besitzt, diesen angeblichen

Schaden bei der Angeklagten rechtswidrig noch einmal einzufordern. Wir hätten nicht geringe Lust, der Staatsanwaltschaft zu empfehlen, hier ein Verfahren wegen versuchten Betrugs zu prüfen. Gleichwohl hat die Nebenklage natürlich das Recht, ihre Forderungen in einem Zivilprozess geltend zu machen. Ob dies allerdings eine kluge Entscheidung wäre, wollen wir rechtlich hier nicht bewerten. Dort werden, das sei trotzdem schon mal erwähnt, die Arbeitsverhältnisse in ihrem Unternehmen auf Gesetzeskonformität überprüft. Nach allem, was wir bereits gehört haben, steht zu vermuten, dass dabei nicht nur eklatante Verstöße gegen das Tierwohl zum Vorschein kommen, sondern auch Verletzungen des Arbeitsrechts. Dies kann zu erheblichen Strafzahlungen führen bis hin zur Schließung der gesamten Produktionsstätte. Sie sollten sich den Schritt einer Zivilklage also reiflich überlegen. Damit ist die Verhandlung geschlossen.«

Man hätte das Piepsen einer Maus hören können in dieser Stille. Das Gesicht des Dänen sah aus, als würde es gleich wie ein großer roter, böser Chinaböller final explodieren. Meinem Vater ging es nicht so viel besser, obwohl er für den Moment keine hundertzwölftausend Euro bezahlen musste. Und ich wusste auch nicht, was ich von der Strafe halten sollte, obwohl der Staatsanwalt noch ein ganz anderes Strafmaß gefordert hatte. Aber Aufräumen gehörte definitiv nicht zu meinen Hobbys. Nicht einmal in der Natur. Und dreihundert Stunden Sozialarbeit war ein brutaler Berg, den man erst mal erklimmen musste. Ich wagte gar nicht auszurechnen, wie viele Tage das dauern würde, wenn ich gleichzeitig noch in die Schule ginge und nur nachmittags Zeit hätte für meine Strafe. Bestimmt bis zum Ende des Jahres.

Den Namen »Ocean Watch« hatte ich auch noch nie in meinem Leben gehört. Für mich klang er nicht nach deutscher

Vereinskultur. Sondern nach international und vernetzt und nach wichtiger NGO. Ihr Büro wirkte dann aber doch schwer provinziell. Es war ein winziges Ladengeschäft am Rande der Innenstadt, wo jedes zweite Schaufenster vernagelt ist, seit es an den Ausfallstraßen diese amerikanischen Supermarkt-Bauhaus-Fast-Food-Areale gibt mit eintausend Parkplätzen vor der Tür.

Das Schaufenster von Ocean Watch hatte sich dieser Trostlosigkeit angepasst. In der Auslage hingen nur zwei Plakate und auf dem Boden lagen ein bisschen Treibholz und Muscheln und darüber eine dicke Schicht Staub. Die Plakate zeigten das Ökosystem unseres Wattenmeers. Wahrscheinlich hingen die Kartons bereits eine Ewigkeit hier, weil sie schon ganz verbogen waren und weil sich auf den Bildern die rote und blaue Farbe verabschiedet hatten und nur ein grünliches Gelb übrig geblieben war. Hinter den Plakaten versperrte ein netzartiger weißer Store den Blick in den Raum. Neben der Tür hing ein aufgehebelter Briefkasten. Dort hatte jemand den Namen »Ocean Watch« mit Kugelschreiber auf ein Stück Papier gekritzelt und mit Tesafilm auf die Klappe geklebt.

Ich klopfte an die Tür, und die Frau, die mir aufmachte, war fast noch ein Stückchen größer als ich. Und auch nur unwesentlich älter. Ich schätze mal zweiundzwanzig. Sie war auch keine dieser sanften, yogabegeisterten Frauen, die jeden Tag ihre Balkonpflanzen streicheln. Eher so jemand, der Boxen zum Hobby hat. Sie trug einen Ring am Daumen und einen in ihrer Augenbraue und auf ihrem Nacken hockte ein tätowiertes Walross. Sie hatte ein Handy am Ohr und winkte mich in den Raum und sprach währenddessen mit irgendeinem Menschen auf Englisch. Es ging um eine »ziemliche toughe Person«, die sie »bereits im Auge hat«, und dass sie das »nur noch final abklären muss«, dann würde sie sich gleich wieder melden. »Ganz sicher, so schnell es geht.«

Ich habe das eigentlich nie, dass ich einen Menschen sehe und im ersten Moment schon denke: Wenn morgen die Welt untergehen würde, mit ihr würdest du überleben wollen. Aber bei dieser Frau war das so. Sie hatte eine dunkelblonde Lockenmähne und trug eine Jeans, die vor zwanzig Jahren vielleicht mal angesagt war und die keine Designer-Löcher hatte, sondern einfach nur vom langen Gebrauch zerschlissen war. Die Ärmel ihres karierten Hemds hatte sie hochgekrempelt. Sie sah glücklich aus. Zupackermäßig. Wie eine Frau, bei der sich kein Handwerker trauen würde, sie übers Ohr zu hauen.

Sie winkte mich in einen Raum, der auch nicht anders aussah als die Auslagen im Fenster: viel Staub, kein Design, fünfzig Leitz-Ordner im Schwerlastregal und nichts Selbstgetöpfertes auf dem Schreibtisch. Auch keine Bilderrahmen mit Fotos von der Familie.

»Was kann ich für dich tun?«, fragte sie, als sie ihr Telefonat beendet hatte. Sie stellte mir ungefragt einen Becher Kaffee hin.

»Ich soll mich bei euch wegen meiner Sozialstunden melden«, antwortete ich.

»Ah, du bist das, dann setz dich mal … die Richterin hat mir deine Akten schon rübergeschickt. Gute Aktion, Respekt, du weißt, dich zu wehren. Hast du denn keine Angst gehabt?«

»Schon«, antwortete ich, »aber am Ende war's doch nicht so schlimm.«

»Hier steht auch, dass du dich gerne mit Männern prügelst.«

»So würde ich das nicht sagen. Das ist eher Notwehr bei mir.«

»Was meinst du zu deinem Urteil? Zufrieden damit?«

»Dreihundert Stunden sind heftig.«

»Sie werden schneller vergehen, als du dir vorstellen kannst.

Und vielleicht hätte ich sogar eine Möglichkeit, dass du sie jetzt sofort in den Herbstferien auf einen Rutsch herunterreißt. Würde dich das interessieren?«

»Dreihundert Stunden in vierzehn Tagen, wie soll das gehen? Da habe ich praktisch keine Zeit mehr zum Schlafen und bin Tag und Nacht ohne Unterbrechung im Einsatz.«

»Ganz genau«, sagte die Frau, »vielleicht sprechen wir später darüber, mal sehen. Meine Name ist übrigens Sarah … ich leite die Außenstelle von Ocean Watch hier … na ja, ich bin auch gleichzeitig meine einzige Mitarbeiterin. Fische sind zurzeit nicht gerade das heißeste Thema in der Debatte. Heute geht es in den Medien eher um unser Klima. Dabei hängen die Sachen doch alle zusammen.«

»Was heißt denn mal sehen?«, fragte ich sie.

»Mal sehen heißt, dass wir beide zuerst einmal hinausfahren ins Wattenmeer. Zurzeit kümmert sich Ocean Watch vor allem um eine Insel, die es hier vor zwanzig Jahren noch gar nicht gab. Heute ist sie bereits vier Meter hoch und zehn Hektar groß. Außer uns Kontrolleuren von Ocean Watch hat kein Mensch diese Insel jemals betreten. Darf es auch nicht. Wirklich ein Stück gänzlich unberührter Natur. Mittlerweile brüten dort dreizehn verschiedene Arten. Außerdem ist es ein Rastplatz für Zigtausende Zugvögel. Seit vier Jahren besucht uns sogar jeden Sommer ein Schwarzbrauenalbatros, der eigentlich in das Südpolarmeer gehört. Vielleicht sehen wir ihn ja. Ein absolutes Erlebnis.«

»Und was machen wir sonst auf der Insel?«

»Wir sammeln den Plastikmüll ein, den die Nordsee dort anspült. Makroplastik ist zurzeit das größte Problem. Das heißt, im letzten Jahr gab es auch eine Rattenplage, der viele Gelege zum Opfer gefallen sind. Aber dann hat im Herbst eine Sturmflut die Insel komplett überflutet und alle Ratten weggespült. Dafür ist die Insel jetzt nur noch halb so groß und das Plastik wieder unsere größte Sorge, weil viele Vögel es in ihre Nester einbauen. Manche fressen den bunten Müll auch. Wir haben mittlerweile sechs tote Möwen geborgen, deren Mägen Plastik enthielten.«

»Also wir fahren auf deine Insel und sammeln den Müll ein und dann fahren wir wieder zurück?«

»Es gibt auch noch ein wissenschaftliches Projekt, das wir betreuen. Seit diese Insel existiert, nehmen wir viermal im Jahr zu jeder Jahreszeit an verschiedenen Stellen Sandproben aus dem Spülsaum und untersuchen ihre Zusammensetzung auf menschliche Spuren. Alles, was in der Natur in dieser Form nicht vorkommt. Wir erhoffen uns davon eine Karte der menschlichen Sedimente über die Jahre. Unsere Insel ist deshalb so gut dafür geeignet, weil es dort keine direkte Verschmutzung durch Menschen gibt. Alles, was wir im Sand finden, ist praktisch vorher schon zu einem Teil der Natur geworden.

»Und?«

»Na ja, der Sand ist natürlich voll von menschlichen Spuren. Es gibt auf der ganzen Welt nichts mehr, das der Mensch nicht schon verdreckt hat. Das Eis in der Arktis, der Meeresgrund im Marianengraben, die Luft im Himalaja, alles hat der Mensch kontaminiert. Auf unserer Insel waren es in den ersten Jahren vor allem Schwermetalle aus den Flüssen und Erdölreste, die von den illegalen Reinigungen der Schiffstanks in der Nordsee stammten. Oder von Schiffskatastrophen, deren Folgen die Strömung dann über die ganze Welt verteilt hat. Es gab auch mal ein Jahr, in dem lauter Phosphor-Bröckchen angeschwemmt wurden. Das Zeug sieht aus wie Bernstein, aber stammt von Brandbomben, die in der Nordsee verklappt wurden nach dem Zweiten Weltkrieg. Diese Bröckchen sind richtig gefährlich. Wenn sie Kontakt haben mit Sauerstoff, fangen sie Feuer und fressen sich in die Haut und brennen selbst unter Wasser noch weiter. Etliche Touristen haben sich das Zeug beim Strandspaziergang in die Taschen gesteckt. Das ist aber schon ein paar Jahre her. Was die Zusammensetzung des Sandes betrifft, ist Mikroplastik heute tatsächlich das größte Umweltproblem. Seine Konzentration steigt seit einigen Jahren kontinuierlich. Zurzeit enthält er je nach Lage zwischen vier und zwanzig Stücke pro Kilogramm. Wir werden also auch ein paar Proben aus dem Sand nehmen. Heute Nachmittag mit der Flut fahren wir raus auf die Insel. Und bei der nächsten Flut geht's wieder zurück. Wir treffen uns in zwei Stunden am Hafen, du hast doch Zeit?«

»Und wenn ich keine Zeit habe?«

»Dann wäre das kein guter Start für uns beide. Eins muss dir klar sein: Das Wichtigste in deinem Leben sind ab jetzt deine Stunden hier. Und natürlich die Schule. Also sehen wir uns um zwei. Das Wetter bleibt schön, du brauchst keine Regensachen und keine Gummistiefel, nur einen warmen Pullover, wenn es Abend wird.«

KAPITEL 11

Als ich gegen zwei Uhr am Hafen erschien, turnte Sarah schon barfuß auf einem kleinen Kutter herum. So einem, wie ihn früher die Küstenfischer benutzt hatten. Vielleicht zehn Meter lang, mit einem Innenborder und einer kleinen Kabine für den Steuerstand. Eigentlich war bereits Herbst, aber seit Wochen hatte es keine einzige dunkle Wolke am Himmel gegeben, und auch heute war wieder so ein warmer, windstiller Spätsommertag. Sarah trug eine ziemlich coole verspiegelte Sonnenbrille und immer noch ihr Holzfällerhemd, aber ihre Jeans hatte sie gegen ein abgeschnittenes Exemplar getauscht. Ich hatte kaum meinen Fuß an Deck gesetzt, als Sarah schon die Leinen vom Poller streifte. Dann manövrierte sie das Schiff aus dem Hafen, immer an der Mole vorbei, hinaus aufs offene Meer. Die Flut war gerade vorüber und das Watt lag noch vollständig unter Wasser. Wir folgten den Holzstangen mit den Reisigbündeln, die die Fahrrinne markierten. Weiter draußen hörten die Barken auf. Da musste Sarah dann nach GPS navigieren. Wir passierten Sandbänke, auf denen ein paar faule Seehunde dösten. Sie hoben nicht mal den Kopf, als wir vorüberfuhren. Auch die Möwen interessierten sich nicht für uns. Wahrscheinlich wussten sie, dass bei uns nichts zu holen war. Das Letzte an Land, was wir nach einer Stunde noch sahen, war die Spitze unseres

Leuchtturms, der ein paar Kilometer südlich des Hafens über die Deichkrone ragt.

Noch eine Stunde später verlangsamte Sarah wieder die Fahrt. Direkt voraus lag jetzt eine Sandbank, die auch nicht viel höher war als die Seehundsbänke zuvor. Wir hielten frontal darauf zu, bis das Schiff aufsetzte und sich ganz leicht zur Seite legte. Sarah schaltete die Maschine aus und warf den Anker ins flache Wasser. Dann sprangen wir hinterher und wateten die wenigen Meter ans Ufer. Von einem Moment zum nächsten waren wir Robinson-Crusoe-mäßig alleine. Mitten in der Nordsee. Kein Mensch, keine anderen Schiffe, nur Wasser und Sand und das Schreien und Schnattern der Vögel. Und Sarah neben mir. Ich glaube, ich habe in meinem ganzen Leben noch niemals einen so glücklichen Menschen gesehen wie Sarah an meiner Seite.

Sie stand einfach nur da, mit den Füßen im Schlick, und schaute über den Strand. Sie sog die Luft durch die Nase und füllte den ganzen Brustkorb und das Strahlen in ihrem Gesicht wollte gar nicht mehr weichen dabei. So voller Wärme für alles, was da um sie herum existierte.

Sogar für mich. Wahrscheinlich klingt das jetzt ziemlich eingebildet, aber genauso war es. Sie schaute über den Strand und das Meer, und als ihr Blick dann bei mir hängen blieb, waren ihre Augen auch da ohne Versteck und eine Einladung und wie eine Decke, unter die ich schlüpfen durfte, falls ich denn fror.

»Fühlst du das?«, fragte sie. »Diese Luft … Wahnsinn … und die Farbe … gibt es was Schöneres auf der Welt, als so alleine an einem unberührten Ort zu sein? Der Hammer, oder? Geht es dir auch so: Ist einfach so, dass wirkliche Schönheit immer nur dort ist, wo der Mensch noch nicht gewesen ist? Genau wie im Winter, wenn es über Nacht geschneit hat. Wie schön ist dann morgens die unberührte Landschaft. Und wie schnell wird alles hässlich, sobald der Mensch erst einmal seine Spuren dort hinterlassen hat. Schau dir diesen Strand an, den noch kein Mensch betreten hat vor uns. Und wo der Wind und das Meer sowieso jede Spur schon nach einem Tag wieder verwischen. Hast du jemals etwas so Wunderbares und Reines gesehen?«

Für mich war das aber nicht nur wunderbar, sondern auch einsam und Verlorenheit, und wenn jetzt eine Sturmflut käme oder der Meeresspiegel um Meter steigen würde, wäre es der sichere Tod. So winzig fühlte ich mich in dieser flachen, schutzlosen Weite, und wenn Sarah nicht dabei gewesen wäre, hätte ich hier keine entspannte Minute gehabt.

»Komm her«, sagte sie und reichte mir einen riesigen Beutel mit Riemen, den man sich quer über die Schulter hängen kann. So liefen wir dann im Abstand von drei, vier Metern am Ufer entlang. Zweimal um die ganze Insel herum, damit wir die gesamte Breite des Strandes erfassten.

Auf den ersten Blick sah der Sand tatsächlich sauber und paradiesisch aus. Aber wenn man erst einmal wusste, auf was die Augen scharf stellen sollten, entdeckte man doch ziemlich viel Plastik. Am häufigsten waren diese kleinen farbigen Schraubdeckel von Flaschen und von Milch- oder Saftkartons. Es gab auch ein paar zerfledderte Plastiktüten und Schnüre und Fetzen von Fischernetzen. Das größte Stück war eine alte Fischkiste, die schon zur Hälfte im Sand versunken war. Und zwei kaputte Flip-Flop-Sandalen, die nicht zueinander gehörten. Am Ende waren unsere beiden Beutel ungefähr zur Hälfte gefüllt. Die Aktion hatte knapp zwei Stunden gedauert.

Danach drehten wir noch eine dritte Runde über die Insel und Sarah füllte vier Einmachgläser mit Sandproben aus den vier verschiedenen Ecken der Insel. Dann hockten wir uns auf die höchste Düne hier, die ungefähr vier Meter über Normalnull lag und von der man einen Dreihundertsechzig-Grad-Blick über die Insel hatte. Im Windschatten unseres Hügels wuchsen bereits die Gräser einer Salzwiese. Nistvögel waren um diese Jahreszeit nicht mehr zu sehen. Aber ein Schwarm Austernfischer stakste durch das flache Wasser im Osten. Und Tausende Gänse lärmten am südlichen Ende, wo Wind und Wellen dabei waren, eine Art Lagune zu formen. An der Westseite jagten die Möwen im offenen Meer.

Ohne etwas zu sagen, schauten wir den Vögeln zu. Die Sonne stand jetzt schon tief im Westen und wurde langsam orange. Hier oben auf dem Hügel war der Sand warm und trocken und weiß wie Perlmutt. Sarah vergrub ihre Zehen darin, und wenn sie die Füße hob, rann der Sand zwischen den braun gebrannten Zehen hindurch wie bei einer Sanduhr. Sie hatte türkisfarbene Nägel, aber der Lack blätterte schon wieder von den Rändern. Kam wahrscheinlich vom Barfußlaufen am Strand.

»Was haben wir für ein Glück …«, flüsterte Sarah irgendwann, »… da ist er, ganz dahinten, fast genau auf zwölf Uhr.«

Zuerst sah ich nur einen waagrechten Strich flach über dem Meer, der sich praktisch überhaupt nicht bewegte, aber je näher er unserem Hügel kam, desto beeindruckender wurde seine Erscheinung. Weiße, ganz schlanke Flügel mit einem schwarzen Rand auf der Unterseite und ein gewaltiger gelber Schnabel. Über den Augen hatte der Vogel einen schwarzen Lidstrich. Sah ungefähr so aus wie bei Amy Winehouse. Seine Spannweite betrug geschätzte zwei Meter fünfzig. Ohne einen Flügelschlag schwebte der Vogel direkt über uns hinweg, keine fünf Meter hoch, wieder hinaus aufs Meer. Und dort flog er dann einen weiten Bogen und kehrte anschließend zurück, um sich die beiden seltsamen Figuren auf dem Hügel noch einmal anzuschauen.

»Das macht er immer«, sagte Sarah, »dass er so niedrig fliegt und dich dabei anschaut, als wolle er sagen: ›Hier ist mein Reich, ich muss nichts und niemanden fürchten, ich bin der wahre König, aber du, Mensch, bist trotzdem willkommen bei mir.‹ So majestätisch und freundlich und ohne Furcht.«

»Vielleicht sucht er über der Insel auch nur die Thermik«, antwortete ich.

»Oder so«, sagte Sarah und lachte, und dann saßen wir eine ganze Weile schweigend nebeneinander und schauten der untergehenden Sonne zu.

»Weißt du, was seltsam ist?«, meinte sie schließlich. »Jeder andere Mensch, der hier aufgetaucht wäre, hätte mir etwas weggenommen von der Schönheit des Ortes. So ist es immer für mich. Aber noch schöner als die Unberührtheit ist, dass ich das Schönste hier mit dir teilen kann. Warum ist das so? Warum nimmst du mir nicht auch etwas weg wie alle anderen Menschen, sondern packst im Gegenteil Schönheit dazu?«

»Mich darfst du nicht fragen«, antwortete ich. »Ich könnte wahrscheinlich gar keine Schönheit sehen vor Angst, wenn du jetzt nicht neben mir wärst.«

»Wieso denn Angst?«

»Ich weiß nicht … dass ich hier nicht mehr wegkomme … oder dass ich in einer Sturmflut ertrinke und dass dann niemand da ist, der hilft.«

»Und wenn ich neben dir bin, hast du diese Angst nicht?«

»Du machst mein Leben sicher«, antwortete ich. Sarah wühlte wieder mit ihren Zehen im Sand und flüsterte nach einer Weile: »Ich glaube, noch nie hat ein Mensch etwas so Schönes zu mir gesagt«, aber dann blickte sie doch nur weiter in die untergehende Sonne und nahm mich nicht in den Arm oder so was. Obwohl ich es schon schön gefunden hätte in diesem Augenblick.

Glaube ich. Trotzdem war das Schweigen auch so wunderbar schön und nah.

»Was machst du, wenn du nicht hier auf der Insel bist?«, fragte ich sie, als die Sonne schon komplett untergegangen war.

»Ganz viele unterschiedliche Sachen«, antwortete sie. »Ein anderes Projekt von mir beschäftigt sich mit dem Einfluss invasiver Arten auf das Ökosystem der Nordsee. Auch ein ganz spannendes Thema. Zum Beispiel breitet sich bei uns gerade die pazifische Auster aus. Diese Art haben wir Menschen hier eingeschleppt, um im Wattenmeer wieder Austern zu züchten, nachdem die europäische Auster verschwunden war. Wir glaubten damals, wir könnten dies ohne ökologisches Risiko tun, weil Pazifische Austern zur Vermehrung eine Wassertemperatur von mindestens zweiundzwanzig Grad brauchen. Die Nordsee hatte aber nur fünfzehn bis siebzehn Grad. Nun hat sich in den letzten Jahren unser Wattenmeer aber so weit erwärmt, dass sich die Auster doch plötzlich unkontrolliert vermehrte. Klingt erst einmal nicht so schlecht, würde man denken, weil Austern gut schmecken und dazu noch pro Tag zweihundertvierzig Liter Meerwasser filtern. Saubere Umwelt, leckeres Essen, gutes Geld, was will man mehr. Aber die schlechte Nachricht war, dass die Larven der Austern nur überleben, wenn sie im Meer ein festes Fundament finden, an das sie sich anheften können. Das einzig Feste im Wattenmeer sind unsere Miesmuschelbänke. Das hat dazu geführt, dass diese Bänke mittlerweile von den Austern fast komplett überwuchert sind. Zuerst dachten wir, dass dies das Ende der Miesmuschel im Wattenmeer wäre. Stimmte zum Glück aber nicht. Die Miesmuscheln überleben auch unter den Austern. Aber es zeigte sich ein anderes Problem: Unsere Miesmuscheln dienen vielen Zugvögeln als eine Art Kraftfutter für die weitere Reise nach Afrika. Manche Arten fliegen auch gar nicht weiter, sondern überwintern deswegen hier. Wie die Eiderenten zum Beispiel, die aus Island oder von der nördlichen Ostsee kommen und sich hier die Bäuche vollschlagen damit. Normalerweise fressen die Enten die Miesmuscheln mitsamt ihren Schalen, und die Schalen werden dann von den kräftigen Kaumägen zerdrückt und wieder ausgeschieden. Mit den steinharten Schalen der Austern funktioniert das nicht. Und an die Miesmuscheln darunter kommen die Enten nicht mehr heran. Also verhungern die Vögel hier. Und ohne die Eiderenten verändert sich dann wieder das Ökosystem in ihren Sommerquartieren und so geht das immer weiter. Der Mensch greift an einer Stelle in das Ökosystem ein, aber das System ist so komplex und so global, dass wir weit davon entfernt sind, die Folgen unseres Handelns zu überblicken.«

»Klingt, als hättest du Meeresbiologie studiert?«, sagte ich.

»Gar nicht«, antwortete Sarah.

»Und warum engagierst du dich dann ausgerechnet fürs Meer?«

»Weil es für mich keinen Ort gibt, der schöner und reicher und geheimnisvoller ist. Ich liebe das Meer … immer schon … so einfach ist das, ich kann gar nichts dagegen tun.«

»Aber warum Fische? Oder Muscheln? Und nicht Delfine oder Wale oder so was? Warum engagierst du dich ausgerechnet für Fische?«

»Ich engagiere mich nicht nur für Fische, sondern für alle Lebewesen im Meer. Aber es stimmt, für Fische besonders, Fische sind nun mal keine niedlichen Katzenbabys, mit denen man lustige, herzerwärmende Videos drehen und dann auf YouTube hochladen kann. Hast du mal nach Fischen auf YouTube gesucht? Da findest du nur Millionen Videos mit fetten Männern in Armeehose, die Fische an ihren Angeln durchs Wasser schleifen und die halb toten Tiere triumphierend in die Kamera halten. Ich meine, geht's noch? Stell dir vor, wir würden einem Hund eine Wurst mit Widerhaken zu fressen geben, und wenn der Haken dann in der Lippe oder im Rachen hängt, schleifen wir das arme Tier hinter uns her, bis es kraftlos zusammenbricht.«

»Meinst du wirklich, das kann man vergleichen?«, fragte ich.

»Absolut kann man das«, erwiderte Sarah »Du denkst vielleicht, dass da ein Unterschied ist. Aber den gibt es nicht. Wir Menschen glauben, dass Fische nur kalte, gehirnlose Wesen sind, die keine Schmerzen empfinden, und dass wir sie behandeln können, als wären sie Brennholz. Aber Fische fühlen genauso Schmerzen und haben genauso Angst. Das haben Wissenschaftler schon lange bewiesen. Fische haben andere Schmerzrezeptoren als ein Hund, aber sie haben welche. Dass wir in ihren Gesichtern keine Gefühle lesen können wie bei einem Hund, heißt nicht, dass sie keine Gefühle haben. Dass wir ihre Kommunikation nicht verstehen, bedeutet nicht, dass sie nicht miteinander kommunizieren. Auch das hat die Wissenschaft schon bewiesen: Fische reden miteinander. Wenn auch nicht nur mit Worten und Lauten. Fische trauern sogar um den Tod anderer Fische. Sie haben Angst. Sie können sich freuen. Sie haben ein Gedächtnis und können lernen. Manche Fische sind sich sogar ein Leben lang treu. Oder nimm den Kraken. Mittlerweile weiß jeder, dass er zu den intelligentesten Lebewesen auf der Erde gehört. Obwohl er nicht so aussieht, als hätte er überhaupt ein Gehirn. Das ist das Problem der Meeresbewohner: Wir verstehen sie nicht, und sie besitzen nichts, was uns anrührt. Also übernehme ich diesen Job. Ich versuche, ihre Anwältin zu sein. Das ist die Aufgabe meines Lebens.«

»Und die machst du auch richtig gut«, sagte ich, und Sarah lachte, und ich dachte, dass es das schönste Lachen ist, das ich jemals gesehen habe, weil es kein bisschen triumphierend und gleichzeitig auch kein bisschen verlegen war. Eher so eine Mischung aus Gerührtsein und Selbstsicherheit, als würde sie sich einerseits wirklich freuen über meinen Satz und andererseits denken, dass sie das Kompliment schon auch verdient hat.

Ich glaube, dass ich in diesem Moment auf der Insel eines begriffen habe: Das, was ich wirklich an einem Menschen liebe, ist, wenn er für etwas brennt. Nicht wie mein Vater, der jedes Feuer immer nur ertränkt hat in seinem Suff. Ich meine, auch er wollte etwas ganz unbedingt, aber nicht, weil er dafür gebrannt hat, sondern weil er damit auch das letzte kleine Feuer ablöschen wollte in sich. Das ist der Unterschied zwischen Sucht und Leidenschaft. Kein Mensch wird Alkoholiker, der im Leben wirklich für etwas brennt.

»Ich weiß gar nichts von dir«, sagte ich. »Und du hast alle meine Akten und weißt alles von mir. Findest du das gerecht?«

»Logisch ist das gerecht«, lachte sie, »ich bin schließlich auch deine Vorgesetzte. Und so was wie deine Bewährungshelferin bin ich auch.«

»Nach meinen dreihundert Stunden bist du es nicht mehr.«

»Dann darfst du mich nach den dreihundert Stunden alles fragen und bekommst auf alles eine ehrliche Antwort.«

»Versprochen?«

»Versprochen, spätestens dann.«

»Du hast gesagt, dass es eine Möglichkeit gibt, die ganze Strafe in einem Rutsch abzuarbeiten«, sagte ich. »Was ist jetzt damit?«

Sarah schaute mich lange und prüfend an. »Ehrlich gesagt bin ich mir nicht mehr sicher, ob es das Richtige für dich ist.«

»Aber vielleicht denke ich, dass ich das kann.«

»Na ja, am Ende muss ich das entscheiden, nicht du. Aber ich kann ja mal davon erzählen.«

KAPITEL 12

Sarah redete ungefähr eine Stunde lang ohne Komma, und wenn ich jemals so gut erzählen könnte wie sie, würde ich mir selbst eine Medaille verleihen. Die Zeit verging wie im Rausch, und ich merkte nicht einmal, wie es kühl wurde auf unserer Insel. Am Ende hatte ich vergessen, alle wichtigen Fragen zu stellen. Aber innerlich hatte ich schon meine Koffer gepackt. Was Sarah erzählte, war Folgendes:

Der Typ, mit dem sie heute Morgen telefoniert hatte, war ein Kollege von Ocean Watch in Kanada, der gerade an der Dalhousie University in Halifax promovierte. Er leitete dort ein Projekt, in dem es um einen Zensus aller Meeresbewohner ging. Also so was wie eine Zählung der Fische, Krebse, Weichtiere und was sonst noch so durch die Weltmeere schwimmt. Die Zahlen wollte er dann vergleichen mit einer ähnlichen Erhebung aus dem Jahr 2003, und dieser Vergleich sollte einen Nachweis darüber liefern, welche globalen Auswirkungen das Verhalten der Menschen für die Weltmeere hat. Am Ende der Forschungsarbeit sollte eine Prognose stehen, wie sich die unterschiedlichen Populationen in den nächsten Jahren durch den Einfluss des Menschen entwickeln werden: welche Arten zu den Siegern und welche zu den Verlierern gehören und ob sich die Ozeane ihren Artenreichtum bewahren können. Oder ob sie in fünfzig Jahren nur noch eine leblose Wüste sind.Bisher waren diese Forschungen nicht abgeschlossen, aber gesichert war schon jetzt, dass es vier Faktoren gibt, mit denen der Mensch direkt das gesamte Ökosystem der Meere verändert. Da sind erstens die Überfischung und zweitens die Übersäuerung durch CO_2 und drittens die Erwärmung und viertens der Nährstoffeintrag, der zu einer Reduzierung des Sauerstoffgehalts in den Weltmeeren führt.

Auch die Verlierer stehen schon fest. Da sind die gesamten Arten aus den arktischen und antarktischen Gewässern, die an das kalte Wasser angepasst sind und keine noch kältere Region haben, in die sie ausweichen können, wenn sich ihre Umgebung erwärmt. Die zweiten Verlierer sind die Lebewesen, die fest mit ihrer Umgebung verbunden sind und vor der Erwärmung ihrer Umgebung nicht fliehen können. Korallen zum Beispiel. Ein Viertel aller tropischen Riffe hat schon jetzt die Erwärmung ihrer Umgebung nicht überlebt. Die dritte Gruppe der Verlierer sind all jene Arten, die Kalk für den Aufbau ihres Körpers benutzen. Muscheln zum Beispiel und wiederum die Korallen, weil die Übersäuerung des Wassers durch CO_2 den empfindlichen Vorgang des Kalkaufbaus stört. Und die vierte Gruppe sind die großen Raubfische am Ende der Nahrungskette, weil sie es sind, die der Mensch am unerbittlichsten jagt. Ihre Populationen hat der Mensch durch intensive Befischung in den letzten Jahrzehnten schon um neunzig Prozent reduziert.

So dramatisch soll die Situation mit den Raubfischen teilweise sein, dass selbst Quoten oder Fangverbote nichts mehr ausrichten können. Wie zum Beispiel beim Kabeljau vor der amerikanischen Küste im Nordatlantik. Dort war die Population 1992 durch die Überfischung komplett zusammengebrochen, aber selbst das totale Fangverbot hatte nicht mehr dazu geführt, dass der Fisch wieder zurückgekehrt ist. Schuld daran sind die Heringe und Tiefseegarnelen, die vom Kabeljau nicht mehr gefressen werden und jetzt umgekehrt den wenigen Kabeljaulaich vernichten, den es noch gibt.

Das ist eine der Erkenntnisse dieser Zählung: Überall dort, wo die Raubfische aussterben, reduziert sich sofort die Artenvielfalt. Es gibt Fjorde in Norwegen, in denen kein Fisch mehr lebt und die jetzt zu hundert Prozent den Quallen gehören. Es gibt auch Wüsten unter Wasser, die früher riesige Tangwälder waren, bis der Seeigel sie komplett abgeholzt hat, weil der Mensch seinen natürlichen Feind, den Otter, wegen seines Pelzes fast ausgerottet hatte. Oder Korallenriffe, in denen kein Fisch mehr lebt, weil es dort keine Haie mehr gibt, die vorher für ein Gleichgewicht aus Gefressenwerden und Fressen sorgten.

Für mich war aber das die erstaunlichste Erkenntnis der kanadischen Untersuchung: dass es die Fischer sind, die den größten Schaden anrichten im gesamten Ökosystem. Ich hätte jetzt eher auf die Klimaerwärmung getippt. Oder das CO_2. Oder das Plastik im Meer. Immerhin soll es bereits fünf riesige Müllstrudel in den Weltmeeren geben, von denen einer schon größer als ganz Europa ist.

»Umso wichtiger ist es«, sagte Sarah, »dass wir den Fischern ganz genau auf die Finger schauen.«

In Kanada gab es dafür ein paar festangestellte Observer, aber meistens fuhren irgendwelche Studierenden der Meeresbiologie auf den Trawlern mit. Oder ein Mitarbeiter von Ocean Watch. Und da kam jetzt meine Person ins Spiel. Es gibt an der Ostküste Kanadas nämlich eine Familie, die viele Schiffe besitzt und die massiv und fortgesetzt bei den Quoten betrogen hat. Vor einem Jahr wurde sie von einem Gericht zu einer Rekordstrafe von einer Million Dollar verurteilt, und alle Schiffe, die an dem Betrug beteiligt waren, wurden an die Kette gelegt. Sogar die landesweiten Fernsehnachrichten berichteten damals über den Fall. Die Schiffe, die nicht an den Verbrechen beteiligt waren, durften trotzdem weiter hinausfahren aufs Meer. Bei ihnen schickte die Fischereibehörde meistens einen Observer mit, der den Fang kontrollierte und Statistiken führte.

Diese Familie wird an der Küste nur »die Deutschen« genannt. Vor vier Generationen waren sie aus Wilhelmshaven nach Nova Scotia gekommen, und seitdem hielten sie ihre Kultur und die Sprache hoch, und kein Kanadier bekam einen wirklichen Einblick in diesen Zirkel. Wie die Mafia war das. Nicht einmal die Funksprüche und die Gespräche an Bord konnten die Kontrolleure verstehen.

»Deshalb hat mich mein Kollege gefragt, ob ich nicht vielleicht Studierende aus Deutschland wüsste, die da mal mitfahren könnten«, erzählte Sarah auf unserem Hügel. »Und da habe ich sofort an dich gedacht.«

»Und jetzt denkst du das nicht mehr?«

»Für den Job reicht es nicht, ein umweltbewegtes Mädchen zu sein. Du musst gestandenen Männern klarmachen können, dass du diejenige bist, die bestimmt. Nicht umgekehrt. Die Fischer müssen Respekt haben vor dir. Ich glaube sogar, dass du das eigentlich kannst, weil du auch jemand bist, der sich wehrt. Aber diese Typen sind ein hartes Kaliber. Wie gehst du damit um, ganz allein auf dem Meer zu sein? Ohne die Chance, irgendjemand zu kontaktieren? Was tust du, wenn sie dich zwei Wochen lang komplett ignorieren und kein einziges Wort mit dir reden? Wie wehrst du dich, wenn sie handgreiflich werden? Es gibt keine Zeugen dort draußen. Ich gehe jetzt nicht davon aus, dass sie dich über Bord werfen würden. Aber wenn sie es tun, würden sie gegenseitig bezeugen, dass du unglücklich über die Reling gestolpert bist. Das ist schon eine spezielle Situation, alleine dort draußen zu sein.«

»Warum denkst du denn, dass sich die Fischer so übel verhalten?«

»Weil diese Deutschen massive Verbrecher sind. Und weil ich glaube, dass alle Fischer brutale Menschen sind. Für mich ist Fischen so ziemlich die grausamste Methode, ein Lebewesen zu töten. Entweder der Fisch wird in einem Netz über Stunden langsam zu Tode gequetscht. Oder er erstickt qualvoll an der Luft. Oder er wird so schnell aus der Tiefsee nach oben geholt, dass ihm die Schwimmblase aus dem Maul und dem After quillt. Oder er zappelt sich an einem Haken zu Tode. Oder er wird harpuniert. Dann steckt der Haken nicht im Maul, sondern irgendwo außen im Körper. Fischen ist immer grausames Morden, und Fischer sind grausame Mörder, so einfach ist das.«

»Würde das Gericht denn erlauben, dass du mich nach Kanada schickst?«

»Ich kann dich hinstecken, wo ich will: Klo putzen, Strand säubern, Kanada. Ist meine Entscheidung. Na ja, also in diesem Fall natürlich nicht nur. Du selbst musst schon auch noch Ja dazu sagen.«

»Ich sage auf jeden Fall Ja«, antwortete ich.

»Vorhin klang es so, als hättest du Angst, allein auf dem Meer zu sein.«

»Ich wäre aber gar nicht allein. Und wehren kann ich mich immer. Auch gegen solche Männer. Wann geht es denn los?«

»Morgen schon. Es läuft so, dass alle Fischer spätestens drei Tage, bevor sie in See stechen wollen, die Fischereibehörde informieren müssen über die Fahrt. Dein Schiff verlässt übermorgen den Hafen. Also musst du morgen den Flieger nehmen nach Kanada. Aber bevor du nach Kanada fliegst, musst du noch lernen, wie du Buch führst über die Fänge und wie du die Fische bestimmst. Du musst wissen, welche Rechte du hast auf einem

Schiff und wo ein Kapitän das Recht hat, auch über dich zu bestimmen. Das alles sind existenzielle Punkte.«

»Und wie lerne ich das so schnell?«

»Du kommst morgen früh um acht zu mir ins Büro. Dann zeige ich dir alles. Der Flieger geht nachmittags von Hamburg über Dublin nach Halifax, wir verlassen das Büro mittags um zwölf.«

»Welche Fische fangen die?«, fragte ich.

»Schwertfische, soviel ich weiß.«

»Ich bin dabei«, sagte ich. »Also, wenn es keine Haie sind, bin ich auf jeden Fall dabei. Ich meine, nach Kanada fliegen, da denke ich doch keine Minute nach. Ganz klar mache ich das.«

KAPITEL 13

Es war ungefähr gegen Mitternacht, als ich von der Insel wieder nach Hause kam. Mein Vater saß weinend vor dem Fernseher, weil irgendein rührseliger Scheiß dort lief. Das passierte ihm immer häufiger in der letzten Zeit. Kein Mitfühlen und kein Einfühlungsvermögen für andere Menschen, da war er mittlerweile komplett amputiert, aber vor dem Fernseher kam ihm bei jeder kitschigen Szene die Heulerei. Auch jetzt hatte er überhaupt keine Meinung zu Kanada. Er sagte nicht »Nora, das ist ja toll« oder »Pass auf dich auf« oder »Fahr nicht, da hätte ich Angst um dich«. Das Einzige, was er beisteuern konnte, war: »Aber die zahlen doch deinen Flug, nicht wahr?« Dann versank er wieder in seiner Romanze.

Ich schätze, das ist das eigentliche Erbe des Alkohols: dass du in Rührseligkeit ersäufst, aber nicht mehr mit anderen Menschen fühlen kannst, und dass du die Leiche auch nicht mehr aufweckst, wenn du dein Grab wieder trockenlegst. Oder es ist umgekehrt: dass du nur zum Säufer mutierst, wenn du sowieso kein Mitgefühl und kein Einfühlungsvermögen hast. Ist natürlich auch eine Möglichkeit.

»Schätze schon, dass die zahlen«, antwortete ich, und mein Vater sagte »Dann ist ja gut«, und ich dachte, überhaupt nichts ist gut, weil mich dann doch die Panik erreichte. Nicht wegen der Fischer. Ich würde mich da schon wehren können. Ich hatte eher Angst, dass sie vielleicht einen Hai fangen, der dann an Deck um sich beißt. Und bestimmt können auch Schwertfische einen Menschen töten. Erst vor Kurzem ist ja so ein berühmter Tierfilmer gestorben, weil ein Rochen ihn aufgespießt hat.

Und das Schlimmste bei diesem Gedanken war, dass es noch nicht einmal jemanden gab, der mir eine Träne nachweinen würde. Original niemanden, bei dem ich mich noch verabschieden musste. Was für eine armselige Existenz. Ich meine, das war natürlich auch vorher schon klar, aber es war noch mal etwas anderes, wenn dir das Leben die Erkenntnis mit voller Wucht zwischen die Augen klatscht.

Ich ging ins Schlafzimmer meiner Eltern und schnappte mir den einzigen Koffer, der nach dem Auszug meiner Mutter noch übrig geblieben war. Aus meinem Kleiderschrank rupfte ich all die Sachen, von denen ich glaubte, dass sie auf so einer Reise nützlich wären: Gummistiefel, Mütze, Skihose, Skiunterwäsche, dicke Pullover. Kanada hörte sich in meinen Ohren wie Grönland an. Oder der Nordpol. Den Laptop ließ ich zu Hause. Wegen Salzwasser und Elektronik und keinem Internet mitten auf dem Atlantik. Dafür packte ich ein paar Notizbücher ein. Nur für den Fall, dass ich doch überleben würde. So eine Reise lieferte garantiert genug Stoff für jede Menge Artikel.

Ich ging in mein Zimmer und füllte online meine »Elektronische Reisegenehmigung« aus, und dann lag ich die ganze Nacht mit offenen Augen im Bett, weil der Trip mir mit jeder Minute unsinniger und bedrohlicher vorkam. Warum gab Ocean Watch ausgerechnet einem achtzehnjährigen Mädchen den Job? Und nicht einem erfahrenen Fischer zum Beispiel? Fischer, die keine Arbeit hatten, gab es doch angeblich jede Menge. Und warum bezahlte eine Organisation jemandem eine Reise nach Kanada, nur weil dieser Jemand die Sprache dieser Fischer versteht? Deutsche gab es doch garantiert auch in Kanada. Und selbst wenn Sarah auf alle Fragen eine plausible Antwort hätte: Warum fliegt sie dann nicht selbst dorthin? Sondern schickt jemanden, der mit Fischen so vertraut ist wie Fische mit einem Fußball?

»Das ist, weil unsere kanadische Sektion gerne beauftragt wird, einen Observer zu stellen, und weil ich selbst nicht weg kann zurzeit wegen meiner Projekte«, erklärte Sarah am nächsten Morgen.

Ich war schon früh zu ihrem Büro gelaufen. Als ich dort ankam, kauerte sie auf der Stufe vor ihrer Tür in der Sonne mit einer Tasse Tee in beiden Händen und wärmte sich von außen und innen auf. Sie trug die exakt selben Sachen wie gestern, und das Haar sah auch nicht so aus, als hätte es in der letzten Zeit einen Kamm gesehen.

»Sag nichts«, erklärte sie, als ich mit meinem Koffer vor ihr stand. »Ich war heute Nacht nicht zu Hause, aber ist auch egal, warte mal hier, dann erzähle ich dir von deinen Aufgaben.«

»Von deiner Nacht fände ich interessanter«, entgegnete ich.

Sarah schaute mich etwas spöttisch an. »Du traust dich was«, meinte sie, »lass uns wirklich über deine und meine Arbeit reden.« Dann stand sie auf und lief ins Büro und kam nach einer Minute mit einem zweiten Pott Tee zurück. Ich setzte mich zu ihr auf die Stufe.

»Gibt es von deiner Seite etwas, das du unbedingt wissen musst?«, fragte sie. »Irgendwas, das dir unter den Nägeln brennt.«

»Haie«, sagte ich. »Sind Haie im Atlantik gefährlich?«

»Auf einem Schiff kann dir überhaupt nichts passieren«, antwortete sie. »Und prinzipiell sind wir dazu da, die Haie zu schützen. Das ist eigentlich unsere Hauptaufgabe. Haie sind der häufigste Beifang in der Langleinenfischerei. Die meisten werden einfach tot oder lebendig zurückgekippt. Manche Fischer schneiden ihnen auch bei lebendigem Leib die Flossen ab und werfen die sterbenden Kadaver zurück ins Meer.«

»Warum macht denn jemand so was?«

»Die Flossen sind das Einzige, was sich von einem Hai verkaufen lässt. Das übrige Haifleisch werden die Fischer nirgends los. Es verdirbt auch relativ schnell, wenn es nur auf Eis gelegt wird.«

»Aber das ist ja maximal brutal«, sagte ich. »Einem Lebewesen die Gliedmaßen abzuschneiden und es dann ersaufen zu lassen. Ich versteh Menschen nicht, die so etwas tun.«

»Meine Rede«, antwortete Sarah, und dann erzählte sie weiter von ihren Haien, die mir vielleicht auf der Fahrt begegnen. Ich lernte, dass eigentlich alle Arten gefährdet sind, weil Haie lebend gebären und es immer nur wenige Junge sind, im Unterschied zu anderen Fischen, die ihre Eier und Samen millionenfach im Wasser verstreuen. Ich lernte, dass der Blauhai die häufigste Haiart in den Weltmeeren ist, aber trotzdem gefährdet ist, weil er sich gerne auf gefangene Fische in Stellnetzen und Langleinen stürzt und dann selbst hängen bleibt. Auch Müll und Plastik im Magen ist manchmal ein Todesgrund. Und obwohl der Blauhai gefährdet ist, ist er selbst für Schiffbrüchige nicht ganz ungefährlich. Gefährlicher jedenfalls als der Weiße Hai, der Menschen nur frisst, wenn er sie mit einer Robbe verwechselt. Der Blauhai frisst alles. Angeblich sterben durch ihn bei Schiffsunglücken mehr Menschen als durch jede andere Todesart. Beruhigend klang das nicht, fand ich. Wobei ich mich fragte, woher man bitte schön wissen will, ob eine verschwundene Person gefressen wurde oder einfach untergegangen ist.

Danach zeigte mir Sarah, wie man auf den gelben Zetteln, die groß wie ein Schulatlas sind, die Fänge der Fischer korrekt notiert. Ich musste den Unterschied lernen zwischen konventionellen Haken und den modernen Rundhaken, die die Fischer ungern benutzen, die aber vorgeschrieben sind, weil an ihnen weniger Seevögel und Schildkröten hängen bleiben. Zum Schluss überreichte mir Sarah noch eine eingeschweißte Tafel mit allen Haiarten des Atlantiks und eine zweite Tafel mit allen Thunfischarten und eine dritte Tafel mit den gängigen Schifffahrtssignalen. Und sie lud mir eine App auf mein Handy, die ein elektronisches Maßband ist und mit dem man die Länge und Dicke eines Fisches bestimmen und dann je nach Fischart in Kilogramm umrechnen kann.

Dann kamen wir zum Tagesordnungspunkt zwei. »Du bist nicht die Putzfrau auf einem Schiff und auch nicht die Köchin«, erklärte Sarah. »Das ist fundamental wichtig für dich. Lass dich nicht einspannen von den Fischern. Wenn sie dich erst einmal so weit haben, dass du Befehle entgegennimmst, hast du verloren. Du musst sie beaufsichtigen, nicht bedienen.«

»Und ein nettes Miteinander ist gar nicht möglich?«, fragte ich.

»Das ist normalerweise eine reine Männergesellschaft. Und eine von Mördern, du kennst meine Meinung. Mit diesen Leuten gibt es kein Miteinander. Außerdem muss dir immer bewusst sein: Für die Fischer bist du der Feind. Diese Menschen sind gezwungen, dir nicht nur eine Koje auf dem Schiff zu geben und dich durchzufüttern. Sie müssen unserer Organisation auch noch dreihundert Dollar dafür bezahlen, dass du ihnen auf die Finger schaust. So hat es der Staat festgelegt. Du kannst dir also gleich abschminken, dass sie auch noch nett zu dir sind. Und wenn sie es sind, wollen sie was von dir. Dann sollten alle Alarmsirenen losgehen bei dir.«

»Gab es das schon mal, dass ein Observer nicht mehr wiedergekommen ist?«, fragte ich.

»Es gab einen Fall, bei dem ein Observer angeblich über Bord gegangen ist. Das Gegenteil konnte niemals bewiesen werden. Er wurde auch nie gefunden. Und dann soll es einen anderen Fall gegeben haben, bei dem ein Observer auf hoher See auf ein anderes Schiff umgestiegen ist, und dieses Schiff hat den Mann dann auf eigenen Wunsch an Land gebracht. Das bezeugen die Besatzungen beider Schiffe. Aber dieser Observer ist seitdem nie wieder aufgetaucht. Kein Lebenszeichen von ihm, als hätte er danach nicht existiert. Lügt also die Besatzung? Oder ist der Mann einfach nur untergetaucht? Auch da hat die Polizei kein abschließendes Urteil.«

»Und was kann ich tun, damit mir das nicht passiert?«, fragte ich.

»Erstens: Mach den Fischern klar, dass du dich jeden zweiten Tag per Satellitentelefon bei Ocean Watch melden musst. Sonst würden wir eine Suchaktion starten. Auf deren Kosten. Sie werden trotzdem protestieren und behaupten, dass das Satellitentelefon zu teuer ist für so eine Spielerei. Lass dich nicht abwimmeln. Sie müssen dir diese Gespräche erlauben. Zweiter Punkt: Schreibe jeden Abend auf, was während des Tages passiert ist. So, dass sie sehen, wie du es schreibst. Und verstecke anschließend das Buch, so, dass sie es nicht sehen. Sie müssen Angst haben, dass im Falle deines Ablebens darin Dinge ans Licht kommen, die sie belasten. Jeder Fischer weiß, dass wir unseren Mitarbeitern nahelegen, solch ein Buch mit Aufzeichnungen zu führen. Und dass wir danach suchen werden, wenn etwas passiert ist, und dass sie in ernsten Schwierigkeiten sind, sollten wir es nicht finden. Auch das ist ein kleiner Schutz. Jeder Observer bekommt von uns dafür extra ein offizielles Notizbuch.«

Sarah lief nach hinten ins Lager und kam mit einer dicken Kladde zurück. Bestimmt dreihundert Seiten, blauer Einband, mit dem Ocean-Watch-Logo auf dem Cover: ein weißer sitzender Kormoran mit gespreizten Flügeln, geprägt, in einem Kreis, wie der Vitruvianische Mensch von Leonardo Da Vinci. Ich drehte das Buch hin und her und betrachtete es von allen Seiten. »Prima, jetzt hab ich auch noch Angst vor den Fischern, tolle Wurst, was mache ich jetzt damit?«

»Überwinden«, antwortete Sarah. »Wir wissen doch beide, dass das genau die Masche der Männer ist. Angst ist die Wunde, in der die Männer herumwühlen, um uns klein und gefügig zu halten. Wenn wir Angst haben, erlauben wir ihnen, über uns zu bestimmen oder sich als Retter aufzublasen oder uns zuzuschwallen mit ihrer Sicht auf die Welt. Wer Angst hat, rüttelt nicht an der Macht. Angst ordnet sich unter. Emanzipation heißt als Allererstes, dass wir unsere Ängste überwinden. Das ist unser Weg. Darum geht es, wenn wir von Freiheit und Feminismus reden. Frei sind wir nur, wenn wir unser Leben nicht bestimmen lassen durch unsere Ängste.«

»Du hast leicht reden«, sagte ich. »Du schipperst nicht über den Atlantik.«

»Schau mich an«, meinte Sarah, »sehe ich ängstlich aus?«

»Bestimmt nicht«, antwortete ich.

»Bin ich aber. Ich habe Männern in meinem Leben schon erlaubt, dass sie mich erniedrigen. Dass sie mich betatschen. Und dass sie über mich bestimmen. Nur weil ich Angst hatte, ich zu sein.«

»Diese Angst habe ich allerdings nicht.«

»Hab ich gelesen. Und deshalb bist du auch die Richtige für den Job, solange du dich dort nicht kleinmachst. Es ist nicht schlimm, dass du Angst hast vor dem Meer oder vor den Haien, solange die Kerle wissen, dass du stärker bist als deine Angst. Das ist wie im Schwimmbad auf dem Zehnmeterturm. Es ist okay, oben Angst zu bekommen. Es ist nicht okay, rückwärts wieder herunterzuschleichen. Ich meine, so denken die Männer. Männer nutzen Schwächen aus. Immer und prinzipiell, das ist ihre Welt. Wir Frauen verzeihen, weil wir unsere eigenen Ängste kennen. Aber wenn du in der Welt der Männer den Turm hochkletterst, musst du auch runterspringen. Sonst treten sie auf dir herum. Entweder arschlochmäßig oder tätschelnd gönnerhaft. Ist beides das Grauen.«

»Und das heißt jetzt was für meine Reise? Auf einem Schiff gibt es keinen Zehn-Meter-Turm.«

»Es heißt, dass du nicht zulassen darfst, dass sie deine Ängste und dein Zögern sehen. Je weniger sie dir ins Herz schauen können, desto mehr Respekt haben sie vor dir. Das ist die dumpfe, simple Wahrheit der Männer.«

»Okay, verstehe«, sagte ich, »mich zu verstecken, hab ich gelernt.«

»Nein, nicht verstecken. Männer verstecken sich auch nicht. Männer blasen sich auf, bis ihre Erbärmlichkeit dahinter verschwindet. Das musst du nicht tun. Du musst dich nicht aufblasen. Bleib einfach unnahbar. Bleib ein Geheimnis. Das reicht schon. Vor allem, wenn man so aussieht wie du.«

»Wie sehe ich denn aus?«

»Wie jemand, der einem Menschen gefährlich werden kann.«

»Und was meinst du jetzt damit?«

»Such dir eine Interpretation aus. Es gibt viele. Sie passen alle zu dir.«

»Das ist unfair«, sagte ich, und sie grinste, und dann deutete sie nach draußen, wo vor der Tür ein kleiner Opel oder Nissan oder so was Ähnliches hielt. Oder irgend so was.

Der Fahrer hupte, und Sarah sagte: »Das ist dein Chauffeur. Jetzt geht es los. In Halifax wirst du dann von dem Freund abgeholt, mit dem ich gestern telefoniert habe, als du hier angekommen bist.«

»Ein Freund oder dein Freund?«, fragte ich.

Sarah lachte und sagte »ein Freund«, und als ich gerade beim Einsteigen war, meinte sie noch: »Du passt auf dich auf, nicht wahr? Ich würde im Leben nicht mehr froh, wenn dir dort was passiert.« Dann gab sie mir einen Kuss auf den Hals, der zu lang und zu weich war, um ihn jemals wieder vergessen zu können.

»Du traust dich was«, sagte ich, und sie sagte: »Ganz genau, ich trau mich was«, und dann drückte sie die Beifahrertür ins Schloss und schlug mit der flachen Hand auf das Dach, und der Fahrer trat auf das Gaspedal und versuchte zwei Stunden lang zu beweisen, dass man mit einem Dreißig-PS-Nissan genauso schnell ans Ziel kommen kann wie mit einem Dreihundert-PS-Maserati.

Ich saß auf dem Beifahrersitz und spürte, wie dieser Kuss quasi innen von mir Besitz ergriff. Ich kann das gar nicht anders erklären. Als würde er sich durch die Haut in die Adern bohren und das Blut verwandeln, dass es schneller und wärmer fließt. Selbst als ich am Flughafen ausstieg, fühlte ich Sarahs Lippen noch auf meinem Hals.

KAPITEL 14

Ich schätze, das ist der Unterschied zwischen erwachsenen Flugreisenden und Jugendlichen wie mir: Erwachsene haben so viel Panik vor dem Zuspätkommen, dass sie lieber schon einen halben Tag zu früh vor dem Check-in sitzen und schlecht gelaunt darauf warten, dass sich endlich die Laufbänder drehen. Und danach sitzen sie noch mal stundenlang vor dem Gate. Da Sarah die Fahrt zum Flughafen organisiert hat, geht es mir ähnlich. Das ist aber gar nicht schlimm dieses Mal, weil Warten am Flughafen sich unterscheidet von allem anderen Warten. Zumindest wenn man erst mal eingecheckt hat.

Dann läufst du zuerst durch die Passkontrolle, und dahinter sind nur noch Menschen, die original überhaupt nichts mehr zu tun haben mit dir.

Jeder schwimmt in seiner eigenen Blase und du selbst hockst mittendrin wie im Mutterbauch. Kannst nicht heraus und fühlst dich allein und trotzdem irgendwie sicher. Nichts mehr da, was du noch erledigen musst. Keine Pflicht zu irgendwas, kein Mensch sieht dich an, und auch du siehst nur lauter Hüllen. Niemand spricht mit dir, jeder ist maximal weit entfernt, und am weitesten entfernt sind natürlich diese Mallorca-Hollister-Flip-Flop-Urlauber und die uniformierten Vielflieger und die ganzen Duty-free-Junkies, die wie die Gestörten in den Shops rumlaufen, in denen es Schokolade nur in unsinnigen Dreihundert-Gramm-Tafeln gibt.

Dafür ist in der Nähe meines Gates eine Bar mit einem leuchtenden blauen Tresen, der so hässlich ist, dass kein Mensch an ihm sitzen mag. Ich hocke mich auf einen der Barhocker und hole das Ocean-Watch-Notizbuch heraus.

Seit Sarah mir das Buch in die Hand gedrückt hat, geht mir dieser Gedanke nicht aus dem Kopf. Es ist sogar mehr als nur ein Gedanke, sondern eigentlich schon fast ein Bedürfnis oder ein Entschluss oder so was: Wenn ich schon meine Tage auf See protokollieren soll, denke ich, dann kann ich doch auch gleich dasselbe mit dem Rest meines Lebens tun. Könnte ja immerhin sein, dass ich nicht wiederkomme von dieser Reise. Bei den ganzen Gefahren dort. Ich meine, ich habe nicht wirklich Angst im Moment. Oder vielleicht doch ein bisschen. Aber auf jeden Fall würde es dann etwas geben, das von mir bleibt. Falls sich doch mal jemand dafür interessiert.

Ich weiß nicht, ob es an mir liegt oder an dieser eigenartig versponnenen Flughafenatmosphäre. Aber an dieser seltsamen Bar fliegen die Worte einfach so in das Notizbuch, ohne dass ich irgendwas tun müsste dafür. Ganz anders als bei meinen Artikeln für Sturm und Stress. Das ist wie bei diesen Zauberern, die dir ein Tuch in die Tasche zaubern, und wenn sie es dann rausholen, hängt an dem einen Tuch das nächste und daran das übernächste, und so geht es immer weiter und hört überhaupt nicht mehr auf. Als würde alles zusammenhängen. Der ganze Mist mit meinem Vater und der mit meiner Mutter auch und angefangen mit dem Tag, an dem ich ihm eine geballert habe. Rauscht einfach alles heraus. Zwei Stunden lang sitze ich auf diesem Barhocker und schreibe wie eine Wahnsinnige und sehe mit meinen Augen, wie alle anderen Reisenden einsteigen ins Flugzeug, aber irgendwie registriere ich es nicht. Ich höre sogar mit meinen Ohren den »letzten Aufruf für Frau Nora Petersen, gebucht nach Halifax«, in Deutsch und in Englisch, aber irgendwie schafft es die Durchsage nicht in mein Gehirn, bis mir schließlich eine Stewardess auf die Schulter tippt und nach meinem Namen fragt, und dann rennen wir zu zweit so schnell es geht rüber zum Gate.

Im Flugzeug sitzen schon alle Passagiere auf ihren Plätzen, und weil mein Ticket erst gestern in letzter Sekunde gebucht worden ist, habe ich einen Mittelplatz, und die Gepäckfächer sind auch schon voll, sodass für mein Handgepäck nur noch Platz ist unter dem Sitz.

Rechts und links von mir sitzen natürlich Männer, die natürlich mit ihren Ellenbogen fett die Armlehnen besetzen, obwohl sie doch auf ihrer anderen Seite auch noch Platz haben, und ich eingeklemmt zwischen ihnen hocken muss wie eine Legehenne. Ich klappe trotzdem den Tisch vor mir herunter und lege mein Notizbuch darauf, aber schreiben ist nicht so einfach, wenn man die Ellenbogen an den eigenen Körper quetscht. Und dann kommt auch noch die Stewardess angeschossen und ist unentspannt, weil der Tisch beim Start hochgeklappt sein muss.

In der Luft stellen die Männer ihre Lehnen nach hinten und ziehen sich irgendwelche Filme rein. Ich schreibe während des ganzen Flugs. Wie im Rausch. Keine Filme, kein Essen, ich überhöre sogar meinen Nachbarn, dem irgendwann der Kopf nach hinten kippt und dessen Mund so weit offen steht, dass man ihm eine Gurke von oben direkt im Magen versenken könnte. Das Geräusch, das er macht, ist so ein feuchtes, ganz tiefes Röcheln.

Der andere Nachbar hat seine Schuhe abgestreift und kratzt sich pausenlos die Waden mit seinen Zehen. Vielleicht hat er die Masern oder Läuse oder eine fiese Tropenkrankheit, denke ich, aber seltsamerweise ist mir auch das egal. Ich vergesse sogar, dass ich in einem Flugzeug zehntausend Meter über der Nordsee sitze und eigentlich schlottern müsste vor Angst.

Als der Kapitän den Sinkflug ankündigt, sind schon fünfzig Seiten Notizbuch voll. So friedlich mit mir und irgendwie selbstvergessen und gleichzeitig nah habe ich mich noch nie erlebt. Aber ich schätze, dass dieses Gefühl sofort verschwindet, wenn ich auch nur eine Seite zurückblättere in meinem Buch. Ist wahrscheinlich der größte Schwachsinn dieses Jahrhunderts.

In Dublin dauert die Pause nur eine Stunde, dann steige ich wieder ins selbe Flugzeug mit denselben Nachbarn, aber jetzt sind sie keine nervtötenden Gurgler und Kratzer mehr, sondern schon alte Bekannte. Wir nicken uns wohlwollend zu. Ich schreibe weiter, und auch die Typen machen das, was sie vorher schon taten, ohne dass es mich stört.

Man denkt immer, dass es eine Weltreise ist, wenn man von Europa nach Amerika fliegt. Aber von Irland nach Halifax sind es nur sechs Stunden Flug, und schon ist man wieder gelandet. Die Ankunftshalle dort sieht aus wie ein deutscher Bahnhof in der Provinz. Ein einziger einsamer Mann wartet mit einem Schild hinter der Passkontrolle. »Ms Nora Petersen« steht darauf. Der Typ sieht überhaupt nicht aus wie ein Freund von Sarah. Eher wie ein Stiernacken-Ami, der sich in Kanada verlaufen hat.

Er ist auch kein Freund von Sarah, sondern der Chauffeur, den der Freund geschickt hat, weil er selbst keine Zeit hat für mich. Der Fahrer hat eine Adresse, zu der er mich bringen soll, und einen hochgebockten SUV, bei dem man eine Leiter braucht, um überhaupt reinzukommen. Wir bollern durch Wälder mit halbhohen verkrüppelten Kiefern, die aussehen, als wären sie unberührte nordische Wildnis. Nur die Briefkästen am Straßenrand erzählen von Häusern, die sich wahrscheinlich hinter den Bäumen verstecken. Hunderte von Briefkästen, von Halifax bis runter ans Meer, die ganze Straße ist eine einzige Siedlung, einfach zwischen die Bäume gebaut.

Auch der Hafen ist nicht viel anders. Überall zwischen die Felsen sind irgendwelche Häuser gewürfelt ohne erkennbaren Plan. Jedes Haus hat seinen Steg. Und wenn der alte vergammelt ist, wird einfach daneben ein neuer gebaut. Überall rotten solche Gerippe im Meer. Und die Gärten sehen praktisch genauso aus. In jeder Einfahrt steht ein beschissener, monstergroßer Dreckschleuder-Truck, der bestimmt dreißig Liter Benzin auf hundert Kilometer verbraucht, und wenn er irgendwann nicht mehr läuft, wird er einfach in den Garten gestellt. Dann wuchern die Gräser durch seinen Motorraum und auf den Sitzen wachsen die Pilze. Auch ausrangierte Hummerkörbe stehen herum. Und leckgeschlagene Ruderboote, Gitterboxen, verbeulte Bojen. Gibt einfach zu viel Natur hier, als dass sie den Bewohnern etwas bedeuten würde, glaube ich.

Dort, wo mein Fahrer hält, stehen keine Wracks. Aber der übliche Ford-F-150-Pick-up mit Zwillingsbereifung. In Metallicblau. Die Tür zum Haus ist nur angelehnt. Ich klopfe, aber niemand reagiert. Also gehe ich einfach hinein. Das Haus ist, na ja, ein Museum. Überall verwitterte Holzfiguren und alte Angeln und Fischernetz-Kugeln aus Glas. Eine Wand im Wohnzimmer ist quasi tapeziert mit geschnitzten Schwertern, die früher mal zu einem Schwertfisch gehörten. Bestimmt zwanzig Stück. Das längste misst mindestens ein Meter fünfzig. Davor sitzt ein alter, eingefallener Mann in einem Ohrensessel, dem eine Krankenschwester gerade den Puls kontrolliert. Er hat karierte Pantoffeln an und eine Hose voller Flecken. Das weiße Unterhemd darüber ist auch völlig verfleckt. Sieht nach Frühstücksei aus. Und Blaubeeren. Seine Oberarme sind dünn wie Zahnstocher und die Haut hängt an ihnen herunter wie ein Vorhang. Manchmal hustet er. Aber eigentlich ist es eher ein Hüsteln, als wäre er selbst dafür zu schwach.

Neben ihm steht ein Junge, der ihm die Hand hält und das genaue Gegenteil ist: prall und aufgeblasen und riesig. Bestimmt hundertzwanzig Kilogramm Muskeln. Er beugt sich zu dem alten Mann herunter und schreit ihm auf Deutsch ins Ohr: »Mach dir keine Sorgen, Grandpa, das wird schon … du kommst auf jeden Fall mit. Ich lass dich nicht alleine am Geburtstag zurück. Wir machen das wie besprochen.«

Der Alte greift nach der Hand des Jungen und strahlt ihn an mit seinem eingefallenen Mund, in dem nur noch zwei Stummel in die Mundhöhle ragen. Die Hand des Alten ist faltig und durchscheinend wie Pergament mit vielen Altersflecken. In einer Ader auf dem Handrücken steckt eine Kanüle. Sie ist mit einem Streifen Pflaster fixiert. Zum Blutabzapfen, vermutlich. Oder für eine Infusion.

»Ist recht, mein Junge«, murmelt der Alte, und dann registriert er mich und versucht sich an einer aufrechten Haltung.

»Ich suche Johan Meinart«, sage ich auf Deutsch. »Wer kann mir erzählen, wo ich ihn finde?«

»Welchen Johan Meinart?«, fragt der Junge.

»Den Kapitän der Jenny M.«

»Steht vor dir. Und wer bist du?«

»Ich bin für die nächste Fahrt dein Observer.«

Das Gesicht des Jungen verfinstert sich von einer auf die nächste Sekunde.

»Wer hat dir diese Adresse gegeben?«, sagt er. »Du verlässt auf der Stelle mein Haus.«

»Ich habe aber das Recht, dich zu begleiten«, erkläre ich.

»Ich weiß, dass ich dich auf meinem Schiff mitnehmen muss. Ich weiß, dass ich dir eine Koje geben und dich durchfüttern muss und dass du mir nichts als Scherereien machen wirst mit deinem ganzen ahnungslosen Bürokratenscheiß, das weiß ich ebenfalls. Aber eines weiß ich auch ganz gewiss: Ich muss dich nicht dulden in meinem Haus. Also verschwinde hier, morgen früh null fünfhundert am Pier der Meinart Fisheries, da kannst du dich melden. Vorher will ich dich nicht in meiner Nähe sehen.«

»Das kann man aber auch freundlicher sagen«, entgegne ich.

»Warum sollte ich? Ich hatte schon viele Observer auf meinem Schiff. Aber ihr Mädchen seid von allen die schlimmsten. Kommt direkt von der Uni und meint, mir erzählen zu können, wie ich fischen muss. Nur weil ihr euch Wissenschaftler nennt. Aber ihr wisst gar nichts. Ihr wisst nichts von den Fischen da draußen und ihr wisst nichts von meinem Beruf und ihr wisst auch nichts von der Seefahrt. Es gibt wenig im Leben, was lästiger und überflüssiger ist als ein Observer, der direkt von der Uni kommt.«

»Ich komme nicht von der Uni«, antworte ich.

»Ach was.«

»Ich komme aus Deutschland. Sie wollen jemanden auf deinem Schiff haben, der versteht, was du mit deinen Leuten redest. Die Fischereibehörde traut dir keinen Millimeter über den Weg. Deshalb.«

»Wunderbar, ich traue denen auch nicht. Diese Typen sitzen den ganzen Tag nur in ihren scheißklimatisierten Büros und denken sich schwachsinnige Vorschriften aus. Keiner von denen weiß, wovon er da redet. Keiner war jemals auf dem Meer. Diese Herren retten keine einzige Fischart. Sie retten nicht unsere Meere. Und erst recht nicht unseren Planeten. Sie retten nur ihren eigenen breit gesessenen Arsch. Und dafür zerstören sie unsere Existenzen. Diese Herren haben ein verdammtes Glück, dass sie hinter kugelsicheren Türen und Fenstern sitzen. Ich kenne genug Fischer, die bereit wären, die Typen sofort über den Haufen zu schießen. Elendes Pack, diese Behörde.«

»Ich habe mit der Behörde aber überhaupt nichts zu tun«, sage ich.

»Come on, sie haben dich geschickt, also hast du mit denen auch was zu tun. Und wenn du nicht von der Uni bist, bist du halt so 'ne vegane Tierliebhaberin aus der Stadt, die ihrem Hund die Locken föhnt. Die sind noch einmal schlimmer.«

Eigentlich müsste ich ihm dafür sofort eine zimmern. So eine arrogante, aufgeblasene Anabolika-Männlichkeit. Aber wir würden die nächsten zwei Wochen aufeinanderhocken wie Ameisen in einem Bau und da wäre eine Schlägerei vielleicht nicht so der ideale Beginn. Denke ich. Und das ist schon mal erstaunlich, dass meine Gedanken tatsächlich Einfluss haben auf das, was ich tue.

»Du hast echt überhaupt keine Ahnung von mir«, sage ich nur.

»Ich will auch gar keine haben«, antwortet Johan Meinart. »Du machst deinen Job auf dem Schiff und ich mache meinen. Mehr müssen wir voneinander nicht wissen.«

»Ich bräuchte trotzdem noch einen Tipp«, sage ich. »Wo finde ich denn ein Hotel für die Nacht?«

Der Junge schaut mich an, als wäre ich nicht bei Trost. »Hier gibt es keine Hotels«, sagt er. »Noch nicht mal eine Bar oder so was.«

»Auch kein Privatzimmer?«

»In Sambro leben alle mehr oder weniger von der Fischerei. Und deshalb vermietet auch keiner ein Zimmer an jemanden, der von der Behörde kommt. Ich kenne jedenfalls niemanden, der das tut. Und ich kenne so ziemlich alle.«

»Was ist mit dem Schiff? Da muss doch eine Koje existieren für mich.«

»Wie du willst. Mein Vater ist die ganze Nacht auf dem Schiff und überwacht das Tanken. Er zeigt dir den Schlafplatz.«

»Und wie komme ich zu dem Schiff?«

»Die Straße runter und dann immer links am Wasser entlang. Keine zweieinhalb Meilen, dann siehst du die Jenny M an der Tankstelle liegen. Ist ein Aluminium-Trawler, der Name steht groß am Heck, kannst du nicht übersehen.«

Damit schiebt er mich aus seinem Haus und schließt die Tür tatsächlich hinter sich ab. Der Idiot. Ich schleife meinen Koffer zwei Meilen über die Schotterpiste hinter mir her, und das ist schon mal der nächste Grund, ihm irgendwann auf jeden Fall eine zu ballern.

Es dauert länger als eineinhalb Stunden, bis ich endlich vor der Tankstelle stehe. Sie ist nicht mehr als ein einsamer Pier mit einer einzigen Tanksäule, die auch nicht anders aussieht als jede Tanksäule in der Stadt. Davor schaukelt ein verbeulter Trawler im Wasser. Heilige Scheiße. Das Schiff hat Ähnlichkeiten mit einem Auto nach einem Hagelschaden. Überall Narben und Dellen und an einigen Stellen sind wohl auch einige Risse gewesen, weil jemand von außen einfach ein paar Aluminiumplatten auf den Rumpf geschweißt hat.

»Sieht schlimmer aus, als es ist«, sagt der Mann, der gerade auf dem Deck herumturnt. Die gleiche Statur wie der Junge. Die gleichen Muskeln. Er hat nur nicht diese Breitbeinigkeit. Eigentlich läuft er sogar eher mit so einer eifrigen Kellner-Freundlichkeit auf mich zu, die gar nicht zu seinem Körper passt. »Mein Name ist Moses, ich bin der Vater«, sagt er. »Bei uns kommt es nicht darauf an, wie etwas aussieht.«

»Aha«, antworte ich. »Was meinen Sie bitte?«

»Das Schiff. Die ganzen Beulen hier sind passiert, als unsere Jenny M im Hafen von Newport lag und sich während des Hurrikans Irene losgerissen hat. Fünf Stunden lang hat der Sturm sie immer wieder gegen den Pier gedrückt. Jetzt ist unsere Jenny halt nicht mehr so hübsch. Aber sie ist noch immer ein gutes Schiff.«

»Warum sprechen Sie Deutsch mit mir? Woher wissen Sie, wer ich bin?«

Der Mann holt ein uraltes Klapphandy aus seiner Tasche. »Mein Sohn hat dich angekündigt.«

»Und was hat er gesagt?«

»Das willst du nicht ernsthaft wissen … komm an Bord, ich zeige dir alles, was wichtig ist.«

Er reicht mir seine Hand, als ich über eine ausrangierte Gerüstbohle zum Schiff balanciere. Typische Mechaniker-Finger. Breit und vernarbt, mit Öl und Ruß in den Rissen und Falten, die nie wieder sauber werden. Egal, wie lange man daran schrubbt.

Innen sieht das Schiff aus wie eine vergammelte Messibude. Alles ist überzogen mit einem uralten, fettigen Film, dass die Hände sofort schmierig sind, wenn man irgendwas anfasst. Die Handläufe, die Leitern, die Reling, die Klinken der Türen. Über dem elektrischen Radiator in der Kombüse trocknet eine weiße, löchrige Unterhose. Daneben hängt eine Wathose mit angeschweißten Gummistiefeln daran. Aufrecht an einem Haken an der Decke, dass es auf den ersten Blick aussieht, als hätte sich da jemand erhängt.

Auf dem Regal zwischen den Kochtöpfen liegt ein gebrauchter Anlasser, unter dem Tisch steht ein Schweißgerät, die Speisekammer ist voll mit Reis und Konserven und Luftfiltern und Fettkartuschen zum Abschmieren irgendwelcher Gestänge. In jeder Ritze steckt ein anderes Werkzeug. Auch die Wände sind voll mit allen möglichen Sachen: vergilbte Postkarten, uralte Pin-ups und eine Anleitung, wie man eine Schildkröte schonend von einem Angelhaken befreit.

Meine Koje liegt ganz vorne, wo der Bug seine größte Biegung hat und die Matratzen am Kopfende deutlich breiter sind als an den Füßen. Ich teile den Raum mit Schwimmwesten, Signalraketen, Nebelhörnern, Verbandszeug, Feuerlöschern, einer Bibel, zwei Angeln und einem Stapel Pornohefte aus den Achtzigerjahren. Oder noch älter. »Ist eigentlich unsere Notfallkammer«, erklärt der Vater verlegen. »Wenn uns ein Observer geschickt wird, räumen wir das Zeug vorher immer ein bisschen zur Seite. Aber so früh haben wir mit dir nicht gerechnet.«

Der Schmutz und die Hefte sind ihm deutlich erkennbar peinlich. Mir nicht. Einfach zu viel gesehen bei meinem Vater, als dass es noch etwas gäbe, vor dem ich mich ekeln würde. Es ist eher das Gefühl, hier komplett verloren zu sein. Abgesetzt im Feindesland, irgendwo hinter der Front und niemand würde jemals zu Hilfe kommen.

Irgendwann schlägt der Vater mir kumpelhaft auf die Schulter und sagt: »Auf einem Schiff existiert nur, was nötig ist. Feuerlöscher sind nötig zum Beispiel, Feuer ist die größte Gefahr überhaupt. Werkzeug ist nötig. Und Ordnung ist nötig, zumindest im Kopf, damit du das ganze Werkzeug auch sofort findest, wenn du es brauchst. Sauberkeit ist nicht so nötig. Waschen kann man sich, wenn man wieder zu Hause ist.

»Das hier nennen Sie Ordnung?«

»Schon. Aber ich habe nicht gesagt, dass wir besonders gut darin sind. Aber jetzt mach's dir erst mal gemütlich und richte dich ein, ich muss nach unserem Diesel schauen.«

Ich schaue auch lieber nach dem Diesel. Die Tanksäule hat noch so eine mechanische Anzeige, bei der die Zahlen in rasender Geschwindigkeit durch das Sichtfenster klackern. Seit zwei

Stunden läuft der Sprit in das Schiff. Bisher sind es knapp viertausend Gallonen. Sagt der Zähler.

»Bei siebentausend muss ich umstellen auf den zweiten Tank, sonst produzieren wir hier eine Ölkatastrophe«, erklärt der Vater.

Es ist drei Uhr in der Nacht, als der Tankschlauch endlich eingerollt wird. Um vier Uhr erscheint Johan Meinart mit einem Gabelstapler und bringt zwei Paletten mit sechshundert Kanister Motoröl. Er trägt jetzt eine Camouflagehose von der Armee und einen blauen Strickpullover, der am Bund und den Ärmeln schon ganz zerfleddert ist. »Pack mal mit an«, sagt er zu mir im Flutlicht. Zusammen hieven wir die sechshundert Fünf-Liter-Kanister an Bord. Obwohl Sarah so sehr davor gewarnt hat. Es ist Ebbe zurzeit, sodass wir die Kanister vom Pier herunterlassen können an Deck. Er steht unten und fängt, ich lasse fallen. Sechshundert Kanister auffangen, jeder fast fünf Kilogramm schwer, er hat danach trotzdem keinen Schweißflecken, nirgendwo. Mit einem Satz federt er wieder auf seinen Gabelstapler und fährt davon. Eine halbe Stunde später kommt er zurück mit seinem Pick-up. Jetzt sitzt der Großvater neben ihm. Aber er schafft es kaum, aus dem Auto zu steigen. Über die schräge Planke aufs Schiff zu balancieren, ist überhaupt nicht mehr drin. Aber auf dem Pier steht ein ranzig gewordener Sperrmüllsessel herum, und es gibt auch einen verrosteten alten Kran mit einer mechanischen Winde, und damit kurbelt der Junge seinen Großvater doch noch an Deck.

Den Sessel wuchtet er danach mit einer Hand wieder hoch auf die Mauer. Da rumpelt der Motor bereits im Bauch des Schiffs und spuckt das Kühlwasser in einem satten Strahl zurück in das Hafenbecken. Langsam wird es hell über dem Meer. Kein Wind, keine Welle, nur eine langsame, kaum merkliche Dünung, die noch nicht einmal für ein Glucksen reicht, wenn sich das Meer an der Kaimauer hebt. Das Wasser ist klar wie ein frisch geputztes Fenster. Selbst in zehn Meter Tiefe sieht man noch jeden Kronkorken auf dem Grund. Verrostete Stahlrohrstühle, Glasflaschen, Bettgestelle. Plastik ist kaum dabei. Wahrscheinlich wird es von den Gezeiten hinausgetragen aufs Meer, bevor es den Grund erreicht.

Ein letztes Mal vor dem Ablegen telefoniert Johan mit dem staatlichen Seewetteramt. Danach holt er uns alle an den Kartentisch in der Kajüte.

»Der Wetterbericht meldet einen Sturm«, sagt er. »Kein Orkan, Wind ist bei fünfzig Knoten, die Welle ungefähr sechs Meter. Noch ist das Zentrum weit draußen auf dem Atlantik. In vier Tagen soll es ungefähr über den Grand Banks sein. Wir haben Schlimmeres erlebt als fünfzig Knoten. Aber die Empfehlung ist, im Hafen zu bleiben. Wer nicht unbedingt rausfahren muss, solle sein Schiff lieber hier vertäuen. Das haben sie mir gesagt.«

Dann wendet er sich an mich. »Für dich ist es auf jeden Fall besser, du steigst wieder aus.«

»Was ist mit euch?«, frage ich.

Johan schaut seinen Großvater an. Dann seinen Vater. »Es ist halber, abnehmender Mond«, sagt er. »Und das Ende der Fangsaison. Wir finden keine bessere Gelegenheit in diesem Jahr, noch ein paar vernünftige Exemplare zu fangen. Noch ist unsere Quote nicht ausgeschöpft. Wenn wir sie jetzt nicht erfüllen, wird sie uns für die nächsten Jahre gekürzt. Also fahren wir raus, gar keine Frage.«

»Wenn ihr fahrt, fahre ich auch, so einfach werdet ihr mich nicht los«, erkläre ich.

Johan schaut mich an mit so einem milden, nachsichtigen Gesichtsausdruck wie ein Grundschullehrer seine ahnungsloseste Erstklässlerin: »Wenn du meinst, dass du mitkommen musst, dann tu's. Ist nicht klug, sag ich dir gleich, aber ich kann's dir natürlich auch nicht verbieten. Deine Entscheidung, mein Herz.«

»Garantiert nicht ›dein Herz‹, das kannst du vergessen«, antworte ich.

»Schon klar«, meint Johan, »dann lass uns jetzt fahren.«

KAPITEL 15

Es ist der Vater, der die Kaimauer nach oben klettert und dort die Leinen vom Poller löst. Dann springt er wieder runter aufs Schiff. Der Großvater lehnt hinten am Heck gegen die Reling. Ich stehe neben dem Steuerstand und schaue zu, wie Johan das Schiff langsam vom Pier manövriert. Seine Kratzbürstigkeit ist verschwunden, als wäre er jetzt ein anderer Mensch. Vielleicht braucht er ja das Meer, um er selbst zu sein, denke ich. Wie so ein schreiendes Baby, das sich erst beruhigt, wenn es schaukelt. »Schwieriges Gewässer«, erklärt er an seinem Steuerstand, »hier liegen überall Felsen im Wasser, die ganze Einfahrt ist ein einziger Schiffsfriedhof. Heute haben wir Echolot und GPS. Aber früher hast du keine Chance gehabt, wenn du die Fahrrinne nicht ganz genau gekannt hast.«

»Und was passiert, wenn heute die Technik ausfällt?«, frage ich.

»Dann haben wir Grandpa dabei«, sagt Johan und lacht. »Er findet die Einfahrt. Ohne Technik, auch noch im dicksten Nebel. Grandpa hat sein ganzes Leben lang nur mit Kompass und Uhr navigiert. Es gibt keinen besseren Seemann als ihn. An der ganzen Ostküste nicht. Von Neufundland bis runter nach Florida. Er hört sogar, wenn irgendwo unter Wasser ein Hindernis lauert. Ich weiß ehrlich nicht, wie er das macht. Aber er hört es.

Vielleicht klingt die Schraube ein klein bisschen anders. Oder die Resonanz im Rumpf verändert sich. Keine Ahnung.«

»Du bist stolz auf ihn, nicht wahr?«

»Jeder wäre das. Grandpa ist eine Legende. Er hält jeden Rekord, den du dir vorstellen kannst. Die meisten harpunierten Fische an einem Tag. Der größte Fisch, der hier jemals gefangen wurde. Die meisten Würfe, ohne das Ziel zu verfehlen. Auf einer Fahrt hat er mal zweihundertzwei Schwertfische harpuniert ohne einen einzigen Fehlwurf. Er hat auch mehr Jahre auf dem Wasser verbracht als jeder andere Mensch auf der Welt, möchte ich wetten. Als er zum ersten Mal zum Fischen aufs Meer gefahren ist, war das im Jahr 1928. Muss man sich einmal vorstellen. Da hatte Lindberg gerade erst den Atlantik überquert. Und bei euch war Hitler noch nicht einmal an der Macht. Und jetzt hast du Tausende Linienflüge am Tag und das Dritte Reich ist seit fast fünfundsiebzig Jahren Geschichte. Aber Grandpa fährt immer noch raus aufs Meer.«

»Warum macht er das? Er schafft es doch kaum noch, an Bord zu gehen.«

»Zu meinem siebten Geburtstag hat mich Grandpa das erste Mal mit aufs Wasser genommen. Seitdem machen wir das jedes Jahr. Egal, was passiert, an meinem Geburtstag fahren wir zusammen hinaus aufs Meer. Das ist wie ein Versprechen. Wenn Grandpa nicht mehr fischt, ist sein Leben vorüber. Also fischt er. Und ich helfe ihm, dass es so bleibt.«

»Du hast heute Geburtstag?«, sage ich. »Herzlichen Glückwunsch, welcher ist es denn?«

»Der dreiundzwanzigste.«

»Warst du deshalb so seltsam zu Hause bei dir? Weil du diesen Tag mit einem fremden Menschen wie mir verbringen musst?«, frage ich.

»Ich bin nicht seltsam. Ich verachte nur die Bürokratie, die mich zwingt, etwas so Sinnloses wie einen Observer durchzufüttern auf meinem Schiff.«

»Das ist nicht logisch«, entgegne ich. »Du behauptest, dass wir keine Ahnung haben von dir und der Fischerei. Die einzige Möglichkeit, das zu ändern, ist, wenn du uns mitnimmst aufs Meer.«

»Wenn du denn lernen wolltest. Ich hatte noch keinen Observer an Bord, der nicht schon sowieso alles wusste. Aber natürlich hast du eigentlich recht. Das Meer verändert jeden Menschen, der sich ihm anvertraut. Das Meer zeigt dir, wie klein du bist. Es zeigt dir, dass im Leben nirgendwo etwas Festes und Sicheres existiert. Und dass es keine andere Möglichkeit gibt, die Natur zu verstehen, als ein Teil zu werden von ihr. Wenn du das akzeptierst, zeigt es dir seine ganze Schönheit.«

»Ich weiß nicht«, antworte ich. »Für mich ist das Meer nicht schön, sondern nur Wasser und Himmel und dazwischen ein waagrechter Strich.«

»Dann hast du noch nie einen Sternenhimmel über dem Meer gesehen. Zum Beispiel. An Land siehst du Sterne. Auf dem Meer schaust du direkt und tief in die Unendlichkeit. Wer das einmal gesehen hat, kommt nicht mehr los davon. Oder schau dir jetzt nur unsere Fahrt durch den Schärengürtel von Sambro an. Der aufgehenden Sonne entgegen. Es gibt wenig, das so schön ist wie dieser Anblick.«

Ich schaue mich um. Auf den flachen Steinen, die kaum aus dem Wasser ragen, hocken die Kormorane aufrecht wie Wäscheklammern auf einer Leine. Die größeren Felsen sind von den Kegelrobben besetzt. Ganz außen auf dem letzten Felsen vor dem offenen Meer blinkt der älteste Leuchtturm Amerikas.

»Früher, vor dem Weltkrieg, als die Lampe noch ein Petroleumlicht war, hat der Großvater den Leuchtturmwärter immer mit Post und Lebensmitteln versorgt«, sagt Johan. »Jetzt führt ein elektrisches Kabel vom Festland hierher.«

Direkt hinter dem Leuchtturm beginnt dann das offene Meer. Dort wird die Dünung jetzt langsam länger. Immer noch ist die Oberfläche wie ein öliger Spiegel. Nicht der Hauch eines Windzugs. Schon gar nicht ein Vorbote des angekündigten Sturms. Wir fahren mit neun Knoten, Kurs null acht neun, ziemlich exakt nach Osten.

Als das Land nur noch ein blasser Strich ist, gleitet ein Walhai langsam unter dem Schiff hindurch. Riesengroß, wie eine Straßenbahn, mit weißen Punkten auf dem dunklen Rücken. Im Wasser leuchten sie fast wie türkisfarbene LEDs. Dann ist auch das Land verschwunden hinter dem Horizont. Um uns nur noch Grau und Unendlich. Vom Horizont bis zum Horizont, als hätte jemand die Farben herausgedreht. Der Himmel, das Meer, das Aluminium des Schiffs. Nichts Buntes mehr in der Welt. Manchmal treibt ein Teppich aus Tang vorbei. Gelbbraun, das ist schon ein echtes Ereignis. Angeblich sind die Weltmeere voll von Plastik in allen Farben. Hier sind sie es nicht.

Der Vater klettert hinauf in den Ausguck. Der Großvater steht immer noch hinten am Heck und schaut auf das Wasser. Seit er aufs Schiff gekurbelt wurde, hat er sich keinen Millimeter bewegt. Zwei Stunden steht er schon dort, in denen absolut nichts passiert ist. Ich stelle mich neben ihn. Auf was er denn da die ganze Zeit schaut, würde ich gerne fragen, aber ahnungsloser kann man sich gar nicht erst präsentieren, denke ich, und deshalb sage ich nichts, sondern stehe einfach neben ihm und schaue auch. Irgendwann spricht der Großvater von alleine.

»Jeder Tag hier draußen ist neu«, sagt er. »Du denkst vielleicht, dass es immer derselbe Ozean ist. Aber er ist es nicht. Das Land ist immer gleich. Ein Berg ist immer derselbe Berg. Das Meer ist jeden Morgen ein neues Meer. Alles ist hier immer anders.«

»Aber wir fahren jetzt schon über zwei Stunden, und es hat sich absolut nichts verändert«, sage ich.

»Das liegt daran, dass du noch nicht gelernt hast zu schauen«, erklärt der Großvater.

»Was denn lernen bitte schön?«, frage ich. »Jeder Mensch kann schauen. Schauen funktioniert immer von ganz alleine.«

»Oh nein, das stimmt nicht. Wenn du Fische fangen willst, musst du lernen, richtig zu schauen. Sonst wirst du niemals einen Schwertfisch entdecken.«

»Sind denn Schwertfische da?«

»Noch nicht. Der Fisch folgt dem Golfstrom nach Norden. Und von oben kommt der kalte Labradorstrom die Küste herunter. Dort, wo sich die beiden Strömungen treffen, jagen die Fische. Aber diese Kante ist immer woanders. Und selbst wenn du die Kante gefunden hast, heißt das nicht, dass du die Fische auch findest. Schwertfische sind Banditen. Sie halten sich nicht dort auf, wo sie es sollen. Also suche ich die ganze Zeit den Horizont nach ihnen ab. Ich kann gar nicht anders, als nach ihnen zu schauen. Sobald ich auf dem Wasser bin, suchen meine Augen nach einer gebogenen Finne.«

»Und?«

Der Großvater schüttelt den Kopf. Aber dann zeigt er mit seinem Arm doch in die Ferne. »Siehst du das?«, fragt er. »Auf zwei Uhr, der weiße Punkt dort im Wasser?«

Ich sehe natürlich nichts. Obwohl der Großvater müde hundertjährige Augen hat und meine Sehkraft bei hundertzehn Prozent liegt, das hat mir ein Augenarzt vor ein paar Wochen erst für die Führerscheinprüfung bescheinigt.

Auch Johan hat den Kurs jetzt geändert und steuert zu diesem

Punkt. Am Ende ist es eine Mantelmöwe mit einem Angelhaken im Hals und einem wirren Knäuel Angelschnur um einen Flügel. Auch die Füße haben sich im Nylon verstrickt. Die Möwe ist erschöpft, dass sie sich kaum noch gegen das Ende wehrt, nur manchmal zuckt ihr Flügel ein bisschen. Als Johan sie mit einer Harpune aus dem Wasser fischt, erwacht sie aber wieder zum Leben.

Solche Möwen sind keine kleinen Tiere. Diese hier hat eine Spannweite von eineinhalb Metern, wenn nicht noch mehr, und der gelbe Schnabel ist fast so groß wie beim Albatros. Damit kann sie locker einen Krebspanzer knacken. Oder auch einen Finger.

Jetzt hackt der Vogel damit nach allem, was in seine Reichweite kommt. Keine Ahnung, ob ich mich trauen würde, das Tier zu befreien.

Johan aber greift nach den Flügeln und klemmt sich den Vogel zwischen die Schenkel. Eine Hand hält den Kopf wie ein Schraubstock, dass der Schnabel ihn nicht mehr verletzen kann, und trotzdem ist der Griff nicht brutal, sondern irgendwie zur selben Zeit fest und vorsichtig. Die andere Hand führt den Haken wegen des Widerhakens tiefer in den Hals durch die Haut wieder nach außen. Danach knipst er die Schnur ab und entwirrt den Flügel, und je freier die Möwe wird, desto härter wehrt sie sich, aber Johan lässt ihr keinen Zentimeter Platz, bis er die ganze Schnur entfernt hat. Dann hebt der Vogel ab aus eigener Kraft und verschwindet Richtung offene See.

Johan hat wirklich kräftige, schöne Hände. Muskulös, mit deutlich sichtbaren Sehnen und Adern. Wie muss sich das anfühlen, von einer Hand gehalten zu werden, die stärker und entschiedener ist als man selbst, überlege ich für eine Sekunde, aber dann schiebe ich den Gedanken auch wieder weg, weil es völlig klar ist, dass jeder, der stärker ist, seine Stärke auch irgendwann mal missbraucht. Das ist wie ein Naturgesetz. Glaube ich.

»Wir hatten auf einer Fahrt sogar mal einen Babydelfin«, erzählt Johan, während er seine Hände an den Gesäßtaschen seiner Hose säubert. »Der hatte sich in den Fetzen eines Stellnetzes verheddert. Solche herrenlosen Geschirre treiben zu Tausenden durch die Meere. Passiert immer mal wieder, dass wir Tiere sehen, die in diesen Todesfallen verendet sind. Oder die an losgerissenen Langleinen hängen. Eine einzige Leine kann hundert Kilometer lang sein oder noch länger. Und alle acht Meter hängt dort ein Haken im Wasser. Aber dieser Kleine, ich schwöre, es ist genauso passiert, den hat seine Mutter mit ihrer Nase von unten an der Oberfläche gehalten, damit er atmen kann, und so hat sie ihn bis zu unserem Schiff geschubst. Wirklich wahr, kein Märchen. Wir haben dann unser Beiboot ins Wasser gesetzt und den Babydelfin wieder frei geschnitten und die ganze Zeit hat uns die Mutter umkreist. Als würde sie kontrollieren wollen, ob wir unsere Arbeit auch ordentlich machen.«

»Und danach?«, frage ich.

»Nix danach. Die beiden sind abgetaucht, das war's.«

»Vielleicht können Tiere nicht dankbar sein?«

»Doch, können sie. Wir hatten auch mal eine Schildkröte mit einem verrosteten Jig vom Thunfischangeln im Fuß. Sie war nicht wirklich behindert dadurch, und wahrscheinlich hatte sie so schon ein Jahr lang gelebt, weil der Jig schon komplett verrostet war. Also, sie konnte schwimmen und alles, aber sie hatte halt dieses Ding am Fuß. Wir haben den Haken dann mit einem Seitenschneider entfernt. Danach hat sie uns vier Tage begleitet. Die ganze Zeit neben dem Schiff, vier Tage lang. Das war irre. An jedem neuen Morgen hast du gedacht, das war's, jetzt ist sie verschwunden, aber sie war immer noch da.«

»Und dann tötest du einen Schwertfisch, sobald du ihn siehst? Wie kannst du Tiere retten und mit leuchtenden Augen davon erzählen und gleichzeitig töten? Wie geht das zusammen, ich verstehe das nicht.«

Schon während ich die Sätze ausspreche, merke ich, dass sie ein Fehler sind.

»War ja klar«, murmelt er mehr zu sich selbst und dann lauter zu mir: »Warum hältst du nicht einfach die Klappe? Keine Ahnung von der Natur. Keine Ahnung vom Meer. Aber denken, dass du der bessere Mensch bist und die Moral gepachtet hast, nicht wahr? Wie ich das hasse.«

Er sagt das so entschieden und voller Verachtung, dass ich zuerst ganz erschrocken bin.

»Dann erklär's mir doch, ich frage dich ja«, sage ich.

»Vergiss es«, antwortet er. »So jemand wie du wird uns niemals begreifen.«

Eine Weile stehe ich ziemlich dumm neben ihm rum, aber er ist wieder genauso weit weg von mir wie gestern in seinem Haus. Wie im Gefängnis fühlt sich das an: Gerade erst hat dir jemand die bunte Welt draußen vor den Mauern gezeigt, aber bevor du zugreifen kannst, rattert schon wieder das Gitter herunter. Und auf der anderen Seite steht ein grimmiger Kerl, den man ums Verrecken nicht dazu bringen kann, die Tür wieder aufzusperren.

KAPITEL 16

Es ist Nachmittag, als der Vater uns zum ersten Mal auf der Fahrt zum Essen ruft. Er hat gekocht. Reis mit irgendeinem pampigen Hühnchenragout aus der Dose. Die ganze Speisekammer ist voll von dem Zeug. Das Essen gibt es oben am Kartentisch, weil der Großvater die Stufen zur Kombüse nicht mehr herunterschafft. Deshalb schläft er auch auf der Bank im Steuerstand und nicht unten in einer Koje. Johan schaut mich noch nicht mal mit dem Hintern an, sondern schaufelt das Essen alleine im Stehen am Steuerstand in sich hinein. Der Großvater am Tisch pickt nicht mehr als drei kleine Löffel. Ich esse nur den Reis, keiner redet ein Wort. Na super, denke ich, das wird 'ne tolle Reise. Aber auch egal, wenn die Typen zwei Wochen schweigen wollen, schweige ich halt zwei Wochen zurück. Darin habe ich Übung.

»Du machst hier klar Schiff«, sagt der Vater, als alle fertig sind mit dem Essen.

»Bestimmt nicht«, antworte ich, weil ich mich auf keinen Fall ausnutzen lassen darf und keine billige Arbeitskraft bin. Und in so einer Stimmung schon mal erst recht nicht. Der Vater zieht kurz seine Augenbrauen nach oben, aber er sagt kein einziges Wort. Johan ignoriert mich seit meiner letzten Äußerung sowieso komplett. Und der Großvater beugt sich rüber und tätschelt meine Hand und sagt auch nichts. Aber das Nichtssagen hört sich bei ihm anders an als bei Johan. Eher wie: »Ist schon recht so, mein Kind, mach dir mal keine Gedanken.«

Mache ich mir aber, weil es mir nicht egal ist, was die Meinarts über mich denken. Besonders was Johan denkt, ist mir nicht egal, und das fühlt sich irgendwie seltsam an, weil es mir sonst immer egal war, was Idioten über mich dachten, wenn sie es verschissen hatten bei mir. Meine Lehrer, Hendrik, mein Vater, wenn er betrunken war. Sobald ich für mich ein Urteil gefällt hatte über sie, konnte ich sie wegschieben aus meinen Kopf, und dann hörten sie auch auf zu existieren.

Bei Johan gelingt mir das nicht. Immer wieder schaue ich rüber zu ihm, aber er schaut nicht rüber zu mir, und irgendwann ist die Luft in der Kajüte so dick, dass ich es nicht mehr ertragen kann und hinausgehe an Deck. Warum ist bei ihm plötzlich alles so anders?, denke ich. Ich setze mich auf eine Gitterbox im Windschatten der Kajüte, wo die Bojen und Seile aufbewahrt werden. Hier ist es ein bisschen ruhiger als vorne am Bug und der Dieselgestank aus dem Schornstein weht auch über mich hinweg. Irgendwann kommt der Großvater wieder heraus und stellt sich daneben. So nah, dass es eigentlich ein bisschen unangenehm ist. Er riecht nach ungewaschenem alten Mann, aber vielleicht bilde ich mir das nur ein, in der Kajüte habe ich gar nichts gerochen.

»Mein Enkel ist nicht so, wie du denkst«, sagt er nach einer Weile zu mir.

»Wie denke ich denn?«, frage ich.

»Dass er ein unhöflicher, übellauniger Junge ist.«

»Und das ist er nicht?«

»Ist er nicht. Ganz im Gegenteil.«

»Aha«, sage ich. »Was kann man an seinem Verhalten denn missverstehen?«

»Du musst wissen, wir Meinarts sind hier immer nur die Außenseiter gewesen. Schon von Anfang an, als mein eigener Vater 1912 von Bremen nach Kanada ausgewandert ist. Wir waren immer die dummen Deutschen, die hier nichts zu suchen hatten. Sich mit den ›Germans‹ prügeln ist seit einhundert Jahren der liebste Zeitvertreib an der Schule hier. Noch vor Football und Eishockey und Im-Park-Sitzen und Captain-Morgan-Saufen.«

»Johan sieht aber nicht aus, als würde er sich so einfach verprügeln lassen«, sage ich.

»Stimmt«, meint der Großvater, »aber er ist trotzdem immer ein Außenseiter geblieben. Johan hatte keine Lust auf Eishockey und auch nicht auf Football und schon gar keine Lust hatte er auf die Schule. Wenn Johan morgens aus dem Haus gegangen ist, ist er meistens doch nicht hoch zur Schule gelaufen, sondern ist auf halber Strecke abgebogen runter zum Meer. Er wollte immer nur fischen. Oder Ruderboot-Rennen fahren. Das ist auch ziemlich populär an der Küste. Nicht so wie Eishockey, aber populär. Da musst du zu zweit ein hölzernes Achtzehn-Fuß-Ruderboot durch die Brandung rudern, eineinviertel Meilen hinaus aufs Meer, und dann wieder zurück an den Strand. Dafür brauchst du Kraft und Ausdauer, weil es eine lange Strecke ist, aber vor allem musst du ein Gefühl haben für die Welle. Du darfst nicht gegen die Welle arbeiten, sondern musst sie für dich arbeiten lassen, das ist die Kunst: das Boot so rudern, dass die Spitze aus dem Wasser kommt und du die Wellen heruntersurfst. Johan war wahnsinnig gut darin. Er war so gut, dass er sogar die Ostküste Kanadas vertreten hat im Länderkampf gegen die nördlichen Staaten Amerikas. Mit vierzehn Jahren hat er dann die Schule geschmissen und ist Fischer geworden. Zuerst auf dem Schiff seines Onkels. Und mit achtzehn hat er dieses Boot hier gekauft. Vor zwei Jahren hat er sein Kapitänspatent gemacht und jetzt ist er immer noch der jüngste Kapitän an der ganzen Atlantikküste.«

»Und warum erzählen Sie mir das jetzt?«

»Oh, ich schweife ab«, sagt der Großvater, »entschuldige bitte, das passiert, wenn man älter wird. Was wollte ich noch mal erzählen?«

»Außenseiter«, antworte ich.

»Richtig, wir Meinarts sind immer die Außenseiter gewesen. Alle in Sambro wollen uns Deutsche stolpern sehen. Aber wir stolpern nicht. Deshalb versucht jeder, uns einen Knüppel zwischen die Beine zu werfen. Auch die Ermittlungen gegen uns im letzten Jahr sind so ein Beispiel.«

»Und ich dachte, der Prozess war, weil sich Ihre Familie selbst ein Bein gestellt und im ganz großen Stil Fische gefangen hat, die sie nicht fangen durfte.«

»So einfach ist die Sache nicht.«

»Stimmt es denn nicht, was man Ihnen vorgeworfen hat?«

»Ich sage nicht, dass die Vorwürfe nicht der Wahrheit entsprechen. Aber sie sind nicht die ganze Wahrheit.«

»Und die wäre?«

»Die ganze Wahrheit ist, dass du hier keinen Fischer findest, der nicht irgendwelche illegalen Sachen macht. Weil es nämlich absolut unmöglich ist, in Kanada als Fischer zu überleben, wenn du dich an die Gesetze und Vorschriften hältst. Die meisten Fischer schmuggeln irgendwas. Wusstest du, dass in Nova Scotia mehr Heroin nach Amerika kommt als in jedem anderen Ort der Küste? Es kommen auch mehr Waffen an. Du denkst, hier ist ein unberührtes Stück Paradies, wenn du zum ersten Mal Nova Scotia besuchst. Jeder denkt so. Aber es ist kein Paradies. In keinerlei Hinsicht. Du siehst es nur nicht. Die Gegend ist ein einziges Dreckloch. Wir haben mehr Alkoholiker als jeder andere Landstrich in Kanada. Hier sterben mehr Menschen an Krebs als an allen anderen Orten. Bist du einmal auf unserem Friedhof gewesen? Er ist voll mit Grabsteinen von Menschen, die zu früh gestorben sind. Keiner weiß, woran das liegt. Zumindest sagen das die Politiker hier. Aber ich glaube ihnen nicht. Ich glaube, es liegt daran, dass der Wind oft von Süden kommt und den ganzen Dreck aus New York und Boston mit sich führt. Und bei uns regnet das Gift dann wieder herunter. Aber ich schweife schon wieder ab, tut mir leid, es ist nur so, dass ich weinen könnte, wenn ich sehe, was mit meiner Heimat passiert. Was wollte ich noch mal sagen? … Ja richtig, das Meer. Dem Meer geht es nicht besser. Es ist jetzt vierzig Jahre her, dass die Schwertfische hier so sehr mit Quecksilber verseucht waren, dass es den Amerikanern verboten wurde, die Fische noch zu verzehren. Und unser ganzer Fang ging eigentlich immer in die USA. Geht er heute noch. Was also sollten wir tun? Normalerweise hätten wir in einer solchen Situation einfach andere Fische gefangen. Dorsch zum Beispiel. Aber Dorsch gab es auch nicht mehr vor unserer Küste. Als ich ein Junge war, kamen so viele Dorsche zum Laichen auf die Grand Banks, dass sich Fischer aus der ganzen Welt hier ihre Laderäume füllten. So gnadenlos und gründlich waren sie dabei, dass der Dorsch am Ende ausgerottet war. Und er ist auch nie wieder zurückgekommen. Von was also sollten wir Fischer jetzt leben? Unsere Rettung war damals, dass der Verzehr von Schwertfisch überall an der Atlantikküste verboten war. Nur nicht im Bundesstaat Massachusetts. Also haben wir weiter unsere Fische gefangen und haben sie auf dem offenen Meer in die Boote aus Boston oder Gloucester umgeladen und der Gewinn wurde geteilt. War das illegal? Ich schätze ein bisschen. Aber was ist das größere Verbrechen, Tiere zu vergiften und Menschen in den

Ruin zu treiben? Oder ein bisschen Schmuggel? So denken hier alle Fischer.«

»Aber was hat das zu tun mit dem Prozess?«

»Du hast recht, es hat nichts damit zu tun. Es erklärt nur, warum wir so sind, wie wir sind. Die Situation heute ist nämlich nicht sehr viel anders … nein halt … das stimmt so nicht, die Situation ist zwar vergleichbar, aber doch auch wieder ganz anders.«

»Jetzt weiß ich immer noch nichts über den Prozess«, sage ich. »Das Einzige, was ich weiß, ist: Wenn jemand so viele Worte macht, hat das nicht den Sinn, einen Sachverhalt zu erklären. Sondern ihn zu verschleiern.«

Der Großvater lacht sein zahnloses Großvaterlachen und schweigt eine Weile. Und dann sagt er: »Du bist wirklich ein schlaues Mädchen, aber manchmal hat auch ein schlaues Mädchen nicht recht.«

Ich schaue in sein nachlässig rasiertes Gesicht und kann die Augen nicht abwenden von den einzelnen längeren übrig gebliebenen Stoppeln unter dem Kinn. Dafür sind seine Wimpern und Augenbrauen fast gänzlich verschwunden.

»Ich bin froh, dass du hier bist«, sagt er. »Weil ich dir unsere Geschichte erzählen kann. Und du kannst sie weitererzählen. Uns hört sowieso keiner mehr zu. Schon während des Prozesses hat uns keiner zugehört. Aber dir glauben die Menschen vielleicht.«

»Die Frage ist, ob ich euch glaube.«

Da lacht er wieder und sagt: »Das wirst du, du bist doch ein schlaues Mädchen. Also auch hier beginnt die Geschichte vor vielen Jahren. Genau genommen in den Vierzigern. Damals gab es keine andere Möglichkeit, einen Schwertfisch zu fangen, als ihn zu harpunieren.

Wir sind also mit unseren Segelbooten hinausgefahren und dann hoch in die Masten geklettert, weil man die Fische viel besser sieht, je höher man ist, und wenn wir einen Fisch gesehen haben, sind wir am Tau runter an Deck gerutscht und haben ihn harpuniert. Die Harpune hing damals an einem Tau aus Hanf und das Tau wiederum hing an einem Ruderboot und jeder Fang war ein Kampf Fisch gegen Boot. Das konnte manchmal stundenlang dauern. Und manchmal gewann auch der Fisch, weil man den Fisch an Bord haben musste, bevor die Dunkelheit kam. Aber dann erfanden die Deutschen in den Fünfzigern die Nylonschnur. Extrem dünn, extrem leicht und extrem stabil. Diese Schnur veränderte alles. Die komplette Fischerei vor unserer Küste. Aus Nylon konntest du kilometerlange Leinen machen, die auf eine einzige Rolle passen und praktisch nichts wiegen, wenn du sie aus dem Wasser ziehst. Mit einem Hanfseil geht das nicht. Hanfseile sind viel zu dick und saugen sich voll und sind dann so schwer, dass du sie nie wieder aus dem Wasser bekommst. Mit der Nylonschnur kam die Langleinenfischerei. Seitdem rollen die Fischer über Nacht hundert Kilometer lange Leinen ins Meer mit Zehntausenden Haken und am nächsten Morgen kurbeln die das ganze Zeug wieder ein und an den Haken hängen dann die unterschiedlichsten Fische. Schwertfische, Thunfische, Haie. Mit der Langleine fischst du alles Mögliche aus dem Wasser. Große Fische, kleine Fische, falsche Fische, Schildkröten, Vögel, einfach alles. Ich habe das immer gehasst. Allein schon diese Leinen gegen die Strömung ausbringen, und dann dreht sich plötzlich die Strömung um, und deine Leine treibt wieder zurück, und du hast am nächsten Morgen nur noch einen einhundert Kilometer dicken Knoten. Das ist kein Job für mich. Aber die Langleine fischt natürlich erfolgreicher. Zumindest in den ersten Jahren war das so. Innerhalb einer

Generation hatten wir Fischer den Bestand an Schwertfischen so dezimiert, dass die Behörden Quoten einführen mussten, um die Population zu stützen. Zuerst gab es eine offene Quote, die für die ganze Ostküste galt. Jeder durfte so viele Fische fangen, bis die Quote landesweit ausgeschöpft war. Gerecht war dieses System nicht, weil der Schwertfisch in warmen Gewässern laicht und im Sommer wieder zurück nach Norden schwimmt und dabei zuerst die südlichen Fanggebiete passiert. Bevor er in diesen Jahren unsere Region erreichte, war die Quote durch die Fischer im Süden schon aufgebraucht. Also wurden persönliche Quoten eingeführt. Die richteten sich aber nach unseren früheren Fängen. Jeder Fischer durfte jetzt eine bestimmte Anzahl von Fischen fangen, aber auch nur die Menge und Sorte, die er früher bereits vermarktet hat. Klingt erst mal plausibel in den Ohren der Laien. Aber das ist es nicht. Für uns aus dem Norden sind die geringen Mengen jetzt festgezurrt. Und wenn an unseren Leinen andere Fische hängen, dürfen wir sie auch nicht mitnehmen, sondern müssen sie zurücksetzen, wenn sie noch leben. Und wenn sie tot sind, müssen wir sie mitnehmen, aber dürfen sie nicht verkaufen, sondern die Behörden machen Fischmehl daraus. Welchen Sinn soll das haben? Das ist die totale Idiotie.«

»Deshalb haben Sie sich auch nicht daran gehalten?«

»Du musst wissen, wir Meinarts sind eine große Familie. Ich hatte sieben Brüder und zwei Schwestern. Sind alle schon tot. Aber jeder von ihnen hatte mindestens drei Kinder. Und ungefähr zehn Enkel.«

»Und Sie selbst? Wie viele Kinder haben Sie?«

»Sechs. Moses ist mein Jüngster, als er auf die Welt kam, war ich schon über vierzig. Meine Kinder sind heute alle Fischer. Einige haben eine Lizenz für Hummer und Seeigel, andere für Schwertfische und wieder andere für Thunfische und einer fischt auch auf Taschenkrebs. Nun ist es so, dass Thunfische und Schwertfische denselben Beutefisch jagen. Deshalb hängen an unseren Leinen immer auch Fische, für die das Schiff keine Lizenz besitzt. Was machen wir mit diesen Fischen? Sollen wir sie wegschmeißen? Sollen wir einen Thunfisch, der vielleicht einhunderttausend Dollar wert ist, zu Fischmehl zerschreddern?«

»So wertvoll ist ein einziger Thunfisch?«

»Es kommt auf die Farbe des Fleisches und den Fettgehalt und die Größe des Fisches an. Es gab schon mal einen Thunfisch, der bei einer Auktion in Japan mehr als eine Million Dollar erzielt hat. Aber das passiert natürlich nicht jeden Tag. Zehn- oder zwanzigtausend sind aber nicht so selten. Und jetzt frage ich dich: Wer lässt freiwillig zwanzigtausend Dollar zu Fischmehl verarbeiten? Das wäre nicht nur idiotisch. Es wäre auch eine Geringachtung unserer Schöpfung und ihrer Schönheit. Und das absolut sinnloseste Verbrechen an einem Tier.«

»Jeder Tod eines Tieres ist ein sinnloses Verbrechen«, entgegne ich.

»Dann kennst du weder den Tod noch die Natur«, erwidert der Großvater. »Kein Tod in der Natur ist sinnlos. Die Natur ist auch nicht grausam. Nur wir Menschen glauben, dass sie es ist. Wir haben uns zu weit entfernt vom Tod und von der Natur, um im Tod noch einen Teil des Lebens zu sehen. Wir Menschen brauchen einen Sinn beim Töten, um nicht grausam zu sein.«

»Und deshalb haben Sie den toten Fischen auch einen Sinn gegeben. Ist es das, was Sie sagen wollen?«

»In unserer großen Familie gibt es Boote mit einer Schwertfischlizenz. Und solche mit einer Thunfischlizenz. Also haben wir uns draußen auf dem Meer getroffen und unsere Fische ausgetauscht. Keinen einzigen Fisch haben wir dafür extra getötet.

Wir haben niemals unsere Quoten überschritten. Wir haben nur dafür gesorgt, dass der Tod dieser Fische nicht sinnlos war. Aber dann hat uns ein Mitarbeiter verraten und das Gericht hat unsere Einnahmen für mehrere Jahre hochgerechnet und eine Strafe von einer Million Dollar verhängt. Und sie haben das Schiff meines Sohnes an die Kette gelegt. Fünf Jahre darf er nicht mehr als Kapitän zur See fahren. Deshalb arbeitet er jetzt hier auf dem Schiff. Als Matrose bei seinem Sohn.«

»Läuft er deshalb so geduckt über das Schiff?«, frage ich.

»Nein«, antwortet der Großvater und lacht. »Das ist, weil er seine Frau, also Johans Mutter, verlassen hat und jetzt mit einer neuen Frau zusammenlebt, die aus der Stadt kommt und einen Bürojob und künstliche Fingernägel hat. Seitdem schaut Johan seinen Vater nicht mehr mit seinem Hintern an.«

»Und Johan wurde nicht auch verurteilt?«

»Johan mag die Langleinenfischerei genauso wenig wie ich. Er hat seine Fische immer mit der Harpune gefangen. Ihr sprecht heute immer von Nachhaltigkeit. Es gibt keine nachhaltigere Fischerei als das Harpunieren. Du hast keinen Beifang. Keine zu kleinen Fische, keine falschen Fische, keine Schildkröten, keine Vögel. Nur große, ausgewachsene Exemplare, die schon mal gelaicht haben. Beim Harpunieren kannst du gar nicht anders, als dich an die Gesetze zu halten. Deshalb ist es auch völlig sinnlos, wenn die Behörden seit unserem Prozess immer wieder einen Observer auf unserem Schiff platzieren. Ein weiteres Beispiel dafür, dass die Schwachköpfe keine Ahnung haben, was sie da tun. Wie sollen wir überhaupt betrügen können?«

»Sie könnten mehr Fische fangen, als es die Quote hergibt.«

»Und dann? Wir könnten keine Fänge verkaufen, die wir nicht vorher gemeldet haben. Verstehst du jetzt, warum mein Enkel die Behörden so sehr verachtet?«

»Aber warum verachtet er mich?«

»Ach, mein Kind, du hast keine Ahnung von Männern, nicht wahr? Johan verachtet dich nicht.«

KAPITEL 17

Aber reden will er auch nicht mit mir. Ein paarmal suche ich noch seine Nähe und frage ihn irgendwas, aber er ist nur wie ein stolzes, störrisches Pferd, das jedes Futter verweigert. Als es zehn Uhr ist, gebe ich auf und lege mich in die Koje. Immer noch ist das Meer blank wie ein Spiegel, und das Schiff pflügt ruhig durchs Wasser, und bevor ich noch mein Notizbuch herausholen kann, um ein paar Worte zu schreiben, schlafe ich schon.

In der Nacht werde ich dann von den ersten Windstößen wieder wach. Nichts Schlimmes, das Schiff gleitet jetzt nur nicht mehr über das Wasser wie über Schienen. Es schaukelt ein bisschen und ich höre das rhythmische Schlagen der Wellen gegen den Rumpf. Als ich auf die Uhr schaue, ist es Viertel nach vier. Aber schlafen kann ich jetzt auch nicht mehr.

Ich rolle mich von der Matratze und klettere den Niedergang hoch zum Steuerhaus. Oben hockt Johans Vater auf dem festgeschraubten Drehstuhl und studiert die Bildschirme. Der Großvater liegt auf der Bank und schläft. Kerzengerade. Mit dem Gesicht zur Decke. Er trägt immer noch die Sachen, die er schon den ganzen Tag über angehabt hat: Gummiwathose, gefüttertes Holzfällerhemd und ein Tuch um den faltigen Hals. Nur die Strickmütze hat er ordentlich neben sich auf die Bank gefaltet. Der ganze Raum riecht nach Schweiß und Urin, dass mir auf der Stelle übel wird. Aber vielleicht ist es auch das Schaukeln des Schiffs.

»Wo sind wir gerade?«, frage ich Moses Meinart. Um uns herum nichts als Schwarz. Auch das Radar zeigt keine anderen Schiffe.

»Drei Meilen nordwestlich von Sable Island«, sagt er. »Hast du schon mal von der Insel gehört?«

Ich schüttele meinen Kopf. Es fühlt sich kühl an hier, so frisch aus dem Bett, ich reibe meine Arme, um mir ein bisschen Wärme zu geben.

»Sable Island ist einer der gefährlichsten Orte der Welt«, erklärt Moses. »Mehr als dreihundertfünfzig Wracks liegen hier auf dem Grund des Meeres. Und das sind nur diejenigen, von denen wir wissen. Die wirkliche Zahl ist garantiert deutlich höher. Und es sind nicht nur Wracks aus längst vergangenen Zeiten. Auch moderne Schiffe sind hier versunken. Die Andrea Gail zum Beispiel. Sagt dir der Name was? Ist mit hoher Wahrscheinlichkeit ebenfalls vor Sable Island untergegangen.«

»Andrea Gail, wer ist das?«

»›The Perfect Storm‹, der Film mit George Clooney … das Schiff, dessen Geschichte der Film erzählt. Hat vor Sable Island ihr Ende gefunden.«

»Und warum ist das Meer hier so gefährlich?«

»Oh, das hat ganz viele Gründe. Da sind zum Beispiel die Sandbänke, an denen sich das Wasser aus den Tiefen des Ozeans zu riesigen Wellen türmt. Oder die Stürme, die hier im Herbst regelmäßig über das Wasser peitschen. Oder der Nebel, den du nicht kommen siehst und der dich von einer auf die andere Sekunde verschluckt, sodass deine Sicht keine fünf Meter mehr reicht. Solcher Nebel entsteht, weil hier an manchen Tagen der warme Golfstrom auf das arktische Wasser trifft. Viele Fischer hat er bereits das Leben gekostet. Früher jedenfalls, als wir noch in Ruderbooten gegen die Schwertfische kämpften, wurden manche von uns dabei in den Nebel gezogen. Und wenn er sich dann nach ein oder zwei Tagen wieder gelichtet hat, war das Mutterschiff irgendwo hinter dem Horizont, und du hattest keine Chance, es jemals wiederzufinden. Die größte Gefahr sind aber die Monsterwellen, wenn sie hier über die Untiefen laufen. Ein gutes, stabiles Schiff überlebt große Wellen. Aber wenn das Wasser so flach und das Wellental so tief ist, dass das Meer über der Sandbank trocken fällt und das Schiff aufsetzt, zerschlägt die nächste Welle auch den stabilsten Rumpf.«

»Aber das wird uns nicht passieren, nicht wahr?«

»Hm«, murmelt Moses mit ernstem Gesicht, »auf jeden Fall wirst du davon kaum etwas merken, wenn es passiert. So ein Tod kommt schnell, da musst du keine Angst haben, dass du langsam ertrinkst.«

»Da bin ich aber beruhigt«, sage ich, auch wenn ich überhaupt nicht ruhig bin, sondern eigentlich kotzen könnte angesichts dieses Gebrabbels. Was haben Männer davon, anderen Menschen Angst einzujagen? Macht ihnen das Spaß? Frauen verhalten sich niemals so. Das ist so ein glasklares Männerding, bei dem ich jedes Mal gute Lust hätte, dem Typen sofort eine reinzuhauen.

Wahrscheinlich kann man mir das auch ansehen. »Entspann dich«, lacht Moses, »wir haben doch gar keinen Sturm. Und Nebel ist mit den modernen Geräten heute auch kein Problem mehr.«

»Schön für uns«, antworte ich, und dann sage ich nichts mehr, und Moses sagt auch nichts, und deshalb stehen wir nur schweigend nebeneinander und fahren durch eine absolut schwarze Nacht.

Es ist ungefähr fünf Uhr am Morgen, als Johan seinen Vater

ablöst am Ruder. Um sechs wird es langsam hell über dem Meer. Der Himmel hat sich ein wenig verändert. Immer noch fehlen die Farben, aber es ist nicht mehr dieses milchige, unterschiedslose Grau, als wäre die Luft einfach nur eingefärbt. Jetzt ballen sich überall dramatische Wolken. Es sieht nach Sturm aus, denke ich, aber ehrlich gesagt habe ich keine Ahnung, woran man einen aufziehenden Sturm über dem Meer erkennt.

Nach einer halben Stunde wacht auch der Großvater auf und Johan läuft rüber zur Bank und zieht ihn hoch in die Vertikale. Zusammen humpeln sie aus der Kajüte. Es ist eher ein Tragen als ein Stützen und dauert ewig, bis sie endlich die Reling am Heck erreichen. Der Großvater krallt sich mit beiden Händen am Alurohr fest, und Johan krempelt ihm die Wathose unter die Knie. Ich schätze mal, damit der Großvater über die Reling pinkelt, aber sehen kann man es nicht. Dauert jedenfalls auch eine Ewigkeit, danach zieht der Junge seinem Großvater wieder die Hose hoch und klipst die Träger über die Schulter. Er geht zurück in die Kajüte und kommt mit zwei Bechern Kaffee und einer Flasche Captain Morgan wieder zurück. Eine ganze Weile stehen die beiden zusammen und kippen sich den Rum in die Tassen. Der Junge redet auf seinen Großvater ein, und der lächelt, aber manchmal schüttelt er auch den Kopf. Zum Schluss haut Johan dem Großvater auf die Schulter, dass der Alte Mühe hat, auf den Beinen zu bleiben. Dann geht der Junge zurück an den Steuerstand. Der Großvater bleibt draußen und schaut wieder hinaus aufs Meer.

»Was war denn das eben?«, frage ich.

»Geht dich nichts an«, murmelt Johan.

Auch der Großvater antwortet nicht, als ich mich neben ihn stelle und danach frage.

»Schau dir das Wasser an«, sagt er stattdessen, »siehst du den

Unterschied? Gestern war das Wasser noch grau. Jetzt schimmert es ein klein wenig grünlich. Erkennst du das? Grün ist Haiwasser. Grün bedeutet eigentlich immer Ärger.«

»Sind denn zurzeit viele Haie da?«

»Es sind Unmengen. Die Wissenschaftler sagen, dass der Blauhai eine bedrohte Art ist. Ich bitte dich, woher wollen diese Eierköpfe das wissen? Wie wollen sie die Population einer Art in einem Ozean zählen? Die Damen und Herren an der Universität haben keine Ahnung davon. Wenn Fische an einem Ort im Ozean gerade nicht sind, heißt das doch nicht, dass sie überhaupt nicht mehr sind. Vielleicht sind sie nur gerade woanders. Wie willst du das feststellen? Indem du ein paar Exemplare mit einem Sender ausstattest? Das ist ein Witz. Haie treffen sich manchmal zum Fressen. Aber eigentlich streunen sie lieber alleine herum. Was ein einzelner Haifisch macht, kannst du niemals hochrechnen auf die gesamte Spezies.«

»Aber das Gegenteil können Sie auch nicht beweisen, oder? Dass es noch genug Haie gibt.«

»Ich will dir eine Geschichte erzählen von meinem Sohn. Er hatte einige Meilen südwestlich am Rande der George Banks seine Langleine ausgelegt. Das ist erst zwei Jahre her. Es war eine Langleine mit tausendundeinem Haken. Frag mich nicht, warum es ausgerechnet tausendein Haken sind, ich weiß es nicht. An diesen tausendundeinem Haken hingen am nächsten Morgen tausend Haie. An jedem einzelnen beschissenen Haken hatten wir einen Hai. Bis auf einen. Das ist nicht gelogen, ich war dabei. Blauhaie, Weißspitzenhaie, Makos. Jeder Haken, der aus dem Wasser kam, war ein Hai. Stundenlang. Und die Eierköpfe von den Universitäten behaupten, der Hai sei bedroht. Der Hai ist nicht bedroht. Er ist eine Plage. Hast du eine Ahnung, was es kostet, mit der Langleine zu fischen? Zuerst kaufst du für

Tausende von Dollar Diesel und Köder und dann bestückst du tausend Haken mit Tintenfisch oder Makrele und bringst sie aus über Nacht und dann kannst du einen ganzen beschissenen Tag lang tausend beschissene Haie wieder vom Haken lösen. Und wenn du sie an Bord hieven willst, beißen sie auch noch um sich. Also musst du sie im Wasser abschneiden, und das bedeutet, du verlierst deine Haken, und die Tiere schwimmen auch noch den Rest ihres Lebens mit dem Ding im Maul herum. Verschissene Langleinenfischerei. Tausend verletzte oder tote Tiere. Für gar nichts. Braucht kein Mensch. Die Welt wär nicht ärmer, wenn es den Hai nicht gäbe. Ist meine Meinung. Damals, auf unserem Schiff, waren wir jedenfalls ziemlich verzweifelt.«

»Und was haben Sie dann getan?«

»Wir haben einen Exorzismus gemacht, so bescheuert waren wir. Ich glaube nicht an das Zeug, aber wir hatten keine andere Idee mehr. Also haben wir einen toten Hai vorne an den Bug gebunden und ihn mit Grillpaste eingeschmiert und anschließend angezündet. So sind wir über das Meer gekreuzt. Ich glaube wirklich nicht an Voodoo, aber wir mussten irgendwas tun.«

»Hat aber nicht funktioniert, nicht wahr?«

»Auch wenn die Wissenschaft immer das Gegenteil behauptet: Es sind einfach zu viele Haie dort draußen.«

»Auch hier und jetzt?«

»Das weiß ich nicht, du siehst Haie selten auf dem offenen Meer. Haie finnen nicht so wie die Schwertfische. Oder wie die Haie in einem Hollywoodfilm. Aber das Wasser ist grün. Also vermute ich, die Haie sind da.«

»Heißt das jetzt, wir fahren an eine andere Stelle?«

»Noch nicht«, sagt der Großvater, »Schwertfische sind Herumtreiber, du weißt nie genau, wo sie auftauchen.«

»Keine Regeln?«

»Es gibt tausend Regeln. ›When the wind's out of the East you catch the least‹, zum Beispiel. Fallender Luftdruck ist auch ziemlich schlecht. Zunehmender Mond ist schlecht. Vollmond ist ganz, ganz schlecht.«

»Dann können wir ja wieder nach Hause fahren«, sage ich, »die meisten Kriterien treffen zurzeit auf uns zu.«

»Aber das bedeutet nichts«, sagt der Großvater. »Die Wahrheit ist, dass wir nichts über die Fische wissen. Nicht einmal ich weiß genug, obwohl ich die Tiere wahrscheinlich besser und länger kenne als jeder andere Mensch auf der Welt. Warum paddeln sie zum Beispiel manchmal träge direkt unter der Oberfläche herum? So, dass wir sie ganz leicht harpunieren können? Die Eierköpfe von den Universitäten glauben: Weil sie sich aufwärmen wollen. Aber sie machen das auch, wenn das Oberflächenwasser kalt ist und keine Sonne scheint. Habe ich hundertfach so gesehen. Ich weiß noch nicht einmal, warum sie eigentlich dieses Schwert auf der Nase haben. Um damit Beute zu jagen? Sich zu verteidigen? Den Feind aufzuspießen? Alles keine guten Ideen, wenn man keine Hände besitzt. Ich habe schon Exemplare gesehen, die mit ihrem Schwert in anderen Fischen steckten. Das hatte dann für keine der beiden Parteien ein gutes Ende.«

»Vielleicht schlagen sie damit ja«, sage ich.

»Das tun sie auch. Besonders wenn du sie an Bord gehievt hast. Stell dich als Mann niemals so über den Kopf eines Schwertfischs, dass du sein Schwert zwischen den Beinen hast. Auch wenn sie angeblich tot sind. Das ist das Erste, was du auf einem Schwertfischboot lernst.«

»Und was ist das Zweite?«

»Das Zweite ist, dass man den Mund halten soll, wenn man nach Schwertfischen sucht.«

»Haben die Fische so ein gutes Gehör?«

»Nicht damit sie dich nicht hören. Sondern damit du sie siehst.«

Ich habe ehrlich gesagt keine Ahnung, welchen Sinn das haben soll, aber offensichtlich will er, dass ich jetzt schweige. Also rücke ich einen halben Meter zur Seite und schaue auch über das Meer.

Johan hat die Geschwindigkeit etwas herausgenommen aus seinem Schiff. Und der Vater sitzt mittlerweile ganz oben im Ausguck und scannt das Meer. Der Wind ist wieder eingeschlafen, kein Anzeichen mehr von dem angekündigten Sturm. Die Dünung ist trotzdem höher als zu Beginn unserer Fahrt. Und die Oberfläche ist auch kein öliger Spiegel mehr, sondern ein verwirrendes, unregelmäßiges Netz aus Licht und Schatten und sich bewegenden Kämmen. Je länger ich darauf schaue, desto weniger kann ich sehen. Wie soll man dort auf mehreren Hundert Metern zwei dunkle, gebogene Dreiecke erkennen, die nicht größer sind als eine Flasche Rum? Zigmal bilde ich mir ein, eine Rückenflosse zu sehen, aber beim nächsten Blinzeln ist es doch nur ein Schatten, der im selben Augenblick wieder verschwindet. Und ehrlich gesagt bin ich auch gar nicht scharf drauf, dass es wirklich ein Schwertfisch ist. Ich muss nicht dabei sein, wenn die Männer ihn töten. Ich gebe zu, dass mir der Tod eines Fischs wahrscheinlich nicht so nahegeht wie der einer Kuh. Vermute ich mal. Aber schön ist es bestimmt auch nicht.

»Wie ist das, einen Schwertfisch zu töten?«, frage ich den Großvater. Er dreht sich unwillig rüber zu mir und schaut mich an, als wären wir im Theater und ich hätte mit dem Handy telefoniert. Oder während der Vorstellung gerülpst oder so was. Aber warum? Nur weil ich nach einer gefühlten Ewigkeit mal wieder den Mund aufmache?

»Ich töte, seit ich zehn bin«, sagt er schließlich. »Mein ganzes

Leben besteht aus Töten. Aber ich habe mich immer noch nicht daran gewöhnt. Ich meine, ich liebe das Fischen. Aber je älter ich werde, desto schwerer ist das Töten für mich. Bei keinem Tier fällt es mir heute noch leicht. Aber bei einem Schwertfisch macht es mich noch einmal trauriger. Schwertfische sind so schöne und außergewöhnliche Tiere.«

»Das klingt ja wie eine Liebeserklärung«, lache ich. »Was ist denn so außergewöhnlich an diesem Fisch?«

»Ganz viele Dinge: Er ist einer der schnellsten Fische auf unserer Erde. Bis zu einhundert Kilometer pro Stunde schnell. Er ist wendig, aber er kann nicht so gut bremsen wie andere Fische. Wenn er nicht mehr ausweichen kann, knallt er einfach in dich hinein. Ich hatte schon welche, die mit ihrem Schwert in meinem Ruderboot stecken geblieben sind. Außerdem jagt er an der Oberfläche, aber taucht auch tausend Meter tief nach seiner Beute. Er hat wie jeder Fisch die Temperatur seiner Umgebung, aber in seinem Gehirn und unter den Augen besitzt er einen Muskel, mit dem er Wärme erzeugt wie ein kleines Kraftwerk. Damit kann er in kaltem Wasser schneller reagieren als seine Beute. Und er kann sie in der Dunkelheit besser sehen. Er hat wie ich im Alter keine Zähne mehr. Und sein Mund sieht immer so aus, als würde er lachen. Er ist das genaue Gegenteil eines Hais. Wegen all diesen Dingen liebe ich diese Fische.«

»Haben Sie früher auch mal an Land gejagt? Auf Rehe oder Hirsche oder Enten oder so?«

»Ist lange her«, sagt er, »mit der Armbrust damals, aber Jagen ist nichts für mich, ich gehöre aufs Wasser.« Er deutet auf eine Stelle weit draußen auf der Steuerbordseite.

Dort ist original überhaupt nichts zu sehen. Aber dieses Mal bin nicht nur ich die Versagerin. Auch am Steuerstand sehen sie nichts, und deshalb ändert das Boot auch nicht seinen Kurs, sondern tuckert weiter mit halber Geschwindigkeit Richtung Osten.

Die ganze Suche ist ehrlich gesagt maximal langweilig. Vielleicht ist es ein Job für Leute, die meditieren oder Yoga können oder so was. Ich kann mich jedenfalls nicht länger konzentrieren als zehn Minuten, dann schweifen meine Gedanken ab. Da kann ich überhaupt nichts dagegen tun. Zum Glück fängt es bald an zu regnen, und ich habe einen Grund, reinzugehen in die Kajüte.

Zuerst sind es nur ein paar schwere Tropfen, die auf das Wasser plumpsen und von ihrer eigenen Wucht wieder hochgeschleudert werden, aber nach ein paar Minuten schüttet es so, dass der Regen wie ein Vorhang ist, den man unmöglich mit seinen Blicken durchdringen kann.

Für den Großvater ist es trotzdem kein Grund, Schutz zu suchen unter dem Dach der Kajüte. Breitbeinig steht er hinten an der Reling und starrt immer noch weiter hinaus aufs Meer. Der Regen tropft von seiner Mütze und seiner Nase, das Hemd ist komplett durchnässt, aber er lässt es einfach geschehen. Als würde er es mögen, den Regen auf seiner Haut zu spüren. Oder er ist so in Gedanken, dass er es gar nicht wirklich bemerkt.

Als der Regen aufhört, frischt der Wind merklich auf. Die Wellen werden ein bisschen steiler. Möwen segeln im Aufwind die Flanken der Wellentäler entlang. Wahrscheinlich sind wir immer noch im Strömungsschatten von Sable Island. Der Vater klettert wieder die Leiter zum Ausguck hinauf. Auch Johan peilt jetzt aus dem Steuerhaus mit einem Feldstecher pausenlos über das Meer. Der Großvater steht am Heck wie sein eigenes Denkmal. Als würde es hier nach Schwertfischen riechen. So elektrisiert sind die Männer.

KAPITEL 18

»Es riecht tatsächlich nach Fisch«, sagt der Großvater am Heck des Schiffs. »Aber ich kann dir nicht sagen, wonach. Vielleicht sind es die Beutefische. Oder Algen oder Plankton, ich weiß es nicht. Aber ich weiß, dass wir bald auf Schwertfische treffen werden.«

»Ganz sicher?«, frage ich.

»Abgesehen davon, dass auf dem Meer überhaupt nichts sicher ist? Ja natürlich.«

Das Verrückte ist, wie sehr diese Sätze bei mir sofort das Sehen verändern.

Plötzlich schaue ich anders über das Wasser. Plötzlich ist das alles um mich herum nicht mehr nur eine Wasserwüste, sondern ein ganzes Universum. Jede Sekunde fällt mir ein anderes Detail ins Auge. Hier ein Algenbüschel. Dort ein winziger Schwall, der sich bricht, ohne dass es einen Grund dafür gibt. Und dann wieder ein Kreis, der sich ausbreitet, wie wenn man einen Kiesel ins Wasser wirft. Aber was hat diesen Kreis verursacht? Ich sehe, dass der Ozean hier tatsächlich grünlicher schimmert. Ich sehe, dass sich die Strudel am Heck unseres Schiffs auch nach fünfhundert Metern noch nicht komplett aufgelöst haben. Ich sehe ein Stück Holz, das in der Welle schaukelt und nur alle paar Sekunden mit wenigen Zentimetern aus dem Wasser ragt. Und trotzdem erkenne ich es aus aus einer Entfernung von zweihundert Metern.

Wahrscheinlich ist es das, was die Menschen Jagdfieber nennen. Zum ersten Mal verstehe ich, was Menschen daran so faszinierend finden, und gleichzeitig schäme ich mich dafür, weil es hier um Tiere geht und um die schlimmste Anmaßung der Menschheit. Nämlich dass wir die Herrscher sind über Leben und Tod.

Nach zwei Stunden haben wir immer noch keinen Fisch gesehen. Aber diese zwei Stunden haben sich angefühlt wie ein Fingerschnippen. So sehr habe ich alles vergessen um mich herum. Und: Ich habe tatsächlich kein einziges Wort geredet in dieser Zeit.

Das Erste, was der Großvater dann sagt, ist das Wort »Fisch«. Er schreit es heraus, dass man es garantiert überall auf dem Schiff hört. »Fisch, Steuerbord zwei Uhr«, ruft er, und ich wundere mich, woher diese Kraft in der Stimme kommt bei solch einem dünnen, verbrauchten Körper.

Der Vater hangelt sich wie ein Schimpanse die Leiter vom Ausguck herunter. Er eilt in das Steuerhaus und übernimmt das Ruder und Johan springt aus der Türe und turnt an der Kajüte vorbei nach vorne. Er schnappt sich eine der Harpunen, die seitlich an der Reling befestigt sind. Es ist eine Alustange mit einer Schnur am Ende und einer Steckvorrichtung an der Spitze, über die ein Widerhaken gestülpt wird, der auch noch an einer Leine hängt. Mit der Stange in der Hand balanciert Johan über den Steg bis in den Korb. Jetzt erst sehe auch ich die Finne. Sie ist noch zweihundert Meter entfernt. Direkt voraus. Sie bewegt sich kaum von der Stelle. Dann erkenne ich die zweite, kleinere von der Schwanzflosse dieses Tiers. Sie sind bestimmt zweieinhalb Meter auseinander. Macht ungefähr vier Meter für den ganzen

Fisch. So ein großes Exemplar haben sie lange nicht mehr gefangen.

Fünf Meter zwanzig lang war der größte Fisch, den der Großvater jemals gelandet hat. Das war in den Fünfzigerjahren. Das Tier wog sechshundertzweiundsiebzig Pfund. Ein Vier-Meter-Fisch bringt bestimmt noch dreihundertfünfzig Pfund auf die Waage.

Dementsprechend angespannt reagieren alle. Der Vater reduziert noch einmal die Geschwindigkeit unseres Schiffs. Johan hat die Harpune schon in der rechten Hand und steht da wie ein griechischer Speerwerfer. Mit der linken zeigt er an, in welche Richtung der Vater steuern soll. Der Fisch reagiert überhaupt nicht. Dann ist der Ausleger fast über seinem Kopf, und gerade als Johan von oben zustechen will, macht der Fisch eine schnelle Bewegung zur Seite, in Richtung Heck, und Johan muss sich in dem schmalen Korb erst einmal umdrehen, um wieder in Position zu kommen. Da ist der Fisch schon zehn Meter weiter hinten, knapp neben dem Rumpf, ungefähr auf Höhe des Steuerstands.

Jetzt schleudert Johan die Harpune mit aller Kraft. Die Stange zischt durch die Luft und mit ihr die beiden Leinen. Im Wasser zieht die Stange einen Streifen Luftblasen hinter sich her. Den Fisch verfehlt sie um mindestens einen Meter. Sofort reißt Johan die Harpune an der Leine wieder zu sich heran, der Vater fährt mit dem Schiff einen engen Kreis und der Großvater schmeißt einen leeren Karton ins Wasser. »Du musst die Stelle markieren, an der der Schwertfisch zuletzt zu sehen war«, erklärt er. »Sonst findest du den Fisch niemals wieder. So sehr versetzen die Drift und der Wind unser Schiff.«

»Ist denn der Fisch nicht sofort abgetaucht?«, frage ich.

»Manchmal ja, manchmal lässt er sich auch nicht aus der Ruhe bringen. Warum sollte er auch? Wenn ein Schwertfisch so groß geworden ist, hat er keine natürlichen Feinde mehr.«

Johan ist ziemlich genervt, das sieht man sogar aus der Entfernung. So grob, wie er mit der Stange hantiert und wie er seine Hand auf das Geländer des Auslegers haut.

»War aber auch kein einfacher Wurf«, meint der Großvater. »Einen Fisch direkt von hinten zu treffen, ist sowieso schon nicht leicht. Und wenn dann der Fisch noch weiter weg ist als zehn oder zwölf Meter, wird es richtig schwierig. Nicht so sehr wegen der Entfernung. Sondern weil die Brechung des Lichts zunimmt, je flacher der Winkel ist, mit dem man aufs Wasser schaut. Das bedeutet, dass der Fisch an einer ganz anderen Stelle steht, als es aussieht. Und dann haben sich das Schiff und der Fisch auch noch voneinander entfernt. Das alles musste Johan einkalkulieren bei seinem Wurf. Kein Wunder, dass er den Fisch nicht getroffen hat. Trotzdem ärgert er sich ein Loch in den Schädel, ich kenne ihn, besonders weil du an Bord bist.«

»Nichts ist ihm gleichgültiger als das, was ich über ihn denke«, sage ich.

»Du kennst ihn nicht«, meint der Großvater und lacht, und dann hängt er schon wieder an der Reling und ruft: »Fisch backbord, sieben Uhr.«

»Da ist aber keine Finne«, sage ich, und der Großvater sagt: »Er steht tiefer … schau her … da … siehst du die Umrisse seines Körpers … keine zehn Meter vom Heck entfernt.«

Es ist ein riesiger Schatten, der da majestätisch unter der Oberfläche zu ruhen scheint. Wieder wendet der Vater das Schiff und tastet sich an die Beute heran und dieses Mal rührt sich der Fisch nicht von der Stelle. Johan kann mit der Harpune senkrecht nach unten ins Wasser stechen. Ein heftiger Schwall, dann nimmt der Schwertfisch das NeunMillimeter-Tau des Widerhakens mit in die Tiefe. Hundert Meter lang ist das Seil, aber für so einen großen Fisch sind hundert Meter gar keine Strecke.

»Wir könnten ihn jetzt brutal einbremsen«, erklärt der Großvater, »aber du darfst ihn auch nicht zu sehr forcieren, sonst schlitzt irgendwann noch der Haken aus. Deshalb ist am Ende des Seils eine Boje mit einem GPS-Sender montiert, die der Fisch einfach ins Wasser zieht, wenn uns die Schnur ausgeht. Dann kann er daran bis zur Erschöpfung toben. Und am Ende bergen wir einfach Boje und Sender und kurbeln den Fisch an Bord.«

»Mit einem heroischen Kampf Mann gegen Kreatur hat das dann aber nicht viel zu tun«, sage ich.

»Wir sind auch keine heroischen Kämpfer, sondern Fischer«, antwortet der Großvater.

Trotzdem ist die Spannung bei den Männern mit den Händen zu greifen.

Vorne auf dem Vordeck, neben den Harpunen, stehen zwei Körbe, in denen die Leinen immer im Kreis abgelegt sind, damit sie sich nicht verheddern und knotenfrei ablaufen, wenn der Fisch zu fliehen versucht. Im Moment rast die Schnur aus einem Korb mit einer Geschwindigkeit in die Tiefe, als hinge ein tonnenschwerer Betonklotz daran. Aber bevor die Schnur im Korb zu Ende ist, stoppt die rasante Fahrt. Eine ganze Weile baumelt die Leine kraftlos im Wind.

»Vielleicht hat sich der Haken gelöst«, sagt der Großvater zu mir, »das passiert immer mal wieder.«

Aber einholen lässt sich die Schnur dann doch nicht mehr. Sobald Johan ein bisschen Spannung aufnimmt, hängt sie wie festgeschraubt senkrecht nach unten. Kein Millimeter Bewegung, solange der Vater das Schiff auf der Stelle hält. Immer wieder ruckt Johan an der gespannten Leine und klopft mit der Hand dagegen und lässt wieder los. »Vielleicht hat sich der Widerhaken in einem Stein verfangen«, meine ich. »Oder in einem alten Anker.«

Da rauscht die Leine plötzlich wieder nach unten. Als noch zehn Meter übrig sind, wirft Johan die gelbe Kunststoffboje ins Wasser. Es ist ein kleiner weißer Wimpel, der das Ende der Schnur signalisiert. Einen Augenblick dümpelt die Boje herum, dann rauscht sie schnell und zielstrebig Richtung Norden davon. Ein paarmal taucht die Boje auch weg, aber immer nur kurz, dann ploppt sie wieder nach oben. Anfangs ist sie fast zu schnell für unser Schiff, aber nach zweihundert Metern oder so wird sie langsamer und stoppt schließlich ganz.

Johan fischt sie mit einem Haken an Bord und legt die Schnur über eine motorisierte Trommel. Damit kurbelt er den Fisch wieder nach oben, aber bevor das Tier die Oberfläche erreicht, wird die Spannung zu groß auf der Schnur, und Johan muss sie erneut von der Trommel nehmen.

So geht das ein Dutzend Male. Boje auffischen, hochkurbeln, Leine geben, Boje wieder ins Wasser schmeißen und hinterherfahren, bis man den Ball nach einer Flucht wieder aus dem Wasser fischt. Es dauert bestimmt eine Stunde, bis der Fisch zum ersten Mal längsseits auftaucht neben dem Schiff. Es ist ein riesiges Tier, selbst wenn man die Vergrößerung durch das Wasser mit einkalkuliert. Der Fisch legt sich etwas zur Seite. Der silberne Bauch glänzt leicht türkis und zum Rücken hin verblasst die Farbe in ein helles, metallisches Blau. Der Haken sitzt tief im Fleisch, etwas seitlich eine Handbreit hinter den Kiemen. Selbst unter Wasser sieht man, dass die Wunde ein klein wenig blutet. Dann taucht das Tier wieder ab in die Tiefe. Keine Chance für die Männer an Bord dagegenzuhalten. Als würde man ein Auto mit der Hand abbremsen wollen.

Nach ungefähr sechzig Metern bleibt die Schnur wieder stehen. Dass es sechzig Meter sind, weiß ich, weil die Schnur bei fünfzig Metern eine rote Markierung hat. Jetzt legen die Männer sie wieder über die Trommel und spulen sie langsam zurück und dann hängt der Fisch neben dem Rumpf und wehrt sich nicht mehr. Ich schätze, da sind mindestens zwei bis drei Stunden vorüber.

Johan holt einen Stock mit einem riesigen Haken und sticht von außen durch die Haut des Unterkiefers in den Rachenraum, und dasselbe macht sein Vater mit einem zweiten Haken, und der Großvater öffnet eine Art Tür in der Bordwand, dass sie die Beute quasi waagrecht an Bord ziehen können. Immer wenn eine Welle den Fisch anhebt, wuchten die beiden Männer ihn ein Stück weiter an Deck, bis er schließlich komplett hinter der Bordwand liegt. Er ist länger, als das Schiff breit ist, und buckelt schlimmer als ein Stier beim Rodeo. So furchterregend und wild, dass ich absolut unfähig bin, mich zu bewegen. Und von so atemberaubender Schönheit, dass ich den Großvater sofort verstehe. Vor allem die Augen. Groß wie eine Grapefruit mit einem silbernen Rand und einem blauschwarzen Trichter, der mich wie ein magischer Strudel in die Tiefe zieht. Als würde man dort hinabschauen bis runter zum Grund des Lebens. Ich weiß, dass das kitschig und nach Mädchenkram klingt. Aber genauso fühlt es sich an.

Auch das Schwert wirkt irgendwie majestätisch und gar nicht wie eine Pinocchio-Nase. Bestimmt eineinhalb Meter lang. Manchmal schüttelt der Fisch seinen Kopf. Dann schlägt das Schwert mit einer solchen Wucht gegen die Gitterbox an Deck, dass sich die Stäbe verbiegen. Vermutlich könnte er damit auch Baumstämme spalten. Der Mund sieht tatsächlich so aus, als würde er lächeln. Noch immer schimmert die Haut silber-türkis-hellblau. Die Rückenflosse zittert ein bisschen und die Brustflossen auch, und der Mund schnappt verzweifelt nach Wasser, aber pumpt nur Atlantikluft durch die Kiemendeckel. Manchmal schlägt die Schwanzflosse gegen das Deck.

In einem ruhigen Moment drückt der Vater dann das Schwert mit seinen Stiefeln gegen das Deck und der Fisch lässt es geschehen und wehrt sich nicht. Johan hat jetzt einen langen, eisernen Nagel oder Meißel oder so was in seiner Hand, mit einem Quergriff aus Holz, und das ganze Ding treibt er zwischen den Augen mit einem Hammerschlag ins Gehirn. Ungefähr so wie die Arbeiter im Schlachthof es mit den Kühen machen. Nur ohne Pressluft.

Obwohl es eine ganz ähnliche Methode ist, ist es doch ein ganz anderer Tod. Nicht so ein schlagartiges Ende in einer Millisekunde. Hier sieht es so aus, als würde das Leben des Fischs langsam von vorne nach hinten aus seinem Körper zittern. Es fängt an mit den Augen, die irgendwie flackern und dann keine Strudel in die Tiefe mehr sind, sondern nur noch ein flacher und trübe werdender Teller, falls das jemand versteht, ich kann das gar nicht anders beschreiben. Danach dimmt auch der Glanz des restlichen Körpers weg, und am Ende ist das Türkis nur noch ein dumpfes Weiß, und der Rücken sieht aus wie grauer, glanzloser Gummi. Als wäre es nur das Leben, das die Dinge schön macht, und dass der Tod nicht nur das Leben nimmt, sondern auch jede Schönheit.

Ich weiß, dass der Vergleich jetzt etwas unpassend klingt, aber für mich ist es wie früher in meiner Kindheit, als ich Blumen gepresst habe fürs Poesiealbum. Die haben ihre Schönheit dann auch zwischen den Buchdeckeln verloren, egal, wie wunderbar die Blüte vorher gewesen war. Ich bin mir nicht sicher, aber ich glaube, dass Johan kein Auge für diese Verwandlung hat. Ohne Regung holt er eine ziemlich große Bügelsäge aus einer Kiste.

So eine, mit der man normalerweise Äste absägt. Nur die Zähne sind vielleicht etwas feiner als bei den Modellen für Holz.

Damit sägt Johan direkt hinter den Kiemendeckel von oben in den Rücken des Fischs. Vor und zurück, die Säge frisst sich durch das Fleisch und den Knorpel, als wäre es Styropor, und die Späne haben auch eine ähnliche Farbe und sind gar nicht blutig. Erst als Johan die Wirbelsäule erreicht hat und den Kopf nach unten klappt, läuft Blut aus der Wunde und schmiert über das Deck. Johan dreht den Fisch auf die Seite und sägt immer weiter, bis er den Kopf ganz vom Rumpf abgetrennt hat. Danach sägt er der Reihe nach alle Flossen herunter. Nur von der Schwanzflosse lässt er einen kleinen Teil stehen. Schließlich nimmt er ein Messer zur Hand und öffnet die Bauchhöhle von den Kiemen bis runter zum After und pult die Gedärme heraus. Jetzt sieht der Klumpen überhaupt nicht mehr aus wie der König der Fische. Eher wie ein schmutziger, aufgeplatzter Torpedo.

Diesem Torso schlingt Johan dann einen Strick um den Stummelschwanz und lässt ihn mit einem Seilzug hinab in den Bauch seines Schiffs. Der Raum dort unten ist unterteilt in Boxen, ungefähr wie ein Schweinestall. Dort steht der Vater jetzt bis zur Hüfte im Eis. Er schiebt die Leiche in eines dieser Abteile und schaufelt Eis in die Bauchhöhle und danach schichtet er noch einen großen Haufen über den ganzen Körper. Insgesamt hat das Schiff Platz für mindestens zweihundert Fische.

Ich schaue den Großvater an. In seinem Gesicht ist dieselbe Mischung aus Trauer und Zärtlichkeit, die auch ich fühle bei diesem Anblick. Aber vielleicht bilde ich mir das auch nur ein, weil ich will, dass es bei ihm nicht so ist wie bei Johan, der seinen Job präzise, aber ohne eine Regung erledigt.

Ich meine, bei ihm ist es jetzt auch nicht so wie bei den bulgarischen Arbeitern damals im Schlachthof. Nicht diese kalte Verachtung und Geringschätzung des Lebens. Johan sieht eher so aus, als hätte er seinen inneren Frieden mit dem Töten gemacht. Da ist schon Respekt vor der Natur, würde ich sagen, aber es gibt auch kein Stocken und Innehalten und kein Zittern der Hand vor dem Todesstoß.

Für mich aber ist es wie bei dem Kälbchen, dessen blinde Augen mich noch bis heute verfolgen. Zum zweiten Mal innerhalb so kurzer Zeit schaue ich einem Geschöpf beim Sterben zu, und es ist schrecklich und verwirrend und faszinierend, und ich schäme mich, dass es mich fasziniert.

KAPITEL 19

Es sind vor allem diese flackernden Augen des Fischs, die mir nicht aus dem Kopf gehen wollen. Wie sie trübe werden und langsam erlöschen und mit ihnen auch die ganze Schönheit des Lebens und das Geheimnis, das in ihnen liegt. Auch nach Stunden sehe ich diesen Moment noch vor mir. Da sitzen wir alle zusammen unten in der Kombüse. Das Schiff läuft auf Autopilot, der Vater hat Reis gekocht, es gibt Curry und Ei, die Pampe schmeckt wieder mal unerträglich. Aber ich habe sowieso keinen Appetit.

»Macht dir das Töten gar nichts mehr aus?«, frage ich Johan.

»Nein«, grummelt er unfreundlich zwischen zwei Bissen. Er hält den Löffel mit seiner Faust, und die Ellenbogen stützen sich auf den Tisch, und so schaufelt er die Pampe wie ein Bagger in den offenen Mund. Ich glaube, er kaut nicht einmal. Vom Löffel direkt in den Schlund. Meine Mutter wäre durchgedreht, wenn sie ihm hätte zusehen müssen.

»Und warum nicht?«, frage ich. »Warum hast du kein Mitgefühl mit den Tieren?«

»Fängst du schon wieder an«, erwidert er, und ich sage »weil ich es einfach wissen muss«, und seltsamerweise ist er jetzt gar nicht mehr so sauer auf mich. Vielleicht hat der Großvater mit ihm geredet. Oder das Töten hat etwas mit ihm gemacht.

»Mitgefühl ist in der Natur nicht die Lösung«, erklärt er, »Mitgefühl ist das Problem.« Er richtet sich auf und legt den Löffel beiseite, dann geht er rüber zur Speisekammer und kommt mit einer Flasche Rum und drei Flaschen Bier zurück, und ich denke, na super, du Arschloch, jetzt auch noch volllaufen lassen, das macht's auf jeden Fall besser.

»Die Natur hat auch kein Mitgefühl«, sagt er, während er die Kronkorken von den Flaschen dreht. Er schiebt dem Vater und dem Großvater ein Bier über den Tisch. Für mich hat er keins mitgebracht. »Die Natur tötet immer und überall«, fährt er fort, »sie ist auf unvorstellbare Weise grausam. Hast du mal einen Bären beim Lachsfang gesehen? Wie er den Fisch bei lebendigem Leib häutet und dann den Rogen direkt aus der zappelnden Bauchhöhle frisst. Oder an der Westküste Kanadas. Da gibt es Wolfsrudel, das den Lachsen immer nur die Köpfe abreißt, und danach liegen dann Hunderte zerfledderte Leichen herum. Wir Fischer sind ganz gewiss nicht grausamer als die Natur.«

»Ich weiß, dass die Natur grausam töten kann«, antworte ich. »Aber der Mensch ist die einzige Kreatur, die dabei auch noch Macht und Mittel hat, alles um sich herum zu zerstören. Die Tiere, die Wälder, sogar so etwas Großes wie diesen Ozean. Und das Einzige, was uns Menschen davon abhält, ist unser Mitgefühl.«

»Es ist nicht das Mitgefühl, das den Unterschied macht«, entgegnet Johan. Er steht wieder auf vom Tisch und läuft dann vor der Küchenzeile auf und ab wie so ein dozierender Lehrer. »Dein Mitgefühl ist ein Scheiß«, sagt er. »Der Unterschied ist, dass du kein Teil der Natur mehr bist. Du und all die anderen Klugscheißer aus den Städten. Ihr denkt, dass ihr die besseren Menschen seid, aber ihr seid es nicht. Ihr rettet mit ungeheurem Aufwand einen eingeschlossenen Wal aus dem Packeis, weil ihr

Mitgefühl habt. Aber ihr tötet tausend Wale mit eurem Plastik. Ihr ernährt euch vegan, weil ihr keine Lebewesen mehr umbringen wollt, aber eure Schwermetalle vergiften unsere Gewässer, dass die Lachse und Schwertfische heute so viel Quecksilber in sich tragen, dass ein Mensch sie nur noch einmal im Monat essen darf. Ihr wärmt die Gelege der Schildkröten und tragt die kleinen über den Strand ins Wasser, aber eure Klimaerwärmung hat schon tausend Arten für immer getötet. Warum meinst du, passiert das? Weil die Menschen kein Mitgefühl haben? Das ist lächerlich. Es passiert, weil ihr eine Mauer gezogen habt zwischen eurem Handeln und seinen Folgen. Weil ihr keine Verbindung mehr habt zur Natur. Und ihr habt keine Verbindung mehr, weil ihr den Tod ausgesperrt habt aus eurem Leben. Ihr kennt das Sterben nicht mehr. Geschweige denn das Töten. Ihr habt noch niemals selbst ein lebendiges Wesen getötet. Ihr könnt das Sterben noch nicht einmal anschauen. Also habt ihr das Töten einfach ausgelagert. An eine anonyme, barbarische, unersättliche Industrie, die es für euch erledigt. Das ist auf den Schlachthöfen genauso wie auf euren Äckern oder auf den Weltmeeren. Es ist die Industrialisierung der Natur, die die Natur vernichtet. Nicht wir einzelnen Fischer sind das Problem. Das Problem sind die riesigen schwimmenden Fabriken, die monatelang draußen bleiben auf hoher See und die gefangenen Fische schon vor Ort filetieren und frosten und alles platt walzen mit ihren Netzen. Diese riesigen Trawler sind es, die unsere Bestände vernichten und den Meeresgrund mit ihren Grundnetzen rasieren, sodass dort nie wieder etwas wächst.«

»Wie kommst du darauf, dass wir das nicht wissen?«, frage ich Johan.

»Weil ihr sonst niemals mein Schiff kontrollieren würdet. Es gibt keine andere Methode der Fischerei, die so nachhaltig und schonend ist wie meine Jagd mit der Harpune. Ihr denkt, wir sind grausam. Aber wir können gar nicht anders, als nachhaltig sein. Alle Tiere, die wir fangen, haben sich schon reproduziert, weil es nur die erwachsenen Tiere sind, die an die Oberfläche kommen und finnen. Wir haben niemals auch nur einen einzigen unerwünschten Beifang auf unserem Schiff. Selbst wenn wir es wollten, wir könnten gar nicht gegen eure Gesetze verstoßen. Wir können auch niemals gefährlich werden für den Bestand. Die Netze und die Langleinen können das. Wir nicht. Trotzdem kommt ihr immer wieder auf unser Schiff. Nur weil wir die Meinarts sind. Nichts habt ihr kapiert. Überhaupt nichts.«

»Wenn das so ist«, sage ich, »warum schiebst du dann so einen Hass auf Menschen wie mich? Wenn ich sowieso nichts Illegales entdecken kann auf deinem Schiff, kann es dir doch egal sein, ob ich bei dir mitfahre oder nicht.«

»Das ist mir auch herzlich egal. Aber dein klebriges Mitgefühl mit der Kreatur ist es nicht. Dein Mitgefühl verhindert, dass du die Natur Natur sein lässt. Solange du dich über das Töten aufregst, lohnt es sich nicht, dass ich mit dir überhaupt diskutiere.«

»Du tötest, um ein Teil der Natur zu sein?«

»Nein, ich bin ein Teil der Natur, also töte ich. Und nur, wenn ich ein Teil der Natur bin, habe ich auch das Recht dazu. Nur wenn ich mit der Natur und in der Natur lebe, darf ich mich auch verhalten wie die Natur. Ein Mensch, der die Natur versteht, wird Tiere töten, aber die Natur niemals zerstören. Ihr Menschen aus der Stadt seid genau umgekehrt. Ihr tötet kein einziges Huhn mit eurer eigenen Hand. Aber ihr schaut weg bei einer Million geschredderter Küken. Nicht wir zerstören unsere Natur. Es ist eure Einstellung zu den Tieren.«

»Du weißt gar nichts von mir«, sage ich. »Also rede nicht so einen gequirlten Mist.«

Johan zuckt nur mit seinen Schultern. Er schnappt sich eine hellblaue Emaille-Tasse aus dem Regal, gluckert Rum hinein und kippt das Zeug in einem Zug runter. Dann klettert er wortlos den Niedergang hoch. Auch ich stehe auf und hole mein Notizbuch aus meiner Koje. »Alles aufschreiben«, hat Sarah gesagt. »Und so schreiben, dass es die anderen sehen.« Als ich wiederkomme, sitzt aber niemand mehr am Tisch. Also klettere ich ebenfalls den Niedergang hoch. Johan steht dort wieder am Steuerrad. Der Großvater schaut von seinem Platz draußen am Heck über das Meer. Der Vater ist nicht zu sehen. Wahrscheinlich lauert er direkt über uns in seinem Ausguck. Ich setze mich an den Kartentisch und schreibe. Die meiste Zeit achtet Johan überhaupt nicht auf mich.

»Echt jetzt?«, fragt er irgendwann. »Haben sie dir auch gesagt, dass du Buch führen sollst, damit dir bei uns nichts passiert? Wie allen anderen Observern vor dir?«

»Kann schon sein«, antworte ich.

»Dem Menschen, der so was erzählt, haben sie doch ins Gehirn geschissen. Was denkt der sich? Dass wir Menschenfresser sind? Oder Mafiosi?«

»Ich denke das nicht«, sage ich.

»Das ist ja schön für uns, da geht's mir doch gleich deutlich besser.«

»Sollte es auch«, antworte ich, »eigentlich finde ich Männer wie dich zum Kotzen. Dass ich anfange, das anders zu sehen, sollte dich fröhlich stimmen.«

KAPITEL 20

Zwei Stunden noch schleichen wir durch die Gegend nördlich von Sable Island, aber kein Fisch zeigt seine Finne, dann endlich gibt Johan auf und packt den Gashebel auf den Tisch. Mit Höchstgeschwindigkeit fahren wir weiter nach Osten. »Wir schauen mal an der Nase der Grand Banks nach«, sagt er, »auch wenn das fast fünfhundert Meilen sind. Aber dort ist um diese Jahreszeit eigentlich immer Fisch.«

Allerdings ist dort auch der Sturm, sagt der Wetterbericht. Für mich klingt das nach einer echten Schwachsinnsaktion: mit Vollgas fünfhundert Meilen mitten hinein in einen Sturm zu fahren, um vielleicht ein paar Fische zu harpunieren. So viele Fische kann man gar nicht fangen, dass sich das rechnet. Von der Gefahr ganz zu schweigen. Vielleicht verbirgt sich dahinter noch eine ganz andere Schweinerei, überlege ich. Ich nehme mir vor, extra wachsam zu sein.

Mit jeder Meile, die wir zurücklegen, werden die Wellen dann auch höher und der Wind heftiger, sodass Johan unsere Geschwindigkeit immer mehr drosseln muss. Zuerst nur ein bisschen, aber irgendwann doch so viel, dass wir fast vier Tage brauchen, bis wir endlich den Graben erreichen, der die Grand Banks vom Flemish Cap trennt. An Fische zu harpunieren, ist hier überhaupt nicht zu denken:

Ich schätze, die Wellen sind bereits fünf Meter hoch, der Regen ist dicht wie ein Vorhang, und der Sturm peitscht mit neun Beaufort über das Wasser. Und mit jeder Minute fühlt es sich an, als würde es heftiger.

Auch der Scheibenwischer hat jetzt keine Chance mehr. Mit maximaler Geschwindigkeit wirbelt er über das Fenster, aber es ist nur ein magerer Viertelkreis, den er vom Wasser befreit. Und auch da dauert es nur eine Viertelsekunde, bis ein Schwall aus Gischt und Regen die Welt dort draußen vor uns wieder verschleiert. Und selbst in dieser Viertelsekunde reicht der Blick nicht weiter als bis zur Spitze des Schiffs. Schon die Reling am Bug verschwindet die meiste Zeit in der Gischt. Die Grenze, wo Himmel und Meer sich berühren, hat sich sowieso lange schon aufgelöst. Unmöglich, die Wellen zu sehen, bevor sie herunterkrachen auf unser Schiff.

Mir ist mittlerweile so schlecht, dass mich Johan irgendwann nach unten in meine Koje schickt. Aber dort halte ich es noch viel weniger aus. Ich quäle mich wieder den Niedergang hoch, aber ohne Leine und Rettungsgeschirr darf ich auch nicht an Deck. Also stelle ich mich wenigstens neben die Tür. Die Übelkeit sitzt direkt unter dem Kinn. Falls ich mich übergeben muss. Es wäre eine Erlösung.

»Andere Schiffe benutzen Stabilisatoren«, erklärt der Großvater, der jetzt neben mir steht. Er hat ein seltsames Strahlen in seinem Gesicht, als würde er sich über die Hölle dort draußen freuen. Keine Ahnung, warum. Vielleicht ist er nur glücklich darüber, dass er auch mit einhundert Jahren noch einem jungen Menschen wie mir überlegen ist. Oder es hat noch ganz andere Gründe. »Stabilisatoren«, sagt er, »sind so was Ähnliches wie waagrechte Scherbretter unter Wasser, die an Ketten unter dem Schiff befestigt sind. Sie verhindern, dass ein Schiff zu sehr kränkt, wenn es von einer Welle getroffen wird. Aber wir mögen die Dinger nicht. Ich habe schon Schiffe gesehen, die so brutal auf die Seite gelegt wurden von einer Welle, dass der Stabilisator wie ein Torpedo aus dem Wasser geschossen kam und in den Rumpf gekracht ist. Da ist mir unsere Jenny M ohne die Dinger lieber. Auch wenn sie in der Welle heftiger rollt als andere Schiffe. Aber du wirst sehen, deine Übelkeit vergeht. Nach zwei Nächten ist es vorbei. Jeder macht so etwas durch. Suche dir mit den Augen einen Fixpunkt am Horizont. Dann wird es irgendwann besser.«

Johan scheint dagegen keine Probleme zu haben. Er steht an seinem Steuerrad und sieht dabei aus wie ein beschissenes Seefahrerdenkmal. So kräftig und gelassen und von selbstverständlicher Kompetenz. Wie ein Mensch, der sich niemals recken muss und der nicht zu drängeln braucht und dem man sowieso leichten Herzens vertraut. So sieht er sich wahrscheinlich auch selber: Er ist derjenige, der uns retten wird. Und wenn er uns nicht retten kann, kann es niemand, und dann ist es eben so und auch kein Unglück mehr. Sondern Schicksal.

Niemand, der so was nicht selbst erlebt hat, kann verstehen, wie sich das anfühlt. Ein Brecher nach dem anderen rollt jetzt über das Schiff. Immer wieder wird es in die Welle gedrückt, und jedes Mal dauert es länger, bis es sich wieder aufrichtet nach einem Treffer. Und jedes Mal wieder werde ich durch die Kajüte geschleudert. Ein hilfloser Spielball von etwas, das viel stärker ist als ich selbst, und das Einzige, was ich tun kann, ist vertrauen: dass die Zeit zum Sterben noch nicht gekommen ist. Und dass unser Schiff tatsächlich auf sich selbst aufpassen kann. So wie es Johan behauptet hat.

Sogar die Zeit scheint nicht mehr zu existieren in dieser Hölle. Es vergehen Minuten und Stunden, die sich anfühlen wie ganze

Tage. Und Tage, die sich ohne Morgen und Abend unterschiedslos zu einer Kette reihen. Meine Zuversicht kommt und geht wie Ebbe und Flut. Manchmal glaube ich, dass wir es schaffen. Dann verliere ich wieder den Mut, und am schlimmsten ist, als der Großvater in dieser furchtbaren Nacht an Deck geht und aus Minuten Stunden werden und er nicht wiederkehrt. Ich könnte schreien in diesem Moment vor Entsetzen, und vielleicht tue ich es sogar, ich weiß es nicht, aber Johan und seinen Vater scheint es nicht zu tangieren. Dieselbe Kälte, mit der sie vorher den Schwertfisch getötet haben.

Was ist das bloß für eine Familie? So brutal und grausam und unberechenbar. Oder ist es doch noch ganz anders? Ich weiß es nicht. Als gäbe es hier für mich überhaupt nichts Festes mehr. Keinen Boden unter den Füßen. Keine Sicherheit. Keinen Horizont. Keine Gewissheit in meinen Gedanken. Und als es sich dann anfühlt, als könnte es nicht mehr schlimmer kommen, tut es plötzlich einen brutalen Schlag.

Es passiert in der zweiten Nacht, seit der Großvater unser Schiff verlassen hat. Seitdem schlingern wir steuerlos durch die schwere See. Johan hat die Maschine nicht mehr gestartet. Ich habe aufgehört, noch irgendetwas zu denken. Aber die Wucht des Schlags ist so fürchterlich, dass sich in mir wieder alles nullt. Ich werde gegen die Wand der Kajüte geschleudert und im selben Moment ist nur noch Wasser um mich herum. Zuerst verstehe ich überhaupt nicht, was los ist. Sind wir jetzt untergegangen? Hat eine Welle das Dach abgerissen? Oder das Schiff umgedreht? Wo sind Johan und Moses? Liegen wir schon auf dem Meeresgrund?

Aber dann richtet sich die Jenny M doch wieder auf. Langsam und taumelnd wie eine Boxerin nach einem Niederschlag. Das Wasser im Steuerhaus rauscht durch den Niedergang in den

Bauch des Schiffs. Noch funktioniert die Beleuchtung in der Kajüte. Sie zeigt das ganze Ausmaß der Katastrophe. Irgendetwas muss uns getroffen haben. Vielleicht ein Baumstamm. Vielleicht ein abgebrochener Mast. Oder ein losgerissenes Ruderboot? Die komplette Front des Steuerhauses ist eingedrückt und die Fenster sind alle zersplittert. Als würden wir in einem offenen Carport stehen. Gischt und Regen peitschen uns in die Gesichter und mit jeder großen Welle rollt ein neuer Berg Wasser in unser Schiff.

Johan startet sofort die Maschine und nach zwei oder drei Sekunden kommt dann auch das Bollern aus den Tiefen unseres Schiffs. Wahrscheinlich will er versuchen, die Jenny M zu drehen, damit uns die Wellen nicht mehr von vorne treffen und nicht mehr so viel Wasser in den Bauch unseres Schiffes schwappt. Aber offenbar ist es nicht einfach, ein Schiff in solcher See umzudrehen, ohne dass eine Welle das Schiff ganz auf die Seite legt.

»Mach unser Rettungsfloß klar«, sagt Johan zu seinem Vater. Und zu mir sagt er: »Hol alles von unten raus, was wir gebrauchen können. Essen, Decken, Planen, Eimer.« Es ist immer noch keine Panik in seiner Stimme.

Ich springe mit einem Satz den Niedergang runter und kämpfe mich durch das ganze runtergefallene Zeug bis zur Speisekammer. Dort greife ich, was in den Regalen vorne steht. Eingeschweißtes Brot, Salami, Orangensaft, Erdnüsse, haltbare Milch. Mein Notizbuch packe ich in eine wasserdichte Tüte und stopfe es mir unter das Hemd. Ich finde einen Revolver mit Signalmunition und ein Pressluftnebelhorn und zwei große Messer. Aber mehr als drei oder vier Sachen kann ich nicht gleichzeitig tragen, wenn ich die Treppe damit wieder hochkommen will.

Immer wieder schießt mir dabei ein Schwall Wasser entgegen.

Ich schmeiße das Zeug oben einfach auf den Boden und dort schnappt sich Johan die Vorräte und trägt sie an Deck. Der Vater leuchtet mit der Taschenlampe hinter ihm her. Die Rettungsinsel hat sich bereits entfaltet. Sie sieht aus wie eine Mischung aus kleiner Hüpfburg und Campingzelt und schwimmt direkt neben dem Schiff. Dort, wo man die Bordwand wegklappen kann. Der Vater hat sie mit einem Tau an die Reling geknüpft. Wenn eine Böe kommt, wird sie hochgewirbelt wie ein Luftballon und zerrt an der Leine. Immer wieder schlittert Johan mit den Vorräten unterm Arm über das Deck und versucht, sie durch einen Spalt in das Floß zu werfen. Ungefähr die Hälfte davon landet im Wasser.

Ich klettere nach unten, um noch einige Eimer zu holen, aber das Einzige, was ich finde, sind die beiden großen Spaghettitöpfe. Mittlerweile geht mir das Wasser in der Kombüse bis zu den Knien. Irgendwie fühlt sich das Schiff auch schon schwerfälliger an. Aber das kann natürlich auch Einbildung sein. Immer noch bollert der Motor, auch die Beleuchtung ist noch intakt.

»Wir müssen weg«, sagt Johan, »lange hält das Schiff nicht mehr durch.«

Mit einem Handgriff schraubt er den Kompass ab und schnappt sich den kleinen batteriebetriebenen Plotter und dann eilen wir aus der Kajüte und rutschen über das Deck rüber zur Reling. Der Vater ist bereits in die Rettungsinsel gesprungen. Er kniet am Rand und hält das Tau nur noch lose um die Reling geschlungen. So, dass er nur noch loslassen muss, sobald wir an Bord sind. Oder falls das Schiff im nächsten Moment in die Tiefe rauscht.

»Spring«, sagt Johan zu mir.

»Wie denn springen?«, frage ich.

»Egal, mach einen großen Schritt oder Kopf voran, nur spring.«

»Und wenn ich das Floß verfehle?«

»Du verfehlst es nicht, mein Vater fängt dich schon auf.«

»Okay«, antworte ich, »dann mach ich das mal«, aber bevor ich noch richtig in Position bin, trifft uns der nächste Brecher. Ich krache gegen die Bordwand. Der Vater wird von der Wucht in das Innere der Rettungsinsel geschleudert. Überhaupt keine Chance, das Tau irgendwie in den Händen zu halten. Auch Johan hängt halb über der Reling. Aber er hat die Taschenlampe noch in der Hand. Die Insel wird schneller weggeblasen, als ihr der Leuchtkegel folgen kann.

KAPITEL 21

»Das ist jetzt nicht so günstig«, sagt Johan und zieht mich zurück in die Kajüte. Mir steckt der Schock in allen Gliedern. Johan wirkt unverändert.

»Wir haben noch ein Ruderboot«, sagt er. »Hinten am Heck. Ich versuche, es startklar zu machen. Und du sammelst ein, was du noch findest. Egal, alles kann helfen.« Dann eilt er wieder hinaus in die Nacht.

Erst jetzt merke ich, dass der Motor im Rumpf gar nicht mehr bollert. Dann versagt auch die Elektrik mit einem Zischen. Nur noch Schwarz um mich herum. Ich taste die Treppe nach unten und stehe schon auf der dritten Stufe mit den Füßen im Wasser. Von dort bis zur Decke ist es maximal noch ein halber Meter. Das reicht, um schwimmen und atmen zu können. Aber wenn ich die Lebensmittel finden will, muss ich in der Dunkelheit nach ihnen tauchen.

Wenn mir jemand das vor einer Woche erzählt hätte, hätte ich ihm einen Vogel gezeigt. Niemals im Leben würde ich in völliger Dunkelheit in den Bauch eines untergehenden Schiffs tauchen. Unter gar keinen Umständen nicht. Schon der Gedanke daran hätte mich komplett panisch gemacht. Was, wenn gerade in diesem Moment das Schiff versinkt? Oder ich in der Dunkelheit nicht mehr die Treppe nach oben finde?

Hier aber denke ich keine Sekunde nach. Ich stürze mich in das Wasser, und obwohl ich schon von oben bis unten nass bin, ist die Kälte noch mal wie ein richtiger Schock. Einundfünfzig Grad Fahrenheit hat der Computer vor einer Weile gesagt. Das sind noch nicht mal elf Grad. Es fühlt sich an wie unterhalb des Gefrierpunkts. Das Herz bollert mir bis in den Schädel. Ich atme einmal tief ein, dann taste ich mich am Geländer nach unten. Rechts herum, die nächste Tür ist die Speisekammer. Sie müsste immer noch offen stehen. Das oberste Regal ist bereits leer geräumt, ich muss tauchen und greife nach allem, was meine Hände berühren. Damit schwimme ich schnell wieder hoch, bis ich atmen kann, dann einen Zug nach links bis zur Treppe. Dort schaufele ich die Beute über den Rand. Bestimmt sieben-, achtmal tauche ich runter, bis ich in der Kammer nur noch ins Leere greife.

Danach fische ich alles heraus, was in der Kombüse jetzt unter der Decke schwimmt. Zwei leere Kanister, die Wathose von der Wand, eine Öljacke und die beiden Polster, die auf den Bänken gelegen haben.

Zum Schluss schwimme ich noch einmal bis zum Ende des Raums und tauche runter in meine Koje. Ich pflücke die beiden Angeln von der Wand, aber auf halbem Weg wird die Luft so knapp, dass ich in Panik gerate. Ich lasse die Angeln fallen, um ganz schnell nach oben zu schwimmen. Eine Weile schnaufe ich in der Luftblase unter der Decke durch, bis ich wieder bei Atem bin.

Hier unten bekommt man vom Schaukeln des Schiffs nicht sehr viel mit. Oder es liegt schon so tief, dass es gar nicht mehr richtig schaukelt. Ich versuche, mich nicht zu bewegen, um die Orientierung nicht zu verlieren. Zum Glück finde ich eine der Angeln beim zweiten Abtauchen direkt unter mir. Von dort sind es nur noch ein oder zwei Meter bis zum Niedergang. Als ich auftauche, steht das Wasser bereits an der obersten Stufe.

Dort wartet auch Johan auf mich. Er nimmt die Angel entgegen und dann reicht er mir seine Hand und zieht mich mit einem Ruck aus dem Wasser und stellt mich direkt auf die Füße. Mit der Taschenlampe leuchtet er über die Beute. Sechs Flaschen Rum, vier Dosen Ananas, ein Klotz geräucherter Schinken, in Plastik geschweißt. Und fünf Pakete Kaffee, mit denen wir gar nichts anfangen können.

»Greif dir, so viel du tragen kannst«, sagt Johan, »wir müssen hier raus. Jetzt sofort auf der Stelle.«

Die Amplituden des Schiffs sind tatsächlich kleiner geworden. Kein Kränken mehr, nur noch ein Mitrollen in der Welle. Die Reling und die Aufbauten sind das Einzige, was draußen von der Jenny M noch aus dem Wasser ragt. Das Deck ist bereits überspült. Unser Ruderboot pendelt am Heck an einem kleinen Auslegerkran. Eine Handbreit über dem Wasser. Die Form erinnert an ein Holzboot mit Planken, aber es ist ganz aus Aluminium gemacht. Johan hat eine Plane über den vorderen Teil gezurrt. Wir schmeißen unsere Sachen ins Boot, ich klettere über den Rand, Johan läuft noch einmal zurück, um das restliche Zeug zu holen.

Ich glaube, es sind die schlimmsten Minuten des ganzen Tags. Tauchen ist auf jeden Fall tausendmal einfacher, als zu warten. Was ist, wenn Johan jetzt nicht mehr wiederkommt? Wie soll ich ihn dann noch retten können? Oder er mich? Ich würde ganz sicher nicht überleben in so einer Schale.

Irgendwann steht er dann wieder neben mir. Er schiebt den Ausleger über das Heck hinaus und lässt das Boot herunter aufs Wasser. Als auf dem Tau keine Spannung mehr liegt, schneidet er es mit einem Messer durch und macht im selben Moment einen großen Schritt in das Boot. Ohne dass es dabei bedenklich wackelt. Mit beiden Armen stößt er uns von der Reling ab. Schon die nächste Welle katapultiert uns hinaus in die Finsternis. Ich habe Mühe, im Boot zu bleiben. Von der Jenny M ist nichts mehr zu sehen. Als hätte das Schiff nie existiert.

Johan reicht mir seine Taschenlampe herüber. »Mach mir mal Licht«, bittet er. Im Boot liegen zwei Riemen und mehrere Planen und Taue und das ganze andere Zeug aus der Kajüte. Johan knüpft die Neopren-Wathose an eines der Taue und das andere Ende an unser Heck, dann lässt er die Hose ins Wasser gleiten.

»Unser Treibanker«, erklärt er. »Ohne einen Treibanker dreht uns der Wind sofort quer in die Welle und wir überleben hier keine Minute. Wichtig ist aber, dass das Tau mindestens so lang ist wie der Abstand der Wellen.«

»Warum erzählst du mir das?«, frage ich.

Johan antwortet nicht. Das Seil in seiner Hand ist sofort auf Zug und rauscht dann durch seine Finger. Er bremst es, so gut er kann, aber als es zu Ende ist, gibt es trotzdem noch einen heftigen Ruck, dass ich beinahe ein zweites Mal ins Wasser geschleudert werde. »Wenn du jetzt über Bord gehst, war's das mit dir«, sagt Johan. »Du musst unter allen Umständen im Boot bleiben. Egal, wie heftig die Wellen sind, die uns treffen. Du schaffst es nicht mehr, das Boot zu erreichen, wenn du erst mal im Wasser liegst. Wir werden schneller weggetrieben, als überhaupt ein Mensch schwimmen kann. Also fall um Gottes willen jetzt nicht über Bord.«

»Ist aber nicht so einfach«, entgegne ich. »Bei den brutalen Bewegungen, die unser Ruderboot macht.«

»Ich weiß, deshalb sag ich es ja. Immer eine Hand an der Bordwand. Egal, was du tust. Und kannst du vielleicht mal die Lampe still halten? Sonst sehe ich nichts.«

»Versuche ich doch«, antworte ich. Aber ich bin von oben bis zu den Zehen klatschnass, und die Kälte hat mich so sehr im Griff, dass ich es nicht mehr schaffe, mein Zittern zu kontrollieren.

Johan holt ein Taschenmesser aus seiner Hosentasche und klappt es auf. Damit schneidet er den Boden eines Kanisters weg, sodass daraus praktisch eine riesige Schöpfkelle wird. Mit einem Eins-a-Handgriff. »Ich schaufle jetzt eine Stunde lang Wasser«, sagt er, »das ist das Wichtigste im Moment. Je weniger Wasser im Boot ist und je höher wir liegen, desto größer ist unsere Chance, zu überleben bei diesem Wetter. Und du kriechst bitte unter das Zelt und wärmst dich auf und schläfst eine Stunde.«

»Wie denn wärmen, wenn ich innen drin schon ein Gletscher bin?«

»Ja, ich weiß, ist unangenehm«, sagt Johan. »Kaure dich zusammen wie ein Embryo und wickle dich in eine Plane.«

»Warum machst du aus dem zweiten Kanister nicht auch noch so einen Schöpfer?«, frage ich. »Dann schöpfen wir beide und mir wird warm dabei.«

»Bewegung bei Unterkühlung kann tödlich sein«, erklärt Johan. »Außerdem brauchen wir den Kanister noch für unser Trinkwasser.«

»Und wo kriegen wir das Trinkwasser her?«

»Das ist einfach, es regnet die ganze Zeit.«

»Okay«, sage ich und krieche unter die Plane, aber in Wahrheit ist gar nichts okay. Wie soll ich mir Wärme geben, wenn ich auch hier halb im Wasser liege und alles in mir so fürchterlich kalt ist? Kälte plus Kälte ergibt keine Wärme, jedenfalls nicht bei mir. Und wie soll ich schlafen, wenn ich viel zu ängstlich und angespannt bin, um überhaupt meine Augen zu schließen? Nur einen Millimeter entfernt vom Heulen. Oder aufzugeben und sich einfach über die Bordwand fallen zu lassen ins Meer. Johan hat unter dem Zelt die Polster drapiert. Sodass man eigentlich dort bequem schlafen kann. Ich habe immer noch die Taschenlampe in meiner Hand. Auf den Polstern liegt eine zweite Plane. Und auf ihr rollen unsere Vorräte herum. Die Konservendosen. Die Rumflaschen. Noch scheint nichts kaputtgegangen zu sein in der Welle.

Ich habe noch nie einen Schluck Rum getrunken in meinem Leben. Aber über Alkohol weiß ich so ziemlich alles. Schon als Kind habe ich jeden Satz zu diesem Thema gelesen, den ich in die Finger bekam. Natürlich weiß ich auch, dass Rum Gift ist bei einer Unterkühlung, weil Alkohol die Adern erweitert und das kalte Blut aus den Armen und Beinen dann die Organe flutet. Und weil der Alkohol dem Menschen nur die Illusion von Wärme gibt, aber in Wahrheit Wärme entzieht. Trotzdem schraube ich jetzt eine der Flaschen auf. Ist sowieso egal, denke ich. Der erste Schluck Alkohol meines Lebens brennt wie Hölle in meinem Rachen, und dann spüre ich, wie die Wärme langsam den Hals herunterrinnt. So, dass man ganz genau fühlt, wo sich der Schluck gerade befindet. Dann sammelt sich die Wärme wohlig im Magen und breitet sich langsam im ganzen Körper aus. Aber lange hält das Gefühl nicht an. Nach fünf Minuten kippe ich gleich noch einen Schluck hinterher. Da brennt der Rum nur noch mit halber Kraft. Vielleicht wird doch alles gut, denke ich. Bestimmt sogar. Ich muss nur loslassen. Und schlafen. Loslassen ist nicht schwer, wenn man sowieso keine Kraft mehr hat.

Irgendwann spüre ich Johans Hand an meiner Schulter. Als ich die Augen öffne, denke ich zuerst, dass immer noch Nacht ist, aber dann sehe ich an den hellen Ritzen, dass Johan nur die Plane über das ganze Boot gerollt und hinten befestigt hat, sodass kaum noch Spritzwasser in unser Boot eindringt. Wie durch Watte höre ich, dass der Regen immer noch auf die Plane pladdert.

»Wie lange hab ich geschlafen?«, frage ich.

»Keine Ahnung, draußen ist es auf jeden Fall Tag.«

»Warum hast du mich nicht geweckt?«

»Kein Mensch kann hier draußen in so einem Boot alleine überleben. Wir schaffen es nur zu zweit. Ich brauche dich. Und du brauchst die Pause.«

»So edel?«, murmele ich. Ich zittere immer noch und klappere mit den Zähnen.

»Nicht edel, Eigennutz«, antwortet er. Er legt zwei Finger an meinen Hals und zählt dabei, dann greift er nach einer Ananasdose und zieht den Deckel einen Spalt weit hoch, dass die Flüssigkeit herauslaufen kann, aber die Ananas in der Dose bleibt. »Trink«, befiehlt er, »du brauchst den Zucker.«

Danach beginnt er vorsichtig, meine Klamotten auszuziehen. »Bleib liegen und beweg dich nicht«, sagt er. Er knüpft die Schuhe auf. Danach die Hose, die Jacke, das Hemd. Dabei fällt auch der wasserdichte Plastikumschlag mit meinem Notizbuch heraus. Zum Schluss liege ich komplett nackt auf dem Polster.

»Nicht dein Ernst«, fragt er, »in so einer Situation rettest du dein Notizbuch?«

»Damit es irgendwas gibt, was von mir bleibt«, antworte ich, aber gerade finde ich, dass es ziemlich bescheuert klingt, und dann ist es mir wieder egal, dass es so klingt. Überhaupt keine Energie mehr für einen klaren Gedanken. Auch Johan streift sich jetzt seine Kleidung ab. Unter seiner Regenjacke und dem Pullover trägt er ein weißes T-Shirt, das er mir zuerst über den Kopf stülpt und dann um den Körper wickelt. Es ist warm und ein bisschen feucht, aber nicht nass, und so groß, dass ich dreimal hineinpassen würde. Danach drückt er mich in die stabile Seitenlage und robbt von hinten an mich heran. Er schiebt seinen Arm unter meinen Kopf und mit dem anderen zieht er zuerst sein Hemd und dann die Plane wieder über seine und meine Schulter. Er klemmt meine Füße zwischen seine Schenkel und schlingt seinen Arm um meinen Körper, dass ich mich fühle wie in einer warmen Höhle.

»Was ist mit dem Boot«, frage ich, »musst du nicht aufpassen? Oder schöpfen?«

»Der Treibanker hält uns im Wind und die Plane schützt uns eine Weile vor der Gischt und dem Regen. Wird schon gehen. Kann nur passieren, dass uns eine Welle voll erwischt und die Plane wegreißt. Dann kann ich immer noch anfangen, wieder zu schöpfen. Wichtiger ist jetzt, dass du dich nicht komplett unterkühlst. Glaubt man nicht, aber Unterkühlung ist richtig gefährlich.«

Doch edel, denke ich. Sein Körper fühlt sich warm und fest und irgendwie unverrückbar an. Wie eine Schutzhütte. Ein Wall aus Muskeln gegen die Gefahren der Welt. Ich wühle mich noch ein bisschen tiefer in seinen Körper und klammere mich an seine Arme. Mein Kopf liegt auf seinem Bizeps. Das beste Kopfkissen überhaupt. Perfekt zum Einschlafen. Denke ich noch.

KAPITEL 22

Als ich das nächste Mal aufwache, liege ich allein auf den Polstern. Johan hat das hintere Viertel der Plane wieder eingerollt. Immer noch regnet es und manche Wellen sind auch immer noch höher als ein zweistöckiger Bus. Aber vielleicht sind sie schon ein klein wenig niedriger als in der vergangenen Nacht. Trotzdem sieht unser Boot in diesen Monsterwellen bei Tag noch lachhafter aus.

Überhaupt nicht vorstellbar, dass wir es damit bis an die Küste schaffen. Auf der anderen Seite ist Johan der weltbeste Ruderer in der Welle. Hat doch der Großvater mal erzählt. Außerdem hat alles, was Johan bisher angepackt hat, auch funktioniert. Der Treibanker hält unser Heck im Wind und die meisten Wellen laufen gerade unter dem Boot hindurch. Nur manchmal ist eine Welle so hoch und steil, dass sie das Boot beinahe senkrecht stellt und wir wie von einem Balkon direkt in das brodelnde Wellental schauen. Aber auch da sorgt der Treibanker dafür, dass wir uns nach vorne nicht überschlagen können.

Johan schöpft wieder Wasser aus unserem Boot. Neben ihm steht eine der Ananasdosen. »Wir haben zu zweit pro Tag eine halbe Dose«, sagt er, als er registriert, dass ich wach bin. »Das bedeutet, jeder von uns kann am Tag zwei Scheiben essen. Magst du eine davon jetzt haben?«

»Erst anziehen«, sage ich.

»Nimm die Wathose«, antwortet er. »Sie ist noch nass innen, aber wenn du sie erst mal aufgewärmt hast, hält sie dich für den Rest unserer Reise warm.«

»Kein Treibanker mehr?«, frage ich.

»Da hängt jetzt deine normale Hose dran. Und eine Schwimmweste. Das genügt. Ist wichtiger, dass du warm bleibst.«

Ich schlüpfe in die richtig ekligen, nassen, kalten Hosenbeine des Neoprens und in den genauso ekligen, nassen Pullover, und dann reicht mir Johan die Öljacke rüber, die ich gestern auch noch rausgefischt habe aus unserem Schiff.

»Du weißt schon, dass es dein Verdienst ist, wenn wir es schaffen«, sagt Johan und schiebt die Konservendose zu mir. »Das war eine absolut mutige, fantastische Nummer: in der Dunkelheit in ein untergehendes Schiff zu tauchen, also Respekt, das war, was soll ich sagen, das war monstertapfer von dir. Ohne die Sachen, die du uns gesichert hast, hätten wir hier draußen absolut keine Chance.«

»Du bist bisher aber auch ganz okay«, antworte ich.

»Bei mir ist es nur mein Job«, erklärt Johan, »aber du machst tausendmal mehr, als ich von Leuten wie dir jemals erwartet hätte.«

»Überschlag dich mal nicht«, sage ich, »sonst gehen dir hier noch die Superlative aus«, und dann knie ich mich wieder vor die Mittelbank und übernehme das Schöpfen. Johan beugt sich über unsere Plane. Die ganze Nacht lang hat er sie mit dem unteren Teil der Angel nach oben gespannt wie ein Zeltdach, damit das Wasser über die Bordwand ins Meer abläuft und nicht ins Boot tropft. Jetzt entfernt er den Stock, und da ist die Plane kein Dach mehr, sondern eine Kuhle, in der sich der Regen sammelt. Mit unserem aufgeschnittenen Kanister schaufelt er das Wasser in das intakte Modell. Länger als geschätzte zehn Minuten dauert es nicht, bis der Fünf-Liter-Behälter voll ist. Das Wasser darin schmeckt ein wenig salzig, aber auch nicht zu sehr. Als Überlebenstrinkwasser ist es vermutlich ziemlich okay.

»Was meinst du, wie es deinem Vater geht?«, frage ich Johan beim Schöpfen.

»Um meinen Vater musst du dir keine Sorgen machen«, antwortet er, während er mit der Angel wieder die Plane spannt. »Ihm kann praktisch nichts passieren auf seinem Floß. Es ist wasserdicht. Er hat mehr Lebensmittel, als er essen und trinken kann. Er hat einen Transponder, der seine Position durchgibt. Er hat einen GPS-Plotter und Signalmunition. Und die leuchtend gelbe Rettungsinsel ist vom Flugzeug aus auch relativ leicht zu erkennen. Mein Vater wird garantiert in den nächsten Tagen gefunden werden.«

»Und was ist mit uns?«

»Uns findet keiner, wir müssen es selbst an die Küste schaffen.«

»Aber die Coastguard sucht uns doch ganz bestimmt.«

»Die Coastguard interessiert sich einen Scheiß für alles, was außerhalb der Zweihundert-Meilen-Zone passiert. Selbst wenn sie eine richtig gute Chance hätte, uns zu finden. Sie würde nicht nach uns suchen.«

»Woher willst das wissen?«

»Ich habe dort gearbeitet vor zwei Jahren. Bete zu Gott, dass du niemals darauf angewiesen bist, dass diese Truppe dich rettet. Sie wird es verkacken, da kannst du sicher sein.«

»Weißt du denn, wo wir sind?«, frage ich.

»Ungefähr, ich kann nicht exakt sagen, wie uns die Drift versetzt hat. Aber die groben Koordinaten kenne ich.«

»Und die wären?«

»Als unser Schiff unterging, befanden wir uns am nordöstlichen Ende des Flemish Caps. Wir haben Wind aus Osten, und das Wasser ist kalt, also kommt die Strömung aus Norden. Über Nacht haben uns Sturm und Strömung deshalb Richtung Westsüdwest versetzt. Ich schätze, wenn der Wind so bleibt, kreuzen wir morgen wieder die Rinne, die die Grand Banks vom Flemish Cap trennt. Irgendwo in der Mitte ungefähr über dem Carson Canyon, schätze ich.«

»Und wie lange brauchen wir von deinem Carson Canyon zurück nach Sambro?«

»Wir versuchen es nicht nach Sambro. Unser Ziel ist Trepassey. Das ist der östlichste Hafen Neufundlands. Ungefähr vierhundert Seemeilen von hier. Nach Trepassey schaffen wir es in einer Woche. Maximal zehn Tagen.«

»Wie sicher bist du dir damit?«

»Womit?«

»Dass wir es schaffen?«

»Hundert Prozent.«

»Und woher weißt du, wo Westen ist? Wenn wir nachts die Sterne nicht sehen? Und tagsüber nicht die Sonne?«

»Ich kenne das Wetter hier. Ich weiß, wo das Zentrum des Sturms liegt und wann und wohin sich der Wind dreht während der nächsten Tage. Also kenne ich auch die Himmelsrichtung.«

»Aber es kann doch sein, dass sich Meer und Wind diesmal ganz anders verhalten als sonst.«

»Das kann theoretisch immer sein.«

»Und praktisch?«

»Praktisch denke ich nicht über Dinge nach, die mir nicht helfen und die ich nicht für wahrscheinlich halte.«

Das klang jetzt nicht so verheißungsvoll, fand ich.

»Und wie kommen wir dann nach Trepassey? Hoffen wir einfach, dass wir in den Hafen getrieben werden?«

»Wir müssen schon ein bisschen was tun dafür. Aber nicht

jetzt. Du kannst nicht gegen diesen Sturm rudern. Und schon gar nicht gegen die Welle. Zurzeit können wir nur dafür sorgen, dass wir nicht untergehen.«

»Du hast überhaupt keine Angst, nicht wahr?«, frage ich Johan.

»Wovor? Dass wir sterben?«

»Zum Beispiel.«

»Ich habe keine Angst vor dem Tod. Und außerdem weiß ich, dass wir es an die Küste schaffen.«

»Weil du praktischerweise nicht an Dinge denkst, die dir nicht helfen?«

»Genau«, sagt er und lacht, und ich denke, wie wunderbar das Leben sein muss, wenn man die Augen so vor den Gefahren verschließen und sich selbst so belügen kann, dass man ganz ohne Angst durch das Leben läuft.

Das Seltsame ist, dass mich seine Zuversicht trotzdem beruhigt. Ich meine, ich weiß, dass diese Zuversicht Schwachsinn ist, weil logischerweise immer etwas passieren kann, aber trotzdem funktioniert sie sogar bei mir.

»Ich muss dich was fragen …«, sage ich, »… schon die ganze Zeit. Das ist extrem wichtig.«

Johan nickt. »Klar, was ist?«, fragt er.

»Warum hast du deinen Großvater in den Tod geschickt? Warum warst du so kalt und emotionslos, als er nicht mehr zurückgekehrt ist? Warum hast du nicht wenigstens draußen an Deck nach ihm gesucht?«

»Ich hab was? Das ist jetzt nicht dein Ernst. Du glaubst nicht wirklich, dass ich ihn in den Tod geschickt habe, oder?«

»Was denn sonst?«, sage ich.

Eine ganze Weile starrt Johan nur bewegungslos vor sich hin. Er hört sogar auf, das Wasser aus unserem Boot zu schöpfen.

»Du hast überhaupt nichts verstanden«, antwortet er schließlich. »Wie kann es sein, dass du so blind bist? Ich habe meinen Großvater nicht in den Tod geschickt. Natürlich nicht. Mein Großvater ist der wichtigste Mensch in meinem Leben. Sowieso wichtiger als mein Vater. Und sogar wichtiger als meine Mutter oder irgendeine andere Frau. Von ihm habe ich alles gelernt. Meine Liebe zum Wasser. Meine Leidenschaft für die Fischerei. Er hat mir alles beigebracht, was ich über das Meer und die Fische und das Wetter weiß. Er war mein Vorbild. In allem. Als Seemann und als Fischer und auch als Mann. Er hat mich dabei ermutigt, wenn ich die Schule schwänzte, um am Meer zu sein. Er hat mich bei meinen Lehrern und meinen Eltern gedeckt, er hat mich verteidigt, wenn ich nach einer Schlägerei zwischen den ›Engländern‹ und den ›Deutschen‹ mit zerfetzten Klamotten nach Hause kam. Er hat mich monatelang mit hinausgenommen aufs Meer, als ich ein paar Probleme mit Drogen hatte. Er hat mich meine Werte gelehrt, als ich echt in Gefahr war, ein richtiges Arschloch zu werden. Ohne meinen Großvater wäre ich gar nichts. Also auf jeden Fall nicht der, der ich heute bin. Es gibt keinen Menschen, den ich mehr bewundert habe als ihn. Das kannst du glauben. Für meinen Großvater hätte ich alles gemacht. Natürlich schicke ich meinen Großvater nicht in den Tod! Was für eine lächerliche, abwegige Idee! Was denkst du dir bloß, wenn du so etwas sagst?«

»Aber ich hab's doch gesehen. Wie du ihm zugenickt und ein Zeichen gegeben hast, dass er rausgehen soll. Und wie er dann in den Sturm verschwunden ist und nicht mehr wiedergekommen ist. Und keinen von euch hat es erschüttert.«

»Das hast du garantiert nicht gesehen. Du hast gesehen, dass er mir zugenickt hat und dass ich mich von ihm verabschiedet habe und dass er danach gegangen ist.«

»Das nennst du eine Verabschiedung? So ein lächerliches Heben des Fingers? Ich meine, du musstest doch damit rechnen, dass er es nicht schafft da draußen.«

»Ich habe nicht damit gerechnet. Ich habe es gewusst.«

»Aber dann verabschiedet man sich doch nicht so von seinem liebsten Menschen.«

»Sondern?«

»Weiß nicht, jedenfalls nicht so.«

Eine Weile herrscht Schweigen auf unserem Boot. Ein paarmal setzt Johan an, um irgendetwas zu sagen, aber dann verstummt er doch wieder.

»Nun red schon«, meine ich endlich zu ihm, »lass dir nicht alles aus der Nase ziehen.«

»Ich weiß nicht …«, antwortet er, »das ist jetzt nicht leicht … und ich meine … vielleicht ist es sogar ein Verbrechen … ich weiß es echt nicht.«

»Nichts, was du sagst, verlässt jemals dieses Boot«, antworte ich.

»Du bist doch genau deshalb hier«, entgegnet Johan. »Dass du meldest, wo wir überall gegen die Gesetze verstoßen. Das ist dein Job.«

»Jetzt nicht mehr. Jetzt sitzen wir beide im selben Boot.«

»Wir sind nicht hier, um Fische zu fangen«, beginnt Johan schließlich. »Die ganze Reise nicht. Wir sind aufs Meer gefahren, um den letzten Wunsch meines Großvaters zu erfüllen: frei und selbstbestimmt seinem Leben ein Ende zu setzen. Das war immer sein Plan. Ins Meer gehen, wenn er nicht mehr der Mensch sein kann, der er sein will. Du musst wissen, mein Großvater war zeit seines Lebens der stolzeste, stärkste Mann, den ich jemals gekannt habe. Er hatte vor gar nichts Angst. Nur eben vor dieser einen Sache: dass er den Zeitpunkt verpasst, an dem er noch selbst bestimmen kann, wann er uns und unsere Welt verlässt, und dass er dann ans Bett gefesselt dahinsiecht und sich nicht mehr wehren kann. Lieber wollte er ein Jahr zu früh gehen, als nur noch dazuliegen und in eine Flasche zu pinkeln. Es ist jetzt zwei Jahre her, dass er es zum ersten Mal versucht hat. Er hatte damals eine ganz schlechte Phase: eine Lungenentzündung nach der anderen und so schwere Gicht in den Gelenken, dass er sich manchmal kaum noch bewegen konnte. Außerdem hat er ein so starkes Zittern in seinen Händen gehabt, dass wir ihn füttern mussten. Er konnte nicht mehr selbstständig trinken, er brauchte Windeln, und manchmal hat er sich auch vollgeschissen, weil er es einfach nicht mehr kontrollieren konnte. Damals schon fand er, dass es genug ist und dass es für ihn an der Zeit wäre zu gehen. Aber ich habe ihn angebettelt, dass er noch wartet damit. Ich wollte, dass er meine zukünftige Frau kennenlernt. Und meine zukünftigen Kinder. Und noch mehr wollte ich, dass sie ihn kennenlernen. Am Ende hat er eingewilligt. Aber ich musste ihm versprechen, dass ich ihm beim Sterben helfe. Falls er selbst nicht mehr die Kraft hat dazu.«

»Und jetzt sollte es so weit sein?«, frage ich. »Ich meine, seit dein Großvater das Schiff betreten hatte, ging es ihm doch richtig gut. Fand ich.«

»Du weißt nicht, wie es für einen stolzen Mann ist, den ganzen Tag in seiner eigenen Scheiße zu waten. Und wie es sich anfühlt, wenn der Enkel ihn dann in der Nacht, wenn keiner zuschaut, aus der Wathose schälen und waschen und säubern muss. Oder wie es sich für ihn anfühlt, wenn er keine andere Wahl hat, als sich selbst in die Schuhe zu pinkeln. Weil er mich sonst jede halbe Stunde darum bitten müsste, dass ich ihm die Hose herunterziehe und den Schwanz halte. Diesem Baum von einem Mann. Den nie etwas umhauen konnte und der sich niemandem gebeugt hat und der unabhängiger und selbstbestimmter gelebt hat als irgendwer sonst. Das war ihm unendlich wichtig: niemals auf jemanden angewiesen sein. Niemals zulassen, dass ein anderer Mensch über das eigene Leben bestimmt. Und jetzt musste er realisieren, dass genau das nicht mehr möglich war. Alle haben sie über ihn bestimmt. Die Ärztin, die Krankenschwester, die Krankenkasse, die eigenen Kinder. Die ganze bittere Wahrheit für meinen Großvater war: Das Alter hat ihm seine eigenen Ideale zerstört. Also hat er beschlossen, dass nun endgültig sein Zeitpunkt gekommen ist. Der letzte selbstbestimmte Akt seines Lebens. Unsere ganze Fahrt hierher zum Flemish Cap hatte nur dieses eine Ziel. Er wollte dort sterben, wo er seine größten Kämpfe gefochten hat und wo er immer am lebendigsten war: am äußersten Rand unseres Kontinents. Als du aufgetaucht bist, war es für uns alle die Katastrophe. Vor allem, weil es die letzte mögliche Fahrt in diesem Jahr war. Eine Zeugin war das Allerletzte, was wir gebrauchen konnten. Aber auf dem Meer hat sich mein Großvater dann sogar gefreut, dass du da warst. Ich habe ihn in den letzten beiden Jahren nicht mehr so kraftvoll gesehen. Ich glaube, er hat gerne mit dir gesprochen. Und noch glücklicher war er über den Sturm, weil es genau seiner Vorstellung von einem würdigen Ende entsprach: von einer tosenden, aufgewühlten, gewaltigen See verschlungen zu werden. Und nicht in einer netten, lieblichen Dünung unterzugehen. So hat er es sich gewünscht. Er war so glücklich auf dieser Fahrt wie seit Monaten nicht.«

»Und du? Warst du auch glücklich?«

Johan schaut mich lange und gedankenverloren an mit seinen grauen, melancholischen Augen, als müsse er erst einmal alle Ecken in seiner Seele absuchen nach einer ehrlichen, wahrheitsgemäßen Antwort.

»Ja«, sagt er schließlich leise und schlicht. »Ja, ich war glücklich … darüber dass mein Großvater glücklich war … … und dass ich ihm das geben konnte, was er sich am meisten gewünscht hat.«

»Aber du hast ihn doch auch für immer verloren dadurch.«

»Ich habe meinen Großvater nicht verloren durch seinen Tod. Nur seine Gegenwart. Ich schätze, dass so was schwachsinnig für dich klingt: Aber ich trage ihn immer mit mir.«

KAPITEL 23

Klingt das schwachsinnig, was Johan gesagt hat? Ich bin mir nicht sicher. Als meine Mutter die Familie verlassen hat, war sie im selben Moment aus meinem Leben verschwunden, als sie mit ihrem Rollkoffer von unserem Grundstück auf die Straße bog. Toter kann ein Mensch gar nicht sein. Dabei ist sie sogar noch lebendig. Aber vielleicht ist das so, wenn man sich von einem anderen Menschen nicht verraten fühlt so wie ich, sondern ihn wirklich liebt. Wäre auf jeden Fall schön, denke ich, wenn es so wäre. Wenn die Liebe es schaffen kann, dass jemand für immer in einem wohnt.

»Du hast vorhin gemeint, dass du vielleicht ein Verbrechen begangen hast mit dieser Fahrt«, sage ich. »Und dass du es mir deshalb nicht erzählen willst. Welches Verbrechen denn? Was meinst du damit?«

»Na ja«, antwortet Johan, »da kommt vielleicht schon was infrage. Unterlassene Hilfeleistung? Aktive Sterbehilfe? Keine Ahnung, so was halt.«

»Aber woher sollen die Leute wissen, dass der Tod deines Großvaters kein Unfall war?«

»Vielleicht weil du es ihnen erzählst.«

»Warum sollte ich?«

»Auf jeden Fall hast du mich damit jetzt in der Hand.«

»So wie du mich die ganze Zeit schon in der Hand hast. Aber darum geht es doch gar nicht. Ich finde, dass du im Gegenteil nichts Böses getan hast. Jedem Menschen muss es erlaubt sein, über den eigenen Tod zu bestimmen. Und jedem muss es auch erlaubt sein zu helfen, wenn er darum gebeten wird.«

»Die meisten Menschen sehen das anders.«

»Ich aber auf keinen Fall. Wäre auch unlogisch, finde ich. In unserer Welt dürfen die Menschen alles machen oder in sich reinschütten, was sie irgendwann tötet: Sie dürfen sich besaufen. Sie dürfen rauchen. Sie dürfen sich auch zu Tode fressen. Und keine Firma kriegt Ärger, weil sie den Menschen ihren Selbstmord auf Raten verkauft. Aber wenn der Tod dann tatsächlich anklopft, ist plötzlich jede Hilfe verboten. Das ist krank, wenn du mich fragst.«

»Genau das meinte ich«, antwortet Johan. »Ihr Menschen aus der Stadt habt zum Tod ein abgrundtief krankes Verhältnis. Ihr habt ihn in die letzte, dreckige Ecke eures Lebens gepackt, wo ihr ihn garantiert nicht mehr ansehen müsst. Und wo er dann auch irgendwann nicht mehr vorkommt. Und genauso benehmt ihr euch. Als wärt ihr alle unsterblich und die Natur wäre es auch und als hätte euer Handeln überhaupt keine Folgen. Ihr zerstört die Natur und euch selbst und begreift es noch nicht einmal. Ihr macht aus unserer wundervollen, lebendigen Natur ein totes Stück Disneyland, weil ihr nicht sehen wollt, dass es ohne Tod keine Schönheit und kein Werden und Vergehen mehr gibt. Wenn ihr nicht lernt, den Tod als einen Teil des Lebens zu akzeptieren, werdet ihr die Natur komplett und für immer zerstören. Das ist die ganz banale Wahrheit.«

Um ehrlich zu sein, klingen Johans Worte in diesem Moment ziemlich verkopft für mich und überhaupt nicht nach einem Leben mit der Natur, aber es klingt auch so, als hätte sich Johan lange darüber Gedanken gemacht, und deshalb muss es ja nicht gleich falsch sein. Wenn ich einmal länger an einem Thema nage, bleibt am Ende auch nur ein totes Gerippe übrig.

Eine Weile hängen wir beide unseren Gedanken nach, ohne etwas zu sagen. Ich schöpfe und Johan bohrt jetzt mit seinem Taschenmesser in der mittleren Sitzbank herum. Die ist aus Eiche und ungefähr vier Zentimeter dick und nach einer geschätzten Stunde ist er noch nicht einmal bis zur Hälfte durch.

»Was soll das werden?«, frage ich ihn, als wir mal wieder wechseln und er mir sein Messer in die Hand drückt.

»Ein Loch«, antwortet er, und ich sage: »Ach nee, ist nicht dein Ernst«, aber er verzieht keine Miene. »Wir werden einen Mast setzen und segeln«, meint er, »aber erst, wenn der Sturm etwas nachgelassen hat. Noch würde er alles zerfetzen.« Er zeigt auf unsere Plane, die sich wieder einmal an einer Stelle losgerissen hat und im Wind knallt wie eine Fahne. Das passiert gefühlt ungefähr alle halbe Stunde einmal. Nicht nur wegen des Sturms. Noch öfter sind die Wellen schuld. Die meisten rollen, ohne Schaden anzurichten, unter unserem Boot hindurch. Aber manchmal bricht eine auch, während wir noch im Wellental sind, und dann klammern wir uns mit beiden Händen an die Sitzbank und von hinten rauscht eine Tonne Wasser über uns hinweg und reißt die Plane aus ihrer Befestigung. Danach steht das Meer ungefähr stiefelhoch in unserem Rumpf, und ich muss wie ein heiß laufendes Mühlrad das Wasser zurück ins Meer schaufeln, damit die nächste Welle nicht unsere letzte ist. Aus irgendeinem Grund sind es meistens drei große Wellen hintereinander und dann kommt erst einmal wieder eine ruhigere Phase.

Während ich schöpfe, knotet Johann erneut unsere Plane fest, und als er damit fertig ist, übernimmt er das Schöpfen. Und ich bohre mit seinem Messer weiter in der Sitzbank herum. Knoten, schöpfen, bohren und alle Stunde ein kleines Stück Ananas. So geht das den ganzen Tag. Ich habe meine beiden Scheiben in jeweils acht Stücke geschnitten und lutsche an jedem so lange herum, bis ich nichts mehr im Mund habe als ein paar Fasern.

Immer noch ist unsere Lage in diesem winzigen Boot grotesk angesichts der riesigen Wellen und des brutalen Sturms. Aber Johan hat so eine natürliche ungebeugte Art, sich in dieser Hölle zu bewegen, als hätte er sein ganzes Leben nichts anderes gemacht. Alles, was er anfasst, wirkt effizient und unaufgeregt und zu keinem Zeitpunkt hektisch und panisch.

»Wie lange hast du denn geschlafen heute?«, frage ich ihn in einem ruhigeren Moment.

»Keine Minute«, antwortet er. »Ich bin sofort wieder aufgestanden, als du eingeschlafen warst. Wir können nicht beide zur gleichen Zeit die Augen zumachen. Das ist viel zu gefährlich.«

»Aber ich kann auch nicht alleine aufpassen auf das Boot«, sage ich. »Ich weiß doch gar nicht, was ich wann tun soll.«

»Musst du auch nicht. Der Sturm wird heute Nacht schon anfangen abzuflauen. Ich schätze, morgen haben wir höchstens noch acht Beaufort. Die Wellen werden noch einen Tag länger so brutal sein wie jetzt, aber dann werden auch sie langsam übergehen in eine hohe Dünung. In drei bis vier Tagen sind wir auf der sicheren Seite. Was das Querschlagen oder Kentern betrifft. Dann müssen wir es nur noch zurück an die Küste schaffen. Drei bis vier Tage ohne zu schlafen, kriege ich hin.«

»Woher weißt du das alles?«

»Ich weiß das. Können wir uns darauf einigen, dass du mir da vertraust?«

»Mache ich sowieso«, antworte ich. »Schon die ganze Zeit. Was meinst du, wann können wir anfangen, das Segel zu setzen?«

»Morgen, wenn alles gut läuft.«

»Und in der Nacht?«

»In der Nacht schläfst du und ich halte das Boot trocken. So weit das möglich ist.«

»Ich muss aber heute nicht schlafen«, antworte ich. »Mir geht es schon besser. Und die Wathose hält tatsächlich ein bisschen warm.«

»Auch gut«, sagt Johan, »dann wechseln wir uns weiter ab mit dem Schöpfen und Bohren.«

Trotzdem ist es schon Nacht, als Johan entscheidet, dass unser Loch in der Sitzbank nun endlich groß genug ist. Erkennen kann ich gar nichts mehr. Noch nicht einmal Johan, der jetzt direkt neben mir auf der hinteren Bank sitzt. So nahe, dass sich unsere Beine berühren. »Der Schwerpunkt des Boots muss im hinteren Drittel liegen«, erklärt er. »So surft es besser die Wellen herunter. Wir dürfen auf gar keinen Fall mit dem Bug unterschneiden. Wenn wir vorne unter Wasser kommen, haben wir augenblicklich verloren.«

Das ist der Moment, als die Angst wieder zurückkehrt zu mir. Ich kann nichts anderes tun, als ihm blind zu vertrauen. Im wahrsten Sinne des Wortes. Schlimmer und totaler war ich noch nie einem Menschen ausgeliefert als jetzt gerade in dieser Situation. Absolut hilflos und ahnungslos und um mich herum nur dieses totale, alles verschlingende Schwarz und riesige Wellen, die nach mir greifen und die ich nicht kommen sehe und von denen jede so gewaltig ist, dass sie mich aus dem Boot schleudern kann auf den Grund des Meers.

Genauso stelle ich mir eine Hinrichtung vor. Wenn ein Strick um deinen Hals liegt und du einen schwarzen Sack über dem Kopf hast und nichts mehr siehst und nur noch darauf warten kannst, dass sich der Boden unter den Füßen öffnet. Und dann fällst du, und bevor du das überhaupt realisierst, ist dein Leben mit einem Ruck schon vorbei.

Diese Nacht ist tausendmal schlimmer als alle Nächte zuvor. Auch als die vergangene Nacht auf diesem winzigen Boot. Da war ich viel zu erschöpft, um überhaupt noch etwas zu fühlen. Oder zu denken. Und schon gar nicht darüber, wie aussichtslos und gefährlich unsere Lage eigentlich ist. Jetzt aber merke ich, wie sich alles in mir verkrampft und wie sich meine Finger an die Sitzbank klammern, dass ich sie kaum noch lösen und gerade biegen kann, wenn ich diejenige bin, die mit dem Schöpfkanister hantieren muss. Dann knie ich mich mit meiner Wathose auf den Boden ins Wasser, und Johan rutscht in die Mitte und presst seine Beine um meinen Körper wie ein Schraubstock, aus dem ich im Leben nicht mehr herausrutschen kann. So habe ich beide Hände frei für die Arbeit. Umgekehrt funktioniert das nicht so gut. Ob ich das Wasser dabei wirklich zurück ins Meer schaufele oder nur wieder ins Boot, sehe ich nicht.

Es ist auch nicht so, dass wir uns in dieser Situation irgendetwas erzählen würden. Zumindest ich kann das nicht. So voll mit Angst, dass da keine Kapazität mehr ist zum Reden. Johan dagegen versucht es ein paarmal mit irgendwelchen nautischen Heldengeschichten, aber als ich nicht reagiere, hört er schnell wieder auf damit. Ich glaube, ich habe in meinem Leben noch nie den Tagesanbruch so sehr herbeigesehnt wie in dieser Nacht.

KAPITEL 24

Das erste ganz leichte Grau in unserem Rücken ist wie eine Erlösung. Auch wenn es kein freundlicher Streifen Hoffnung am Horizont ist, sondern nur ein Verblassen der Dunkelheit. Immer noch hängen die Wolken tief und bedrohlich über dem Meer. Und immer noch ist die See hoch genug, um uns leicht zu zermalmen.

Nur der Sturm hat ein klein wenig abgeflaut, so wie es Johan vorhergesagt hat. Aber er ist immer noch stark genug, um die Gischt von den Wellenkämmen zu reißen und das Boot umzuwerfen, wenn man nicht aufpasst.

»Welche Windstärke haben wir noch?«, frage ich Johan.

»Ungefähr acht«, antwortet er, »aber das Gefährliche an solchen Bedingungen ist niemals der Wind. Das Gefährliche sind immer die Wellen.«

»Und trotzdem willst du jetzt schon ein Segel setzen? Ist das nicht ein bisschen zu früh dafür?«

»Du musst wirklich zu allem deinen Kommentar abgeben, nicht wahr?«, antwortet er. »Auch wenn du nicht den Hauch einer Ahnung hast.«

»Man muss nicht wissen, wie etwas geht, um erkennen zu können, dass es nicht geht«, entgegne ich.

»Aber im Moment geht noch gar nichts. Also kannst du auch

nichts erkennen. Du darfst gerne den Mund aufmachen, wenn wir am Segeln sind. Vorerst hältst du bitte die Klappe.«

Ich kann nicht sagen, dass mich sein Entschluss kaltlässt. Und dass es leicht wäre, ruhig zu sein. Für mich fühlt sich unser Leben immer noch an wie das Balancieren eines Sektglases auf einem Tablett im Gedränge.

Johan aber zieht schon einen der beiden Holzriemen unter den Bänken heraus und schiebt ihn durch das Loch in der Sitzbank. Obwohl er vorher überhaupt nichts zum Messen hatte, passt das Holz mit ein bisschen Drehen und Wackeln saugend hinein. Das Ende klemmt er hinter die einlaminierten Spanten unter der Bank, sodass wir jetzt einen Mast haben, der unverrückbar in der Mitte des Boots senkrecht nach oben ragt. Ungefähr zwei Meter fünfzig hoch. Sein Durchmesser ist nicht mehr als fünf Zentimeter.

»Meinst du, das Holz ist stabil genug für den Sturm?«, frage ich.

»Wenn es die dreifache Dicke hätte, wäre mir wohler«, antwortet Johan. »Das Segel darf halt jetzt nicht zu groß sein. Maximal deine Öljacke, die wäre perfekt.«

»Soll ich sie ausziehen?«, frage ich.

»Warte noch ein bisschen«, antwortet er und knotet erst einmal zwei Schlaufen in ein weiteres Tau, das er am Heck ins Wasser lässt, bis die ganze Länge hinter uns schwimmt. Danach zieht er die Hose mit der Schwimmweste wieder ins Boot. Die beiden Sachen sind im Wasser so brutal schwer, dass wir uns zu zweit mit voller Kraft gegen die Leine stemmen, um sie Meter für Meter ins Boot zu bekommen.

»Was hast du denn daran gebunden?«, frage ich ihn.

»Nichts weiter. Der Widerstand, den du spürst, ist nur der Wind, der unser Boot mit richtig viel Schub nach vorne drückt.«

»Ich dachte, es ist gefährlich, wenn wir den Treibanker einholen«, entgegne ich. »Weil, du hast doch gemeint, dass wir keine Minute überleben, wenn das Boot erst einmal querschlägt.«

»Deshalb haben wir auch achtern das Tau mit den Schlaufen ins Wasser gebracht. Das genügt, um uns im Wind zu halten, aber bremst beim Segeln nicht so, dass wir überhaupt nicht mehr vorwärtskommen.«

»Okay, du bist der Boss«, sage ich und ziehe meine Öljacke aus, und Johan dreht den Riemen noch einmal aus dem Loch und stülpt die beiden Ärmel über das Holz. Dann steckt er es erneut durch die Sitzbank und fixiert die Ärmel mit einem Stück Angelschnur an der dünnsten Stelle. Zum Schluss knüpft er an die beiden Enden des Jackensaums jeweils ein Tau und wickelt sie um die hintere Sitzbank. So, dass er die Taue mit einem einzigen Handgriff lösen kann.

Der Wind greift auch sofort in den Stoff, und am Heck zeigen die Strudel, dass das Boot ziemlich schnell Fahrt aufnimmt. Den zweiten Riemen legt Johan griffbereit neben sich. Falls er ihn einmal braucht, um zu steuern.

»Das alles funktioniert aber nur, weil wir Wind aus achtern haben«, erklärt er, während er die Länge der Taue noch einmal reguliert. »Kreuzen können wir mit diesem System nicht. Noch nicht einmal segeln bei halbem Wind.«

Ich habe keine Ahnung, was »halber Wind« heißt, aber ich habe auch keine Lust, danach zu fragen. Ohne Öljacke ist mir sofort wieder kalt. Immerhin hält mich mein Anorak relativ trocken. Und immer noch pladdert der Regen.

»Komm wieder nach hinten«, sagt Johan, als ich mich neben den Mast setzen will. »Jetzt ist es noch wichtiger, dass wir den Bug aus dem Wasser kriegen.«

Ich verstehe so gut wie gar nichts vom Segeln, aber eines

merkt sogar ein Laie wie ich: dass dieses Boot überhaupt nicht gebaut ist dafür. Wir kommen in diesem Sturm zwar wahnsinnig schnell ins Gleiten, selbst mit einer Öljacke als Segel, aber dabei schlingert unser Boot so brutal hin und her, dass ich denke, wir machen gleich eine Rolle oder überschlagen uns oder so was.

Einmal denkt Johan das auch. Da bricht das Boot wirklich zur Seite weg und er lässt sofort alle Leinen schießen und hängt mit dem Oberköper praktisch schon in der Welle. Mit einer Hand klammert er sich an den Mast. Mit der anderen schiebt er sich weit über den Rand, wie ein Regattasegler in seinem Trapez. Das Boot liegt schon fast quer und rutscht mit der Breitseite die Welle herunter. Alles, was nicht unter der Plane liegt, purzelt ins Wasser: der eingeschweißte Schinken, zwei Flaschen Rum. Den Schöpfkanister erwische ich gerade noch mit der Hand, bevor er in den Fluten verschwindet. Dann ziehen die Schlaufen im Wasser unser Boot wieder gerade.

Johan rutscht wieder auf die Sitzbank und knüpft mit einem Reststück des Taus eine enge Schlinge ans Heck, durch die er von hinten den zweiten Riemen führt. Damit sieht er jetzt aus wie ein sitzender Gondoliere.

Das hat den Vorteil, dass wir damit richtig gut steuern können. Und es hat den Nachteil, dass Johan eine Hand für das Ruder braucht und mit der anderen Hand zwei Leinen gleichzeitig halten muss und keine mehr übrig hat für sich und das Schiff.

»Warum gibst du mir nicht das Ruder?«, frage ich, aber Johan schüttelt den Kopf und sagt: »Das sieht einfacher aus, als es ist.«

»Dann eben die beiden Seile.«

»Aber du lässt sie im selben Moment los, in dem ich es sage. Kein Nachfragen, kein Diskutieren, sofort Schießenlassen, das ist überlebenswichtig.«

»Aye, Sir«, antworte ich, »krieg ich hin.«

Im Prinzip könnte auch meine Oma den Job erledigen. Zumindest was die Leinen betrifft. Johan hat sie einmal rund um die Sitzbank geschlungen, ich muss sie nur noch locker in meinen Händen halten. Kein Druck auf den Enden. Kein Trimmen des Segels.

Wenn wir nicht in einer so absolut beschissenen, gefährlichen Lage wären, würde ich sogar sagen: Segeln in der Welle macht richtig Spaß, auch wenn die Wellen hier draußen schon anders sind als auf den Bildern, die man vom Surfen so kennt. Das sind keine glatten, steilen, wunderschönen Wasserwände, die sich in einem perfekten Bogen selbst überschlagen. Im Sturm sind die Wellen flacher und unruhiger und rauer, und jede riesige Welle besteht aus hundert kleinen Wellen, die aus unterschiedlichen Richtungen kommen. Sie ergießen sich auch nicht von oben in unser Boot, sondern das Weißwasser rollt wie eine Lawine in den Alpen von hinten über uns weg. Das ist jedes Mal furchterregend.

Danach stehen wir in unserem Boot bis zur Wade im Wasser, und über das tiefdunkle Meer hat sich ein Gitterwerk aus weißer Gischt gelegt, das sich erst langsam auflöst. Bis zur nächsten Lawine.

Surfen im Sturm ist wie Querfeldein-Downhill-Fahren mit einem Mountainbike. Im Unterschied zum Motorradfahren auf einer frisch asphaltierten Straße.

Trotzdem schießt unser Boot auch hier mit einer irren Geschwindigkeit runter ins Wellental und mit derselben Geschwindigkeit rollt die Welle unter uns mit. Ich habe keine Ahnung, wie schnell wir sind. Aber es fühlt sich an, als würden wir so keine drei Tage brauchen, um in diesen Hafen zu kommen, von dem Johan gesprochen hat.

Manchmal sind wir sogar zu schnell für die Welle. Dann müssen wir uns zu zweit ganz weit nach hinten lehnen, was die Fahrt etwas bremst. Bis wir wieder so langsam sind, dass uns die Welle fast überholt und ich ganz schnell zum Bug robben muss, damit unser Boot nach vorne kippt und beschleunigt.

Einige Male läuft die Welle auch unter unserem Rumpf hindurch. Das fühlt sich an, als würde das Boot plötzlich stoppen und rückwärtsrutschen, bis uns die nächste Welle erst hinten anhebt und steiler stellt und dann wieder nach oben trägt.

Das Ganze hat tatsächlich etwas von Sport, weil man immer voll konzentriert sein muss und überhaupt keinen Raum hat für Angst oder Nachdenken oder irgendwas.

Als es Abend wird, bin ich so erschöpft, dass ich mich eigentlich nur noch anlehnen möchte. Von mir aus auch nur an den Mast. Zum Glück hat Johan nicht vor, in der Dunkelheit weiterzusegeln. Mit dem letzten Licht der Dämmerung rollt er die Öljacke um das Holz und verschnürt es mit beiden Tauen. Er wirft zusätzlich zur Leine unseren Treibanker wieder aus und zieht dann das Ruder aus der Schlaufe am Heck. »Das Einzige, was wir in der Nacht tun können, ist, am Leben zu bleiben«, sagt er.

Am Anfang sitzen wir einfach nur so zusammen auf der hinteren Bank. Manchmal schöpft einer von uns etwas Wasser. Es ist nicht mehr so viel im Boot wie in der vergangenen Nacht. Aber es ist mehr als während des Segelns. Ich kaue an einer Scheibe Ananas, Johan tastet unter der Plane nach dem Rum und nimmt einen Schluck. Dann reicht er die Flasche rüber. Vielleicht liegt es daran, dass ich seit gestern praktisch nichts mehr gegessen habe. Der Alkohol schwemmt in mir sofort alle Endorphine nach oben. Als würde ich mich plötzlich selbst lieben und alle Menschen um mich herum.

Es ist das erste Mal, dass ich meinen Vater ein bisschen verstehe. Dass dieses Gefühl süchtig machen kann: wenn man spürt, dass man gar nicht das kalte, einsame Universum ist und dass es keine Grenzen gibt zwischen den Menschen und dass alle zusammengehören und jeder Mensch es verdient hat, dass man ihn liebt.

Ich wühle meine Hand unter Johans Arm und ziehe mich ganz nah an ihn heran und lehne meinen Kopf gegen die Schulter.

Von seiner Reaktion sehe ich nichts, weil es zu dunkel ist, um überhaupt noch etwas zu sehen. Aber er lässt es geschehen. Immerhin.

»Ich möchte dich noch was fragen«, sage ich nach einer Weile. »Du hast doch gesagt, dass du deinem Großvater deine künftige Frau und deine zukünftigen Kinder vorstellen wolltest. Und dass er deshalb noch nicht in den Tod gehen durfte.«

»Stimmt, das hab ich gesagt.«

»Ja also … hat es geklappt?«

»Was jetzt?«

»Dass er deine zukünftige Frau kennengelernt hat.«

Johan macht eine lange Pause. Ich spüre seinen Atem mehr, als ich ihn höre. Und wie er nach Worten sucht, aber in sich keine findet.

»Großvater sagt Ja … ich sage Nein«, meint er schließlich.

»Verstehe ich überhaupt nicht, die Antwort«, erwidere ich.

Da greift Johan nach meiner Hand. Er löst meine Finger von seinem Arm und legt sie wieder zurück auf mein eigenes Knie. So, dass ich auch gar nicht mehr gegen ihn lehne.

»Mein Großvater hat gemeint, dass du später mal meine Frau werden wirst. Das hätte das Schicksal für uns so bestimmt, er würde das schon ganz genau sehen. Und er hat gesagt, dass er froh darüber ist, dass er dich noch kennengelernt hat, und dass sein Herz jetzt leichter ist, seit er das weiß, und dass er fröhlicher in den Tod gehen kann, weil er sich um mich keine Sorgen mehr machen muss.«

»Und was hast du ihm geantwortet?«, frage ich.

»Ich habe gemeint, dass eine Frau wie du niemals mit einem Mann zusammen sein wird, der Fische ermordet.«

»Und da hast du verdammt noch mal recht«, antworte ich, auch wenn das in meinem Leben gerade nur noch die halbe Wahrheit ist, weil die andere Hälfte von mir gar nicht mehr weiß, was sie noch denken soll. Es ist, als wäre das Raster meines ganzen Koordinatensystems während dieser Fahrt unscharf geworden. Und vielleicht hat es sich sogar ganz aufgelöst.

Noch vor einer Woche habe ich in Sarahs Büro gesessen und in meiner Welt gab es nur Gut und Böse und dazwischen war absolut kein Platz für irgendein Grau. Die Guten lieben die Tiere und die Bösen quälen und essen sie. Das war klar wie der Wodka, den mein Vater immer gebechert hat.

Und jetzt? Jetzt gibt es für mich plötzlich keine einfachen Antworten mehr. Jetzt bewundere ich Sarahs Kompromisslosigkeit genauso wie Johans Stärke und Eindeutigkeit und ich treibe selbst hilflos zwischen den beiden Polen. Nirgendwo Land und noch nicht mal ein Rettungsfloß, an das ich mich klammern könnte.

Johan liebt die Natur, und gleichzeitig tötet er Tiere, und Sarah liebt auch die Natur und wünscht ihm trotzdem die Pest an den Hals, obwohl er das Meer mindestens so gut kennt und genauso liebt wie sie selbst.

Und dann ist es noch so, dass sich die beiden mit Sicherheit hassen würden, wenn sie sich treffen, ich aber könnte beide gleichzeitig lieben, und vielleicht tue ich das sogar, so verworren und kompliziert ist das alles gerade.

»Und was ist, wenn ich es doch könnte?«, frage ich. »Wenn

ich mit einem Menschen zusammen sein könnte, der Fische ermordet, was wäre dann?«

»Dann würde ich auf jeden Fall mit dir fischen gehen«, sagt Johan und lacht, und ich lache auch, obwohl es gar nichts zum Lachen gibt, weil Johan nur zu feige ist für eine klare Antwort.

KAPITEL 25

Noch in der Nacht fühlt es sich an, als würde dem Sturm langsam die Luft ausgehen. Auch die Wellen scheinen ruhiger und länger und flacher zu werden. Nur noch einmal passiert es, dass wir wieder im Wasser stehen. Und auch das ist kurz nach der Dämmerung.

Als der Morgen graut, trennt Johan deshalb aus der Plane ein zweites quadratisches Segel, dessen Seiten ungefähr so lang sind wie unser Mast. An einer Seite schneidet er alle dreißig Zentimeter einen Schlitz in das Gewebe und die gegenüberliegenden Ecken schlingt er zu einem Knoten und knüpft dort ein Tau in den Wulst. Dann zieht er den Mast aus der Öljacke und fädelt ihn durch die Schlitze.

Ich sage dieses Mal nichts dazu. Auch wenn ich mir überhaupt nicht vorstellen kann, wie diese Konstruktion einem Sturm standhalten könnte. Die Schlitze reißen doch sofort auf, denke ich, da muss nur ein bisschen Druck auf dem Segel sein.

Zusammen holen wir den Treibanker wieder ein, was dieses Mal deutlich einfacher ist, dann setzt Johan Ruder und Mast, und der Wind bläht augenblicklich das Segel. Wir jagen in einem atemberaubenden Tempo die Wellen herunter. Aber das Segel hält. Vielleicht liegt es daran, dass Johan die Schnitte auf der Seite gesetzt hat, an der sich am Rand eine doppelte Naht befindet. Trotzdem sind wir mit dem Segel viel zu schnell in der Welle.

Immer wieder lässt Johan die Leinen schießen, weil sich der Mast unter der Last gefährlich biegt. Dann nehmen auch die Wellen und der Wind allmählich zu. Als hätte der Sturm nur einmal ausgiebig Luft geholt.

»Wir brauchen deine Öljacke wieder«, sagt Johan und drückt mir das Ruder in die Hand. »Das Geheimnis beim Steuern ist, dass du schon reagieren musst, wenn das Boot in eine andere Richtung will. Nicht erst, wenn es bereits in eine andere Richtung fährt. Bis du es dann wieder auf Kurs bringst, hat uns die Welle längst umgedreht.«

»Und wie merke ich, dass unser Boot in eine andere Richtung will?«

»Du merkst es am Ruder, wenn du das Boot verlierst«, sagt er, und mit so einer Antwort kann ich natürlich original überhaupt nichts anfangen, aber da ist Johan schon nach vorne geklettert und versucht, den Mast aus dem Loch aus der Sitzbank zu ziehen.

Vielleicht liegt es an dem Druck, der trotz des flatternden Segels immer noch auf dem Mast ist. Keine Ahnung. Johan jedenfalls zieht und dreht daran mit all seiner Kraft, aber nichts bewegt sich in diesem Moment, und dann merke ich, wie ich plötzlich keinen Druck mehr auf meinem Ruder habe und dass das Boot überhaupt nicht mehr auf meine Bewegungen reagiert. Was ist jetzt los?, denke ich noch, da rutscht das Boot schon die Welle herunter, und unten krachen Tonnen von Weißwasser auf das Heck, und das Boot macht fast einen Salto rückwärts.

Der Bug steigt senkrecht nach oben und Johan wird in die Luft katapultiert. Bestimmt zwei oder drei Meter. Ich sehe ihn durch das Weißwasser, wie er strampelt, um irgendwie Kontrolle zu kriegen über sein Gleichgewicht, oder vielleicht bilde ich mir das auch nur ein, das weiß ich jetzt nicht, dann fällt er wieder zurück ins Boot. Er knallt mit dem Oberkörper auf die Bordwand, Kopf und Brust hängen über dem Wasser, die Beine liegen im Boot. Tausend Gedanken schießen durch meinen Kopf: Ohnmächtig? Tot? Wirbelsäule gebrochen? Querschnittsgelähmt? Was mach ich jetzt? Wie zerre ich so einen Berg von Mensch wieder ins Boot? Alles wild durcheinander.

Ich lasse das Ruder los und springe nach vorne, über die mittlere Sitzbank, aber da wälzt er sich schon aus eigener Kraft wieder zurück ins Boot.

»Pass auf das Ruder auf«, ruft er. Ich drehe mich um und sehe, wie es in Zeitlupe aus der Schlaufe rutscht. Als ich das Holz endlich zu fassen kriege, ist es praktisch schon verschwunden in der Weite des Ozeans.

Johan hat sich in der Zwischenzeit wieder aufgerichtet. Auch er steigt über die mittlere Sitzbank. Sieht aus, als ob er massive Schmerzen hat. Die linke Hand umfasst seinen Bauch, die rechte Hand baumelt herunter wie damals bei meiner Mutter. Er atmet flach, und für eine Sekunde kneift er die Augen zusammen, und die Kaumuskeln sehen aus wie Wülste unter der Haut, so fest beißt er sich auf die Zähne, dann hat er sich aber wieder im Griff.

»Was ist los?«, frage ich.

»Nichts …«, presst er heraus, »… keine Ahnung, fühlt sich an, als hätte ich mir den Arm und ein paar Rippen gebrochen.«

»Dann zieh dich aus, ich schaue mir das an«, sage ich.

»Ich komm schon klar«, antwortet er. »Gib mir das Ruder. Und du schöpfst erst mal das Wasser aus unserem Boot.«

Vorsichtig setzt er sich auf die Bank und legt sich mit der linken Hand den rechten Arm auf die Knie. Dann zieht er das Ruder durch die Schlaufe ins Boot, bis nur noch das Ruderblatt über das Heck ragt. Ich schöpfe, so schnell ich kann, das Segel schlägt mit den losen Tauen im Wind, dass ich aufpassen muss, nicht getroffen zu werden.

Als Nächstes wickele ich die Plane um den Mast und verknote sie mit den Tauen zu einer Wurst. »Den Treibanker raus?«, frage ich, aber Johan sagt: »Lass mal, eigentlich tun es die Schlaufen im Wasser auch.«

»Dann mach dich jetzt oben frei«, sage ich, »wir müssen doch schauen, was los ist … warte, ich helfe …«

»Bist du Krankenschwester, oder was?«, fragt er.

»Halt die Klappe«, antworte ich. »Ich bin Hypochonder … was glaubst du wohl? Ich kenne jedes beschissene Krankheitsbild.«

»Na dann«, murmelt Johan, aber es ist nicht einfach, auf einem wackligen Boot einem Menschen Jacke, Pullover, Hemd und T-Shirt über den Kopf zu ziehen, wenn er seinen Arm praktisch nicht mehr bewegen kann. Als er endlich mit seinem nackten Oberkörper vor mir sitzt, ist der Bruch des Unterarms gleich mit bloßem Auge zu erkennen. Sieht aus, als hätte sich die Hand auf dem Arm um einen Zentimeter nach außen verschoben. Außerdem ist der Arm schon jetzt dick geschwollen. Am Oberkörper ist nur ein Bluterguss, aber Bruch oder Prellung macht sowieso keinen Unterschied, weil beides irrsinnig wehtut und man gegen beides nichts ausrichten kann. Außer schonen.

Johan fischt mit der gesunden Hand das Messer aus seiner Hosentasche. »Kannst du von der Plane noch mal ein Dreieck wegschneiden?«, fragt er. »Mit einem Meter Kantenlänge pro Seite.«

Aus dem Dreieck knote ich dann eine Schlaufe, die er sich über den Kopf stülpt und in die er ganz vorsichtig seinen Unterarm schiebt.

»Tut es sehr weh?«, frage ich.

»Geht, hab schon Schlimmeres überstanden«, antwortet er und versucht sich an einem Lächeln, und man muss schon ganz genau hinschauen, um zu erkennen, welche Anstrengung ihn dieses Lächeln kostet. Ich weiß, dass ich so eine männliche Tapferkeitsschauspielerei eigentlich schwachsinnig finden müsste, aber ehrlich gesagt bin ich auch ziemlich beeindruckt davon. Wie er die Schmerzen einkapselt, nur damit ich mein letztes bisschen Zuversicht nicht verliere.

Ich schneide dann vom T-Shirt unten noch einen zehn Zentimeter breiten Streifen weg und fixiere damit den Arm samt Schlaufe an seinem Körper. Danach reicht ihm das T-Shirt noch knapp bis zum Nabel.

»Und jetzt?«, frage ich.

»Jetzt bin ich das Hirn, das die Befehle gibt. Und du bist mein Muskel, der sie ausführt.«

»Oder du bist der Krüppel, der sich nicht mehr selbst den Arsch abwischen kann. Und ich bin diejenige, die uns beide sicher zurück in den Hafen bringt.«

»Oder so«, lacht Johan. »Ist auch ’ne Sichtweise. Aber natürlich nicht meine.«

Seine ist: Bloß keine seemännischen Experimente mehr. Lieber ein kleines Segel als eine große Katastrophe. Lieber einen Tag länger auf dem Wasser als nie mehr an Land. Und lieber sitzt er am Ruder, als dass er es noch mal mir überlässt. Steuern kann er auch noch mit einer Hand. Alles andere ist ab jetzt mein Job.

»Weißt du eigentlich, was passiert ist?«, frage ich ihn, als ich das Boot aufgeklart habe und am Mast wieder die Öljacke hängt.

»Wir haben echt Glück gehabt«, sagt er. »Wir sind quer zur Welle gekommen, und du hast nicht schnell genug reagiert, aber die Welle hat uns dann nicht längsseits getroffen und umgeworfen, sondern ist von schräg achtern gekommen und von oben aufs Heck gekracht.«

»Also bin ich schuld an der Sache?«, frage ich.

»Und ich auch«, antwortet Johan, »ich habe dich schließlich ans Ruder gelassen.«

»Aber wir schaffen es trotzdem, oder?«

»Mach dir keine Gedanken, ich habe alles im Griff.«

Nur nicht die Schmerzen. Man merkt es daran, wie häufig er in den nächsten Stunden zum Rum greift. Zwei Flaschen haben den Crash zum Glück überlebt. Auch mein wasserdicht verpacktes Notizbuch spüre ich noch unter dem Hemd. Dass uns die beiden Kanister geblieben sind, liegt daran, dass wir sie weit unter die Plane geschoben haben. Verschwunden sind dagegen der restliche Rum. Und zwei Dosen Ananas. Eine haben wir bisher zusammen gegessen. Und die letzte hat sich zwischen Mast und Spanten verklemmt und ist nicht am Heck über die Bordwand gerollt.

»Am besten fangen wir heute schon an, uns Essen zu organisieren«, sagt Johan. »Wir werden wahrscheinlich nicht die ganze Zeit segeln können, irgendwann werden wir rudern müssen. Das heißt, wie's aussieht, wirst du rudern müssen. Auf Dauer schaffst du das nicht, wenn du kraftlos und ausgezehrt bist.«

Ich schaue Johan an. Direkt in die Augen. »Aber du willst jetzt nicht, dass ich Fische fange?«, sage ich. »Das kannst du vergessen, das mach ich auf gar keinen Fall.«

»Das machst du auf jeden Fall«, entgegnet Johan. »Hier geht's nicht um irgendeine beschissene Luxusmoral. Hier geht es um dein und mein Überleben.«

»Ich habe aber gar keinen Hunger«, sage ich, und das ist tatsächlich die Wahrheit, obwohl ich nur vier Scheiben Ananas hatte in den vergangenen vier Tagen. Wenn man die beiden Sturmtage auf der Jenny M dazuzählt. Mehr war es nicht.

»Das ist normal, dass du keinen Hunger hast«, erwidert Johan. »Aber das bedeutet nicht, dass du kein Essen brauchst. Du hast es gerade eben erlebt, wie es ist, wenn man einen Moment unkonzentriert ist. Eine kleine Schwäche, und schon ist es das gewesen mit uns und unserem Leben.«

»Dann fang du doch die Fische, du kennst dich ja aus mit dem Töten.«

»Angeln ist ein bisschen komplexer als Arschabwischen. Das geht nicht ohne zwei funktionierende Hände.«

»Mir egal«, antworte ich, und er sagt: »Boah, Mädchen, warum kannst du nicht einmal im Leben geschmeidig sein?«

Ernsthaft? Geschmeidig? Das ist ja wohl eine der miesesten, sexistischsten Vokabeln, die ein Mann in Bezug auf eine Frau überhaupt in den Mund nehmen kann. Von dort ist es auch nicht mehr weit bis »willig«.

»Ich hau dir gleich ganz geschmeidig was in die Fresse«, sage ich.

»Ich hau zurück«, erwidert er nüchtern, ohne mich anzuschauen. Eine Weile sitzen wir schweigend nebeneinander. Keine persönlichen Worte mehr. Nur noch seine Kommandos. »Segel dichter … nach vorn … schnell nach hinten … Treibanker ins Boot.« Solche Befehle halt. Wobei das mit dem Treibanker so brutal schwer ist, dass ich kurz davor bin, einfach die Leine zu kappen. Keine Chance am Anfang, das Seil auch nur einen Zentimeter zurück in unser Boot zu ziehen.

Später merke ich, dass es leichter ist, wenn man den Rhythmus der Wellen nutzt. Festhalten auf der Flanke. Und ziehen, sobald eine Welle uns überholt hat. Gegen Nachmittag lässt auch der Wind wieder etwas nach. Vielleicht war es am Morgen wirklich nur das letzte Aufbäumen eines sterbenden Sturms. Ich schaue Johan an. Er hat immer noch Schmerzen und saugt permanent an seinem Rum. Fühlt sich an, als wäre ich für ihn weiter weg als die Küste.

Normalerweise bin ich echt gut darin, eine eisige Stimmung zu ignorieren. Ich kann so was endlos aushalten. Tausendmal eingeübt. Mein ganzes früheres Leben war praktisch ein einziger emotionaler Gletscher. Aber hier ist das anders. Hier fühlt sich Schweigen wie eine Zwangsjacke an, in die man so fest geschnürt wurde, dass kein Platz mehr zum Atmen bleibt.

»Wann sollen wir denn angeln?«, frage ich schließlich und könnte mir dabei selbst ins Gesicht schlagen für so wenig Rückgrat.

»Solange wir segeln, müssen wir es gar nicht erst ausprobieren«, erklärt Johan immer noch kühl. »Wir fangen an, wenn wir das Segel einpacken und den Treibanker werfen. Beim jetzigen Tempo schleppen wir den Köder nur an der Oberfläche hinter uns her. Wir müssen ihn runter auf Grund bringen. Im Freiwasser fängst du nichts. Und schon gar nicht mit diesem Pilker.«

Dieser »Pilker« ist ein silbernes Stück Metall, das aussieht wie ein Schuhlöffel, nur etwas kleiner, mit roten Fransen und einem Drillingshaken am dicken Ende. Kann man sich gar nicht vorstellen, dass ein Fisch so ein Stück Blech appetitlich findet. Außerdem sind die Haken stumpf und total verrostet. Wenn den ein Fisch im Maul hat, stirbt er augenblicklich an einer Blutvergiftung, schätze ich.

»Die Fische, die man mit so was fangen kann, halten sich am Meeresgrund auf«, erklärt Johan noch. »Schellfisch, Pollack, Dorsch. Vielleicht auch ein Rotbarsch.«

»Und was muss ich machen, um einen davon zu erwischen?«

»Das ist ganz einfach. Du lässt den Pilker auf den Grund sinken, dann hebst du die Rute an, sodass sich der Köder da unten ein bis zwei Meter nach oben bewegt. Danach senkst du sie wieder, bis du spürst, dass der Köder erneut auf den Grund fällt. Heben, senken, warten, immer so weiter.«

»Wie merke ich, dass der Köder auf dem Meeresgrund liegt?«

»Du spürst den leichten Plopp in der Schnur, wenn der Köder den Boden erreicht. Und dann wird natürlich die Schnur auch noch locker.«

»Und wenn jetzt ein Fisch anbeißt?«

»Spürst du das ebenfalls in der Schnur. Du ruckst dann sofort die Rute hoch, damit treibst du den Haken in das knochige Maul des Fischs. Und danach musst du ihn nur noch nach oben kurbeln.«

Ich werde auf gar keinen Fall rucken, denke ich, und dann denke ich, was für ein bescheuerter Kindergarten so ein Verhalten wäre und dass ich entweder gar nicht erst fische oder es tue mit all seinen Konsequenzen. Johan geht eh davon aus, dass ich mich beuge. Dieses Arschloch.

Es ist früher als sonst am Abend, als ich den Treibanker ausbringen und die Öljacke wieder am Mast verknoten soll. Mit seiner intakten Hand puhlt Johan die Angel unter der Plane hervor und klemmt sie sich zwischen die Knie. Er steckt die beiden Teile zusammen, sodass die Schnur gerade durch alle Ringe läuft. An der Spitze hat die Angel auch eine kleine Rolle.

Die Rolle unten ist eine ziemlich dicke Trommel mit einem goldenen Gehäuse und einer Kurbel an ihrer rechten Seite. Außerdem hat sie einen Knopf, der die Spule freigibt, sobald man ihn drückt. Dann taumelt der Pilker in die Tiefe. Auf den ersten zwei Metern sehe ich sein Blitzen und Funkeln noch, dann ist er verschwunden. Danach dreht nur noch die Spule wie blöd und die Schnur saust durch die Ringe.

»Reicht die Schnur überhaupt?«, frage ich. »Wie tief ist das Wasser denn hier?«

»Die Grand Banks sind ziemlich flach«, antwortet Johan, »an den meisten Stellen zwischen dreißig und achtzig Metern ungefähr, sie bestehen quasi aus verschiedenen Hochplateaus unter Wasser. Du hast auf jeden Fall genug Schnur auf der Rolle.«

Mit einem Mal stoppt die Spule und ich beginne zu pumpen. Rute anheben, kurz warten, anschließend senken und so lange halten, bis ich den leichten Aufprall des Pilkers auf dem Meeresgrund spüre. Dann hebe ich die Rutenspitze wieder zwei Meter an.

Geschätzte zehn Minuten lang passiert überhaupt nichts. Manchmal spüre ich den Aufprall des Pilkers. Meistens nicht. Die ganze Zeit bete ich, dass kein Fisch anbeißen möge. Und gleichzeitig ist da so eine perverse, lustvolle Gespanntheit, dass es doch einer tut. Dann gibt es plötzlich einen heftigen Ruck. Die Rute biegt sich zu einem Halbkreis, Johan greift sofort in die Schnur und löst den Freilauf.

»Ist das ein Fisch?«, frage ich.

»Vielleicht … eher nicht«, sagt er.

»Auf jeden Fall hänge ich nicht irgendwo fest«, erkläre ich. »Die Schnur lässt sich einkurbeln. Obwohl es echt Schwerstarbeit ist.«

Im Prinzip geht es so: Ich hieve mit der zum Halbkreis gebogenen Rute die Beute zwei Meter nach oben, dann senke ich die Rute bis runter zum Wasser und kurbele dabei die Schnur ein, so schnell ich kann, und dann hieve ich wieder. Ein Vergnügen ist so was nicht. Eher wie Waschmaschinen in den zehnten Stock schleppen. Wenn der Fahrstuhl kaputt ist.

Ich schätze, es dauert mindestens eine Viertelstunde, bis ich den Fang endlich zu sehen kriege. Es ist ein Klumpen Muscheln mit einem abgebrochenen Stück Fels daran und einem Seestern, der an der Seite hockt. Das ganze Ensemble ist viel zu schwer, um es mit der Rute an Bord zu heben.

Johan beugt sich über die Bordwand und löst noch im Wasser unseren Pilker. Zuerst rauscht der Klumpen zurück in die Tiefe. Dann wackelt auch der Köder langsam und aufreizend hinterher.

Als ich den Grund spüre, hebe ich wieder die Rute, und dann dauert es keine drei Sekunden, bis sich unten irgendwas auf unseren Köder stürzt. Es ist ein ganz anderes Gefühl in der Rute als bei den Muscheln. Zumindest am Anfang. Wie ein leichter Stromschlag. Und dann noch ein heftiges Zappeln. Aber auf dem Weg nach oben fühlt es sich doch wieder nach Muscheln mit Seestern an.

»Nicht so schnell«, sagt Johan, »gib dem Fisch die Zeit, seinen Druck anzupassen. Sonst presst du ihm die Augen aus den Höhlen und die Schwimmblase aus dem Arsch.«

Also kurbele ich langsam und mache immer wieder Pausen dabei. Und gleichzeitig denke ich daran, wie sich der Haken immer tiefer in den Gaumen bohrt und der Fisch wahrscheinlich höllische Schmerzen hat und dass ich ihn so schnell wie möglich erlösen muss.

Es dauert lange, bis ich ihn endlich zum ersten Mal sehe. Ein sich windender weißer Fleck. Nicht wirklich riesig. Und nicht mehr in der Lage, sich richtig zu wehren.

Johan greift mit seiner intakten Hand in die Schnur und hebt den Fisch über die Bordwand ins Boot. Sobald der Fisch das Aluminium an seiner Seitenlinie spürt, zappelt er wieder verzweifelt und springt fast in die Freiheit. Der Haken sitzt bei ihm auch gar nicht im Maul. Stattdessen habe ich ihm den Drilling beim Pumpen von unten in den Bauch gerammt. Zwischen Brustflossen und After.

»Eine Makrele«, sagt Johan. »Das ist ungewöhnlich. Makrelen sind Schwarmfische, die du eher im Freiwasser fängst. Und sie beißen normalerweise auch nicht auf so einen großen Köder.«

»Hat ja auch nicht gebissen«, sage ich. »Ich habe sie übel am Bauch aufgespießt.«

Auch die Makrele ist ein wahnsinnig schönes Tier. Der ganze Körper glitzert metallisch, am Bauch leuchtend silbern, und der Rücken ist eher strahlend blaugrün und hat schwarz-blaue Streifen, ungefähr wie ein Zebra. Nur ihre Mundwinkel hängen Merkel-mäßig nach unten, dass die Makrele aussieht, als würde sie die Nase rümpfen über den Zustand der Welt.

Johan reicht mir sein Taschenmesser herüber. »Du gibst dem Fisch zur Betäubung jetzt mit dem Knauf einen Schlag auf den Kopf. Mitten auf die Stirn, ungefähr einen Fingerbreit über den Augen. Danach führst du das Messer durch die Kiemen und schneidest an den Kiemendeckeln entlang runter zum Rückgrat. Damit durchtrennst du die beiden wichtigen Arterien und der Fisch blutet aus.«

Ich nehme den Fisch mit zwei Fingern hinter dem Kopf und fixiere ihn auf der Sitzbank. »Tut mir echt leid, mein kleiner Freund«, sage ich und haue ihm auf den Schädel.

»Nicht so vorsichtig«, sagt Johan, »damit lässt du ihn nur unnötig leiden.«

Beim zweiten Schlag läuft ein Zittern durch seinen Körper. Wie bei unserem Schwertfisch. Dann erstarrt er. Auch die Kiemendeckel pumpen nicht mehr, sondern stehen starr und etwas abgespreizt weg vom Kopf. Ich führe das Messer durch die Kiemen und schneide, wie es Johan gesagt hat. Das Blut der Makrele tropft auf die Sitzbank, ein halber Eierbecher, nicht mehr. Meine Hände zittern, ich könnte über die Bordwand kotzen. Oder auch mir selbst vor die Füße.

»Und? War es schlimm?«, fragt Johan, und ich sage: »Ja, es war verdammt noch mal schlimm, und noch schlimmer war, dass ich ein lebendiges Wesen einfach so kalt und planvoll ermorden kann. Und dass du die Macht hast, mich zu so einem Mord zu zwingen.«

»Es ist kein Mord und ich zwinge dich nicht«, antwortet Johan. »Nicht ich verlange etwas von dir. Es ist die Natur, die von uns verlangt, dass wir uns nach ihren Gesetzen richten. Wenn wir das nicht tun, werden wir nicht überleben. Und das gilt für unsere Nussschale hier genauso wie für die Menschheit und die Ozeane und das Klima und die Wälder und was auch immer du willst. Wir werden untergehen, wenn wir die Gesetze der Natur nicht mehr verstehen und uns nicht mehr nach ihnen verhalten. Und ja, der Tod gehört zu diesen Gesetzen. Du erinnerst dich, wir haben schon mal darüber gesprochen. Willst du weiterleben? Willst du die Küste erreichen und deine Liebsten wiedersehen? Dann musst du töten. So einfach ist das.«

Ich finde das aber überhaupt nicht einfach. Selbst wenn es zur Natur gehört, Leben zu töten. Zu meiner Natur gehört es nicht. Und warum sollte meine Natur weniger zählen als die Natur, von der Johan gerade philosophiert? Weil er sich besser auskennt? Weil er der Experte hier ist? Mich kennt er nicht. Von mir ist er kein Experte, das ist auf jeden Fall sicher. Und trotzdem ist es dann wieder so, dass sein Wort Gewicht hat, wenn er so dasitzt und ihn jede Bewegung schmerzt und er versucht, mit aller Kraft stärker zu sein als der Schmerz, und dabei voller Liebe und Leidenschaft von seiner Natur erzählt.

»Und was mache ich jetzt mit dem Fisch?«, frage ich.

»Jetzt solltest du ihn filetieren.«

»Und wie?«

»Erklär ich dir, Schritt für Schritt.«

»Aber wenn wir schon mal beim Töten sind: Warum angeln wir jetzt nicht weiter, dann müssen wir es morgen nicht tun? Wenn die Makrele ein Schwarmfisch ist, wie du sagst, sind von ihr da unten doch noch viel mehr.«

»Die meisten Makrelen haben irgendwelche Bandwürmer oder Fadenwürmer, die sich durch den Magen oder den Darm ins Fleisch bohren, sobald der Fisch tot ist. Roh solltest du Makrelen nur essen, wenn du sie ganz frisch gefangen und filetiert hast.«

»Das klingt jetzt aber nicht appetitlich«, sage ich und beeile mich, den Fisch aufzuschneiden, so wie es mir Johan erklärt: Zuerst die Bauchhöhle aufschlitzen, dann die Innereien herausspulen, danach ein Schnitt durch das Fleisch hinter der Brustflosse bis auf die Wirbelsäule und von dort entlang der Gräte bis runter zum Schwanz. Dann noch zwei parallele senkrechte Schnitte im Abstand von fünf Millimetern wegen der Mittelgräten und ein flacher Schnitt am Bauchlappen und schon hat man ein grätenfreies Filet in der Hand. Dasselbe mache ich mit der anderen Hälfte. Das Fleisch riecht überhaupt nicht nach Fisch und hat so eine etwas gammelige graubeige Farbe. Noch nicht einmal zehn Minuten ist es jetzt her, dass es ein elegantes, lebendiges, kraftvolles Wesen war, der durch das Meer geschwommen ist.

»Da sind jetzt aber noch keine Würmer drin?«, frage ich.

Johan sagt »garantiert nicht«, und dann säbelt er mit seiner linken Hand feinste Sushischeiben aus dem Filet, und ich denke: Typisch Mann. Auch wenn du als Frau die ganze Arbeit machst, den letzten Handgriff beanspruchen immer die Kerle. Wie bei den Hunden, wo jeder Rüde auch unbedingt immer der letzte sein muss, der das Bein hebt.

Ist mir dann aber auch egal. Ich stecke den ersten Streifen Makrele in meinen Mund, und dann weiß ich nicht, wie ich das jetzt beschreiben soll, aber ich habe in meinem ganzen Leben noch nie etwas gegessen, das so umwerfend geil geschmeckt hat. Fest und trotzdem unendlich zart und frisch und absolut rein. Das ist wahrscheinlich ganz blöd, was ich sage, aber dieses Stück Fisch hat geschmeckt wie der Quell des Lebens. Hab ich in diesem Moment gedacht.

Ich schätze, das liegt auch daran, dass ich vier Tage praktisch nichts mehr gegessen habe. Und es liegt daran, dass mir noch nie so klar war, dass sich ein lebendiges Wesen für mich und für diesen Moment geopfert hat. Ich habe noch nie etwas mit so viel Ehrfurcht gegessen, glaube ich, und dann denke ich, dass Johan vielleicht doch recht hat und dass unsere Verbindung zur Natur der Schlüssel für alles ist und dass darin das Geheimnis des Lebens liegt.

KAPITEL 26

Es ist die erste Nacht, in der ich das Gefühl habe, nicht mehr nur um das Überleben zu kämpfen.

Nach dem Essen hat sich Johan vorsichtig und stöhnend auf das Polster gerobbt und nach einer schmerzfreien Position gesucht, und ich habe das Boot soweit es geht mit der Plane verschlossen und mich danach zu ihm gelegt. Der Wind ist jetzt immer noch stark, aber er peitscht die Wellen nicht mehr ins Boot, und auch die Dünung ist zwar noch hoch, aber wir laufen nicht mehr Gefahr, jede Minute von ihr umgeschmissen zu werden.

Eine Weile liegen wir schweigend nebeneinander und trinken abwechselnd von dem Rum. Manchmal stöhnt Johan ein bisschen, wenn ich ihn aus Zufall berühre.

»Weißt du, dass ich dich hasse«, sage ich irgendwann in die Dunkelheit. »Ich hasse dich wirklich. Und gleichzeitig bist du der erste Mann in meinem Leben, den ich überhaupt vielleicht richtig lieben kann. Das ist doch verrückt. Wie soll so was im Leben zusammengehen?«

»Ja, gar nicht«, sagt Johan nach einer Pause. »Ich glaube, man muss sich entscheiden für eine Seite. Beides zusammen endet immer im Unglück.«

»Und was ist jetzt mit dir?«, frage ich. »Was meinst du dazu?«

»Dass du mir wehtust, so wie du mich hier andauernd anstößt.«

»Scheiße, ja, Entschuldigung, vergesse ich immer. Aber wie siehst du das nun? Mit dir und mit mir?«

»Darüber denke ich nach, wenn wir die Küste erreichen.«

»Du bist so ein Idiot«, sage ich. »Und ein feiges Arschloch bist du auch. Allein schon, dass du nachdenken musst und nicht einfach mal fühlen kannst. Und was ist, wenn wir die Küste überhaupt nicht erreichen? Wenn das die letzte Nacht unseres Lebens ist? Haben wir dann einfach nur Pech gehabt, dass du nicht mehr zum Nachdenken gekommen bist?«

»Was soll das werden?«, erwidert Johan. »Fragst du mich, was ich machen würde, wenn es für uns kein Morgen mehr gäbe? Ob wir dann Sex haben würden? Ist es das, was du wissen willst?«

»Du bist echt ein Idiot«, murmele ich.

»Komm schon, du weißt, dass mir jede Bewegung höllische Schmerzen macht«, antwortet er, und ich sage »schon klar« und setze mich wieder auf die Bank. »Schlaf du mal, ich passe auf und wecke dich, wenn irgendwas passiert, bei dem ich dich brauche.«

Ich glaube, es ist jetzt fünf Nächte her, dass Johan das letzte Mal ein paar Minuten geschlafen hat. Noch bevor ich die Plane etwas zurückgerollt habe, ist er schon eingenickt. Auf jeden Fall reagiert er nicht mehr, als ich zu ihm etwas sage.Immer noch sind die Nächte so schwarz, dass man absolut gar nichts erkennt. Meine Augen bohren sich in die Dunkelheit. Manchmal glaube ich, ganz in der Ferne irgendwelche Lichtpunkte zu sehen, aber das sind nur Einbildungen, vermute ich mal, weil ich solche Punkte auch sehe, wenn ich senkrecht nach oben schaue. Und weil sie nur manchmal da sind und dann wieder nicht. Könnte aber auch sein, dass es Boote sind, die mal im Wellental sind und dann wieder nicht. Und am Himmel könnten es Sterne sein, die die Wolkendecke für einen Moment freigibt. Aufgehört zu regnen, hat es auf jeden Fall schon.

Als am nächsten Morgen der Himmel graut, sind die Wolken aber immer noch dicht und tief und jagen über meinen Kopf hinweg. Schiffe sind auch nirgends zu erkennen. Ich wecke Johan, und er braucht eine Weile, um wieder klar zu sehen.

»Danke, das habe ich wirklich gebraucht«, sagt er, ächzt vom Polster hoch und plumpst neben mich, dass das ganze Boot anfängt zu schaukeln. Seine Augen suchen den Horizont ab. Dann wandert sein Blick prüfend zum Himmel.

»Wird schon ein bisschen heller«, sagt er. »Die Wolken sind weniger dicht, ich schätze, heute Nacht kriegen wir die ersten Sterne zu sehen. Aber jetzt würde ich vorschlagen, dass wir noch einen Fisch für uns fangen. Danach riggen wir auf und machen uns wieder auf die Reise.«

Dieses Mal weiß ich schon, was zu tun ist. Ich lasse den Köder wieder runter zum Grund und fange dann an zu pumpen. Rauf und runter. Eine Ewigkeit passiert überhaupt nichts. Offenbar ist der Schwarm weitergezogen. Oder wir sind weitergezogen, eines von beiden. »Bist du wirklich auf Grund mit dem Pilker?«, fragt Johan.

»Jedes Mal«, antworte ich. »Daran liegt es auf gar keinen Fall.«

»Dann lass doch mal den Köder ein paar Sekunden am Boden liegen, bevor du ihn wieder anhebst.«

Funktioniert auch sofort. Zuerst spüre ich nur, wie der Pilker durch unsere Drift über den Meeresgrund schrubbt, aber als ich ihn hochrucke, ist da sofort Widerstand, der mit jeder Sekunde immer heftiger an der Angel zieht, dass ich sie kaum noch festhalten kann.

»Mach die Bremse auf«, ruft Johan, und ich rufe »Welche Bremse zum Teufel?«, also greift Johan an die Rolle und löst erst einmal den Freilauf. Danach dreht er an einem Sternrad neben der Kurbel, was offenbar die Bremse ist, und dann spannt sich die Schnur nach einer Umdrehung wieder und läuft unter Zug kontrolliert und knarrend von der Rolle. Dieses Mal fühlt es sich anders an als beim ersten Fisch. Keine wilden Fluchten. Kein nervöses Gezappel. Das ist eher so, als würde da unten ein Auto langsam und stetig in die entgegengesetzte Richtung fahren. Keine Chance, das Teil von hier oben wieder zu stoppen.

»Das ist aber ein richtig großer Fisch«, sage ich.

»Das ist überhaupt kein Fisch«, antwortet Johan. »Der Haken hat sich wahrscheinlich in irgendeiner Felsspalte verfangen. Die einzige Chance, ihn dort herauszukriegen, wäre, zurückzurudern und von der entgegengesetzten Seite zu ziehen. Schaffen wir aber nicht. Bis wir die Riemen startklar haben, ist die Trommel mit der Schnur schon leer.«

»Und was machen wir jetzt?«

»Nichts. Entweder die Schnur reißt. Oder der Pilker löst sich wider Erwarten doch noch. Oder du schmeißt die Angel ins Wasser. Das sind die drei Optionen.«

»Warum sollte ich das tun? Die Angel ins Wasser schmeißen?«

»Weil du eine Hundertzwanzig-Pfund-Leine auf deiner Rolle hast. Bevor diese Schnur reißt, wird dir die Rute aus den Händen gezogen.«

Am Ende wählt Johan die vierte Option und schneidet die Schnur einfach mit seinem Messer durch.

»Ab jetzt heißt es hungern«, meint er danach. »Und Durst werden wir auch bekommen. Sieht nicht so aus, als ob es in den nächsten Tagen noch einmal regnet. Also müssen wir mit dem Wasser auskommen, das wir gebunkert haben.«

Immerhin ist der Fünf-Liter-Kanister voll und eine leere Rumflasche auch und die Schöpfkelle ist dazu noch zu einem Viertel gefüllt. Johan hat sie so unter die vordere Sitzbank geklemmt, dass sie nicht umfallen kann. Darf nur nicht passieren, dass wir noch einmal schöpfen müssen. So reicht das Wasser darin auch noch einen weiteren Tag. Einen halben Liter kriegt jeder. Hat Johan festgelegt. Damit kommen wir dann sieben Tage weit, und das ist ungefähr die Zeit, die wir bis nach Trepassey brauchen. Johan rechnet mit sechs Tagen, »wenn alles gut geht plus einen Tag Reserve«.

Die Geschwindigkeit unseres Boots berechnet er, indem er die Sekunden zählt, die ein kleines Stück Plane braucht, bis es vom Bug bis hinten ans Heck getrieben ist. Das Boot hat eine Länge von vier Meter fünfzig.

Aber wie er damit die Geschwindigkeit über Grund ermitteln will, verstehe ich nicht. Vielleicht ist Johan der einzige Mensch, der dafür ein Gefühl hat. Keine Ahnung.

»Selbst wenn ich mich irre«, sagt er, »je schneller wir segeln, desto eher sind wir zu Hause, dieser Satz ist auf jeden Fall richtig. Deshalb probieren wir es heute wieder mit unserer Plane.«

Der Wind ist noch einmal ruhiger geworden als in der vergangenen Nacht. Auch die Wellen sind länger und gleichmäßiger und brechen nicht mehr. Und sie verlangen nicht mehr unsere ganze Konzentration. Selbst mit dem größeren Segel. Es ist das erste Mal seit dem Untergang, dass meine Gedanken anfangen, auf Reisen zu gehen. Tausend Dinge wabern durch meinen Kopf. Ob die Nachricht vom Untergang der Jenny M schon Deutschland erreicht hat? Was Sarah wohl fühlt, wenn sie davon erfährt? Weil sie sich doch »ein Leben lang Vorwürfe machen würde«, wenn mir etwas passiert. Vielleicht unternimmt auch meine Schule irgendwas. Ein Gottesdienst mit Pastor Holzmann, um für meine Rettung zu beten? Oder »Sturm und Stress« berichtet über die Havarie. Oder es ist sogar in richtigen Nachrichten.

Dann kramen sie sicher noch mal die Bilder von meiner Blockade heraus. Und sie interviewen Sarah und den blöden Chefredakteur, der sich dann garantiert damit brüstet, dass wir früher mal ein Paar waren. Und dass er schon immer mein Kämpferherz bewundert hat. Dafür würde ich ihm dann ganz kämpferisch in den Arsch treten, falls wir uns denn noch einmal wiedersehen.

An was ich auch noch die ganze Zeit denke, ist: essen. Vier Tage habe ich keinen einzigen Gedanken daran verschwendet und auch keinen Hunger gehabt, aber jetzt meldet er sich plötzlich bohrend und rumorend zurück.

Johan scheint es nicht anders zu gehen. Er schwimmt wie ich in seiner eigenen Blase und redet kein einziges Wort. Keine Fragen, keine Gespräche, er ruft noch nicht einmal irgendwelche Kommandos, aber das liegt daran, dass ich die Handhabung des Segels mittlerweile verstehe und auch nicht mehr nach vorne zum Bug hechten muss. Für ihn ist das Segeln dagegen nicht so entspannt. Unser Boot läuft einfach keinen geraden Kurs. Eigentlich ist er permanent damit beschäftigt gegenzusteuern.

»Kann es sein, dass ich in der letzten Nacht Lichter von Schiffen gesehen habe?«, frage ich ihn, als es schon wieder Abend wird.

»Theoretisch ja, praktisch eher nicht«, antwortet er. »Eine der wichtigsten Schifffahrtsrouten zwischen Europa und Boston und New York führt zwar über die Grand Banks. Aber in der Nacht war die Sicht noch zu schlecht, um weiter zu sehen als eine halbe Meile.«

»Dann könnte es aber theoretisch sein, dass uns irgendwann eines der Schiffe entdeckt und rettet, oder?«

»Das kann nicht mal theoretisch sein. So ein Pott würde uns nicht erkennen, selbst wenn er gerade dabei ist, das Boot über den Haufen zu fahren. Und bei diesem Seegang sieht er uns schon mal gar nicht, weil wir immer nur für einen kurzen Moment auf dem Wellenkamm sind. Die meiste Zeit segeln wir unsichtbar in den Tälern. Es ist tatsächlich wahrscheinlicher, dass wir gerammt werden von einem Containerschiff, als dass es uns rettet.«

»Du machst mir ja Hoffnung«, antworte ich.

»Dann schau mal bitte nach vorne, bevor du schimpfst«, sagt er. »Oder schau rauf zum Himmel.«

Ich beuge mich über die Bordwand und blicke um das Segel herum. Direkt voraus, wo der Himmel das Meer berührt, ist eine ganz schmale, leuchtende Lücke, durch die die untergehende Sonne ihre Strahlen schickt. Die Wolken jagen immer noch tief und dunkel über unsere Köpfe hinweg, aber die untersten Fetzen werden angestrahlt von diesem orangeroten Licht. War mir nicht aufgefallen bisher, aber ich glaube, ich habe noch nie in meinem Leben etwas derart Schönes gesehen. Diese leuchtenden und gleichzeitig filigranen Farben vor dem brachialen, gewalttätigen Grau. Und jede Sekunde sieht wieder anders aus, weil sich in diesem Sturmhimmel auch jede Sekunde alles verschiebt. Und weil die zerrissenen orangeroten Fetzen dabei immer mehr ihren gelben Farbton verlieren und zu einem zarten bläulichen Rosa verblassen.

Ich glaube nicht, dass jemand verstehen kann, was das für ein Gefühl ist: wenn nach so einer schwarz-dunklen Woche voller Angst zum ersten Mal wieder die Sonne zu sehen ist. Wie Farbe gewordene Hoffnung. Wie ein Versprechen, dass wir es schaffen werden und alles gut wird. Eine Orientierung ist diese Sonne auch. Und die Bestätigung, dass Johan recht gehabt hat, weil wir tatsächlich ziemlich exakt nach Westen gesegelt sind, so wie er es versprochen hat.

Und obwohl diese Sonne das Herz so wunderbar wärmt, schnürt sie es auch gleichzeitig wieder zusammen: Da hast du tagelang nicht weiter schauen können als bis zur nächsten Welle und warst gefangen in einem lebensbedrohlichen Kokon und plötzlich öffnet sich vor deinen Augen ein riesiger Haufen Ozean. Alles hast du erlebt in deinem Kokon: Angst, Kälte, Schwäche, Ohnmacht, Verzweiflung. Eines aber war nicht dabei: Einsamkeit. Diese absolute Verlorenheit in der Unendlichkeit. Ohne andere Menschen, nur Johan und ich und das Boot und unser Schicksal. Vorher war es ein Kampf gegen die Kraft und Gewalt der Elemente. Dieser Kampf war brutal, aber du hattest auch die Chance, ihn zu gewinnen. Es lag in unserer Macht und an unserem Geschick. In dieser Unendlichkeit ist kein Kampf mehr. Jetzt ist es nur noch hoffen und beten und warten, dass man gerettet wird oder das Ufer erreicht.

»Dafür kommen wir jetzt doppelt so schnell voran«, sagt Johan, als würde er meine Gedanken erraten können.

»Warum das denn?«, frage ich.

»Weil wir auch nachts segeln können. Wie ich versprochen habe. Heute Nacht werden wir schon die Sterne sehen.«

»Das heißt, wir schaffen es in drei Tagen an die Küste?«

»Leider nein, das Segeln bei Nacht habe ich schon mit eingerechnet.«

KAPITEL 27

Der Mond über dem Meer ist auch so eine brutal schöne Erscheinung. Er ist immer nur für wenige Augenblicke zu sehen, dann verdecken ihn die jagenden Wolken wieder. Aber wenn sie die Sicht freigeben, taucht er das ganze Meer unter ihm in flüssiges Silber. Er steht dann querab auf der Backbordseite und unser Boot fliegt über die Wellen und er und seine Strahlen fliegen mit. In zwei Tagen oder so würde Vollmond sein, nur oben links hat er noch eine flache Stelle.

Auf der Steuerbordseite ist dann für Momente der Polarstern mit dem Großen Wagen zu sehen, an dem wir uns ab jetzt orientieren können.

Es ist ein bisschen kälter geworden, seit der Himmel ein Stückchen aufgeklart hat, und ich bin etwas näher an Johan herangerobbt, um mir ein bisschen Wärme zu stehlen. Johan lässt es geschehen. Mehr nicht. Wie so ein Baum, der es erlaubt, dass sich die Kuh an ihm reibt.

»Was ist eigentlich mit deinem Vater?«, frage ich ihn nach einer Weile. »Magst du mir erzählen, warum du ihn so verachtest? Er macht doch eigentlich alles für dich.«

»Er hat auch jeden Grund, alles für mich zu tun. Aber über dieses Kapitel will ich ganz bestimmt nicht reden mit dir.«

»Hast du was anderes vor?«

»Boah, Mädchen, du musst immer alles ganz genau wissen, nicht wahr?«

»Wenn du noch einmal Mädchen zu mir sagst, kriegst du eine gescheuert«, antworte ich.

»Was ist denn daran nun wieder verkehrt?«

»Weil Mädchen kleine, unselbstständige, schutzbedürftige Wesen sind, die ihr Männer nicht ernst nehmen müsst. Deshalb nennt ihr uns so. So was brauche ich ganz bestimmt nicht.«

»Aha, verstehe«, antwortet Johan nach einer Pause, die so lang ist, dass ich gar nicht mehr damit gerechnet habe, dass er überhaupt noch mal den Mund aufmacht.

»Und was ist nun mit deinem Vater?«, frage ich noch einmal nach.

»Ich habe dir doch erzählt, dass bei uns in Sambro so viele Menschen viel zu früh gestorben sind«, antwortet Johan schließlich. »Bei den meisten von ihnen ist es Magen- oder Darmkrebs gewesen. Oder an der Bauchspeicheldrüse. Auch meine Mutter hat Krebs bekommen. Bei ihr saß der Tumor im Gehirn hinter dem Sehnerv. Drei Jahre lang hat sie noch gelebt nach ihrer Diagnose. Drei Jahre, in denen mein Vater für sie hätte da sein müssen. Aber das Arschloch hat sie nach einem halben Jahr für eine jüngere Frau aus der Stadt verlassen. Ich habe damals sogar mal mit ihm gesprochen darüber. Er hat gemeint, dass der Krebs die Persönlichkeit meiner Mutter so sehr verändert hat, dass er es keinen Tag mehr ausgehalten hat an ihrer Seite.«

»Das kann passieren bei einem Hirntumor«, sage ich.

»Na und? Für uns Kinder war es nicht anders. Selbst ich habe damals schon gewusst, dass es nicht meine Mutter ist, die sich so verhält, sondern der Krebs in ihr. Ein Ehemann muss das wegstecken können. Ich konnte ihm das nicht verzeihen. Werde es auch nie können. Er ist mein Vater, daran wird sich nichts ändern. Deshalb fährt er auf meinem Schiff. Aber an meiner Verachtung für ihn ändert sich auch nichts mehr.«

»Was war deine Mutter für eine Frau?«, frage ich.

»Du meinst die Frau, bevor der Krebs sie verändert hat? Das Furchtbare ist, ich weiß nicht mehr viel von ihr. Ich war zwölf, als sie gestorben ist. Und die böse, kranke, leidende Frau hat in mir die wirkliche Mutter komplett verschüttet. Keine Erinnerung an früher. Ich habe auch kein Bild mehr von ihr in mir. Sosehr ich mich auch anstrenge. Nur das aufgeschwemmte Chemo-Gesicht ohne Haare mit der roten, gebogenen Narbe auf dem Kopf. Das sehe ich immer vor mir. Und das eingefallene, wächserne Gesicht und den gurgelnden Atem am Tag, als sie gestorben ist. Diese beiden Gesichter verfolgen mich. Mein Großvater hat mir ein paar Dinge über sie erzählt. Dass sie als Mädchen die Königin auf jeder Tanzfläche war. Und dass sie beim Schlittenhunderennen immer die Männer besiegt hat. Aber das sind nur Erzählungen. Meine richtige Mutter sehe und spüre ich nicht mehr.«

»Das tut mir entsetzlich leid«, sage ich. »Ich würde dir so sehr wünschen, dass du in dir irgendwann wieder etwas findest von ihr.«

»Und bei dir?«, fragt Johan.

»Für mich wünsche ich eher, dass sie für immer verschwunden bleibt«, antworte ich, und dann beginne ich auch zu erzählen. Von den schlimmen Momenten meines Vaters und der Feigheit meiner Mutter und dass ich erst begonnen habe zu leben, als ich auch begonnen habe, mich gegen beide zu wehren. Die ganze Nacht erzählen wir einander unsere Geschichten, und die Stunden dauern ein Fingerschnippen, und die Welt fühlt sich an wie nach zwei Gläsern Rum: voller Schönheit und Wärme und besoffen von Sympathie. Dabei ist es zu dunkel, um im Gesicht des anderen zu erkennen, was er gerade denkt. Eigentlich gibt es nur unsere Stimmen. Und vielleicht noch unsere Hände, aber Johan ist kein Mann, der mit seinen Händen versuchen würde, eine Frau zu verstehen. Oder er traut es sich nicht. Dabei hätte ich es mir schon sehr gewünscht.

Trotzdem weiß Johan am nächsten Morgen mehr von mir als jeder andere Mensch auf der Welt. Und ich weiß, dass es gut ist, dass er es weiß. Auch wenn der neue Tag uns dann wieder die Worte stiehlt. Als hätten wir beide Angst, dass wir bei Licht betrachtet nicht halten können, was die Nacht dem anderen versprochen hat.

Aber auch ohne Worte sitzen wir an diesem Morgen eng beieinander. Es sind die perfekten Bedingungen für unser Boot. Der Wind bläst stark und stetig immer noch ziemlich genau aus Osten und unser Boot liegt relativ ruhig und fliegt über die Wellen. Johan steuert und das Segel steht und ich habe eigentlich nichts zu tun.

Also schäle ich das Notizbuch aus meiner Kleidung und setze mich von der Bank runter auf den Boden. So, dass ich mit dem Rücken an die Bank lehne und die Knie als Unterlage habe, und beginne zu schreiben. Alles, was in den letzten Tagen passiert ist. Immer wieder schaut Johan skeptisch zu mir herüber. Aber er fragt mich nicht. Kein einziges Mal. Gegen Mittag öffnet er unsere letzte Dose Ananas. Er kippt den Saft in unseren Kanister, »um den leichten Salzgeschmack zu neutralisieren«, wie er sagt, dann reicht er mir eine Scheibe herüber. Er selbst nimmt sich nichts.

»Willst du nichts essen?«, frage ich.

»Der Wind dreht bald auf Nord«, sagt er. »Dann müssen wir rudern. Ich kann aber nicht rudern mit meinem gebrochenen Arm. Für uns beide ist es viel wichtiger, dass du bei Kräften bleibst.«

»So ein Blödsinn«, entgegne ich. »Wenn du verhungerst, nutzt das keinem von uns.«

»Bevor ich verhungert bin, sind wir einmal über den Atlantik gerudert. Also iss und mach keinen Aufstand, bitte.«

Ich schiebe mir eine Viertelscheibe in eine Backe. Sie hilft auch ein bisschen gegen den Durst. Ein halber Liter Wasser pro Tag ist nicht viel mehr als Lippenbenetzen. Das ist eigentlich das Schwerste für mich. Jetzt, da es seit zweieinhalb Tagen nicht mehr geregnet hat und Johan genau darauf achtet, dass wir nicht mehr Wasser verbrauchen, als er für jeden Tag rationiert hat. Ich habe das Gefühl, dass Wind, Sonne und Salz aus mir im Zeitraffer einen luftgetrockneten Schinken machen. Noch vor zwei Tagen sahen meine Fingerkuppen von der ganzen Nässe aus wie aufgequollene Minigebirge. Und jetzt ist die Haut schon Schmirgelpapier und die Lippen sind rissig. Dieses Gefühl, trinken zu müssen, ist viel quälender als Hunger oder Erschöpfung oder sonst irgendwas. Und wenn Johan nicht wäre, hätte ich unseren Wasservorrat bereits ohne Gnade geplündert.

»Was denkst du«, frage ich ihn, »wie lange können wir überleben mit einem halben Liter pro Tag?«

»Keine Ahnung. Ich glaube, ganz ohne Wasser schafft der Mensch mindestens vier Tage, bis die Organe versagen. Unter den meisten Bedingungen wahrscheinlich länger. Mit einem halben Liter sind wir bei sechs Tagen auf jeden Fall auf der sicheren Seite.«

»Wie fühlt sich das an, wenn man verdurstet?«

»Keine Ahnung. Wir werden es nicht erfahren. Und wenn wir es doch erfahren, ist es auch egal, weil du mit der Erfahrung nichts mehr anfangen kannst. Der Mensch verdurstet maximal einmal im Leben.«

»Meinst du, unser Boot würde dann irgendwann gefunden?

Ich meine, wenn wir längst schon verdurstet sind und nur noch als Gerippe im Boot liegen? Treibt die Strömung uns von hier aus an Land? Oder wieder hinaus aufs Meer? Oder gehen wir vorher unter?«

»Warum willst du das wissen? Das spielt doch dann überhaupt keine Rolle mehr.«

»Für mich auf jeden Fall«, sage ich. »Ich will nicht einfach so vermisst sein. Das ist, als hätte man das Leben nicht zu Ende gebracht. Ich will, dass man mich findet. Und mein Buch auch.«

»Dann solltest du lieber am Leben bleiben und alles vermeiden, für was der Körper viel Flüssigkeit braucht.«

»Und das wäre?«

»Schwitzen auf jeden Fall. Sex. Küssen.«

»Ich küsse eh keine Männer, die sich jetzt schon vier Tage nicht mehr die Zähne putzen.«

»Reden verbraucht auch Flüssigkeit. Vielleicht solltest du auch mit deinen Worten etwas sparsamer sein.«

Und tatsächlich merke ich, wie das Reden zunehmend unangenehmer wird, weil die Zunge am Gaumen klebt, und es immer länger dauert, bis genug Speichel da ist, um den Mund zu befeuchten.

»Ich weiß, dass man kein Salzwasser trinken darf«, sage ich, »aber was ist mit Alkohol? Wir haben immer noch eine Flasche Rum.«

»Würde ich nicht machen«, antwortet Johan. »Vielleicht lindert es das Gefühl, durstig zu sein. Keine Ahnung, ich hab es nicht ausprobiert. Aber für den Abbau von Alkohol im Blut wird mehr Wasser benötigt, als der Rum dem Körper zuführt. Das heißt: Du verdurstest auf jeden Fall schneller.«

»Und wenn ich das Gefühl einfach nicht mehr aushalten kann?«

»Dann leg dich hin und versuche zu schlafen. Ich komme bei den Bedingungen im Moment hier alleine klar. Und ich kann dich ja auch immer noch sofort wecken.«

Also krieche ich auf das Polster und bin schneller eingeschlafen, als ich »Gute Nacht« sagen kann. Glaube ich jedenfalls, das kriegt man ja selbst nicht mit, wann man einschläft.

Als Johan mich wieder weckt, ist es schon tiefe Nacht. Ich habe mindestens sechs Stunden geschlafen und brauche eine Weile, um klarzusehen. Ein atemberaubender Sternenhimmel. Der Mond ist hell wie ein Flutlicht und die Wolken haben sich komplett aufgelöst.

Der Durst nicht. Johan reicht die Rumflasche mit dem Wasser herüber. Ich nehme einen kleinen Schluck und spüle und gurgele lange, bis ich ihn runterschlucke. Dann kippe ich gleich noch den nächsten kleinen Schluck hinterher. Was für ein ungeheurer Luxus.

»Der Wind hat jetzt auf Nordost gedreht«, sagt er. »Das Boot läuft überhaupt keine Höhe. Und mit unserem Segel erst recht nicht. Jetzt müssen wir rudern.«

Johan hat den Mast bereits abgebaut und das Ruder aus der Schlaufe geschoben. Stattdessen hat er die beiden Dollen neben der mittleren Sitzbank nach oben geklappt.

»Es gibt ein paar wichtige Regeln beim Rudern«, erklärt er. »Erste Regel: Lass niemals die Riemen los, bevor du sie nicht sicher an Bord gezogen hast. Ganz egal, was passiert. Wenn du von der Bank fällst, wenn du niesen musst, wenn dich ein Hai anspringt, lass die Riemen nicht los. Das ist überlebenswichtig. Wenn wir auch nur einen von ihnen verlieren, werden wir sterben.«

»Gibt es echt Haie, die ins Boot springen und mich anfallen können?«, frage ich panisch.

»Das war ein Scherz«, antwortet Johan.

»Ich glaub dir nicht«, sage ich. »Ganz bestimmt gibt es solche Haie.«

»Zweite Regel«, fährt Johan ungerührt fort, »wir müssen nicht schnell sein. Es ist besser, langsam und stetig zu rudern, als schnell zu rudern und schnell erschöpft zu sein. Du musst Kraft sparen und das Boot eigentlich nur in Bewegung halten. Das Anstrengende ist die Beschleunigung eines Boots. Nicht, die Geschwindigkeit zu halten, wenn es läuft.«

»Und wie mache ich das?«

»Nicht dein ganzes Körpergewicht gegen die Spanten am Boden stemmen. Auch nicht die Riemen tief und nahe der Bordwand einstechen und dann mit voller Wucht durchziehen. Sondern die Ruderblätter so flach und weit entfernt vom Boot wie möglich ins Wasser tauchen und mit der Geschwindigkeit des Boots locker und leicht nach hinten ziehen. Ohne große Anstrengung. Und wenn du die Ruderblätter zurückführst, musst du darauf achten, dass sie dabei nicht das Wasser berühren. Damit bremst du das Boot auf der Stelle ab und musst erst wieder anfangen, Geschwindigkeit aufzubauen.«

»Klingt kompliziert«, sage ich.

»Ist in der Welle auch nicht so einfach, aber du kriegst den Bogen schnell raus, da bin ich mir sicher.«

»Und warum rudern wir nachts?«

»Solange keine Wolke am Himmel ist, sind wir mit den Sternen viel exakter beim Navigieren. Ohne Uhr nur nach der Sonne zu fahren, ist ziemlich ungenau. Außerdem schwitzt du nachts weniger und kannst dich am Tag im Schatten unter der Plane ausruhen. So verbrauchst du auf jeden Fall am wenigsten Flüssigkeit.«

»Und warum rudere ich nicht Tag und Nacht?«, sage ich.

»Länger als acht Stunden hält kein normaler Mensch durch. Und eine Anfängerin sowieso nicht.«

Damit hat er dann leider recht. Das Rudern ist für eine Anfängerin nicht »locker und leicht« und auch nicht »ohne große Anstrengung«, sondern hammerharte Arbeit bis zur Erschöpfung. Zumindest in dieser ersten Nacht. Zuerst schmerzt der Hintern auf der Holzbank, dann fangen die Arme an zu brennen, am schlimmsten sind die Innenflächen der Hände. Es dauert keine Stunde, da fangen sie schon an, fürchterlich wehzutun. Ich schätze, sie sind irgendwie aufgescheuert, aber in der Dunkelheit ist es nicht genau zu erkennen.

Sonst wäre Johan wahrscheinlich auch sofort eingeschritten. Als der Morgen dämmert, schlägt er jedenfalls die Hände über dem Kopf zusammen. »Was machst du da bloß«, flucht er, »verdammte Scheiße, wie schaffst du so was bloß in so kurzer Zeit?«

Von den Griffen der Riemen tropft wässriges Blut auf den Boden des Boots. Als ich die Hände öffne, hängt an einigen Stellen die Haut herunter. Offenbar habe ich mir jede Menge Blasen geholt. Und beim Rudern ist dann das Wasser die Riemen heruntergelaufen und hat die Haut aufgeweicht.

»Und jetzt?«, frage ich. »Ich meine, ich kann die Schmerzen schon aushalten, wenn ich muss.«

»Das wird auch nötig sein«, antwortet Johan. Er holt sein Messer heraus und schneidet aus den Seiten meiner Neoprenhose zwei rechteckige Stücke. Von der Hüfte bis runter zum Oberschenkel. Die bindet er mit Angelschnur um die Griffe.

»Sexy«, sagt er und deutet auf meine Hose.

»Schwachkopf«, antworte ich und deute mit dem Zeigefinger auf meine Stirn.

»Aber ist besser für die Hände jetzt, oder?«

»Unbedingt.«

»Wie lange hältst du damit heute Morgen noch durch?«

»Solange ich muss.«

»Ich denke, wir probieren es mal zu zweit«, erklärt Johan. »Jeder von uns nimmt einen Riemen. Vielleicht funktioniert es ja doch.«

Tut es natürlich nicht. Johan leidet wie ein Hund, auch wenn er versucht, den Schmerz bei jedem Ruderschlag wegzudrücken. Richtig vorwärts kommen wir nicht. Auch mit einer Hand hat er mehr Zug als ich mit meinen beiden. Deshalb steuert das Boot jedes Mal wieder in meine Richtung. Dann sagt er »Versuch mal fester« oder »Zieh zweimal durch, ich mach nur einmal«, aber wir bleiben trotzdem nie auf unserem Kurs. Also beenden wir dieses Experiment nach kurzer Zeit. Ich rudere noch ein bisschen und sitze dabei wieder allein auf der Mittelbank mit dem Blick nach hinten, und Johan sitzt mir direkt gegenüber und sagt, wie ich steuern muss. Das Neopren sorgt dafür, dass meine Hände trocken bleiben und nicht mehr rutschen, aber den Schmerz lindert es nicht. Ich rudere trotzdem wie eine Maschine. Regelmäßig, immer im Takt, ohne eigenen Willen. Es ist Johan, der sagt, wann ich Pause mache und wann es weitergeht, er bestimmt auch, wann es Zeit für mich ist für einen Schluck aus dem Kanister.

Dann schraubt er den Deckel ab und schiebt ihn rüber zu mir, und wenn er selber trinkt, tut er nur so und benetzt höchstens einmal seine Lippen. Kann ich beschwören, ich habe extra darauf geachtet. Wahrscheinlich glaubt er, dass er den Durst leichter aushalten kann als ich. Ich schätze, damit hat er auch recht.

Wenn ich die Wahl hätte zwischen Schmerzen und Durst, ich würde immer die Schmerzen wählen. Sogar als ich im Turnunterricht als Kind mal aus fünf Metern Höhe von der Gitterleiter gefallen bin und mir den Ellenbogen gebrochen hatte. Das waren, glaube ich, bisher die schlimmsten Schmerzen, und selbst sie wären mir lieber als Durst.

Dabei ist es wahrscheinlich noch nicht einmal richtig Durst, den ich spüre, weil ich pro Tag offiziell einen halben Liter habe und faktisch wahrscheinlich noch mehr.

Als die Sonne ungefähr mit ihrem fünffachen Durchmesser über dem Horizont steht und der Himmel gar nicht mehr in allen möglichen Farben strahlt, sondern nur noch in einem tiefen Blau, schickt Johan mich zurück auf die Polster.

»Leg dich zu mir«, sage ich, und er erwidert »Ich pass lieber auf, dass dir nichts passiert«. Dann gibt er mir wieder ein Stück Ananas und nimmt sich selber keines und ich schlafe mit dem Stück in der Backe ein.

Geweckt werde ich durch einen seltsamen Lärm. Ich brauche wieder eine Weile, um meine Welt zu sortieren. Das Geräusch kommt von zwei Flugzeugen, die etwas entfernt über unsere Köpfe hinweg nach Westen fliegen. Ich springe auf und wedele mit einem der Polster, aber ich glaube nicht, dass uns jemand sieht. Die Polster haben nur eine schmutzige graublaue Farbe. Ungefähr wie das Meer.

»Suchen die uns?«, frage ich. Johan zuckt mit den Schultern. »Ich weiß es nicht. Wenn Flugzeuge nach Vermissten suchen, bekommen sie normalerweise ein Suchquadrat zugeteilt, das sie abfliegen müssen. Wie ein Schachbrett. Vor und zurück Quadrat für Quadrat, Reihe für Reihe, bis die gesamte Fläche abgescannt ist. Aber diese beiden Flugzeuge sind einfach nur Richtung Küste geflogen. Auf der anderen Seite: Was wollen zwei kleine Flugzeuge sonst hier draußen über dem Meer? Hab ich auch keine Erklärung für.«

Kurz danach sehen wir sogar noch ein Schiff, aber es ist zu weit weg, um überhaupt erkennen zu können, ob es sich um einen Frachter oder ein Kreuzfahrtschiff handelt. Wie sollen sie da unser winziges Boot entdecken? Ich schreie trotzdem probehalber ein paarmal um Hilfe. Bis Johan sagt: »Ich will deinen Enthusiasmus nicht bremsen. Aber können wir das jetzt auch wieder sein lassen mit dem Geschrei?«

KAPITEL 28

Ich glaube, es ist am Mittag des achten Tages, als ich zum ersten Mal wirklich den Glauben an unsere Rettung verliere. Den ganzen Vormittag habe ich an den Riemen gesessen, aber da ist nicht mehr das Gefühl gewesen, überhaupt noch vorwärtszukommen. Es war auch kein Rudern bei mir. Sondern nur noch ein bisschen herumrühren in einem unendlichen Meer. So hat es sich jedenfalls angefühlt.

Außerdem haben wir nur noch etwas weniger als einen Liter Wasser in dem Kanister und Rettung ist auch nirgends in Sicht. Keine Küste, kein Schiff, kein Regen, kein Garnichts. Sogar Johan hat sich in den letzten beiden Tagen verändert. Früher war er immer ein Fels der Zuversicht, an dem jeder Zweifel zerschellte und an den ich mich immer anlehnen konnte, wenn ich mutlos war. Jetzt aber sitzt er nur noch apathisch auf seiner Bank und starrt mit leeren Augen durch mich hindurch. Auch sein Gesicht sieht mittlerweile nicht mehr nach Leben aus, sondern eher nach Zombie. Tiefe Ringe unter den Augen, aufgeplatzte Lippen und eingefallene Wangen. Die Lider haben sich durch das Salz zu schmalen Schlitzen verklebt. Keine Ansage kommt mehr von ihm, ob ich noch den Kurs halte oder nicht. Manchmal antwortet er nicht einmal mehr auf meine Fragen.

Eigentlich denke ich, dass das alles auch nicht verwunderlich ist. Seit wir untergegangen sind mit der Jenny M, schläft er weniger als ich und trinkt weniger und isst überhaupt nichts mehr. Wie soll er sich da fühlen, wenn schon ich keine Kraft mehr habe für irgendwas? Wo er doch hier auf dem Boot auf alles verzichtet hat, nur damit es mir gut geht.

»Hast du auch die Hoffnung verloren?«, frage ich ihn an diesem achten Tag, aber er schüttelt nur seinen Kopf. »Mach dir keine Gedanken«, sagt er, »morgen sehen wir Land.«

»Du wirkst aber nicht so, als würdest du selbst daran glauben«, antworte ich.

»Das ist nur der Durst, den du siehst«, entgegnet Johan. »Morgen wird alles gut.«

»Morgen muss es auch gut werden«, murmele ich mehr zu mir selbst. »Wenn wir morgen kein Land sehen, schaffen wir es nicht mehr.«

Das ist es, was sich für mich verändert hat. Vor diesem Tag war Johans Wort so etwas wie ein Gesetz. Oder es war eine Prophezeiung, die so sicher eintreten würde wie ein Gesetz. Die ganze Fahrt bis hierher habe ich ihm jedes einzelne Wort geglaubt. Jetzt ist es nur noch eine Möglichkeit unter vielen. Als hätte es keine Zauberkraft mehr.

»Ich ruhe mich jetzt etwas aus«, sage ich. »Und wenn es dunkel wird, weckst du mich.«

»Mache ich«, antwortet Johan, und da wird mir plötzlich bewusst, dass dies auch eine Sache ist, die sich geändert hat: dass ich es bin, die jetzt die Befehle gibt. Und ich bin mir nicht einmal sicher, ob das auch richtig ist.

Ich hocke mich wieder einmal auf das Polster und schreibe in meinem Buch, und dann fallen mir irgendwann auch die Augen zu, und als ich wieder aufwache, ist es schon wieder Nacht, aber der Vollmond leuchtet heller als eine Straßenlampe. Ich könnte problemlos in meinem Buch lesen bei diesem Licht. Ich krame nach dem Kanister und nehme einen winzigen Schluck, Johan schläft, ich glaube, es ist das erste Mal, dass ich ihn überhaupt schlafen sehe. Das Tau mit den Schlaufen hat er nicht ausgebracht. Das Boot schaukelt bedenklich und die Dünung läuft längsseits unter dem Rumpf hindurch.

Vorsichtig greife ich nach den Riemen, um Johan nicht zu wecken, und fange zu rudern an. Die Navigation ist ziemlich einfach, weil ich so steuern muss, dass der Polarstern an Steuerbord immer genau querab zu unserem Boot am Himmel steht. Bis auf wenige kurze Pausen rudere ich die ganze Nacht und höre auch nicht auf, als Johan von selbst wieder aufwacht.

»Puh«, stöhnt er, »jetzt bin ich doch mal kurz weggenickt.«

»Genau«, meine ich, »das hast du ja auch mal gebraucht.«

Langsam wird es im Osten, wo ich hinschaue, heller. Im Westen, wohin Johan starrt, ist es erst Tag, als die Sonne im Osten längst über den Horizont blickt.

»Da vorne ist Land«, erklärt Johan dann. So schlicht und nüchtern, als würde er sagen: »Da vorne schwimmt eine Plastikflasche.« Kein Aufschrei, noch nicht einmal Jubel oder Freude oder sonst irgendwas.

KAPITEL 29

Ich glaube, so schnell hat sich noch niemals im Leben ein Mensch umgedreht. Meine Augen suchen den ganzen Horizont in meinem Rücken ab. Aber ich sehe nichts außer Wasser. Von Steuerbord bis Backbord nur graublaues Meer.

»Das ist nicht lustig, du Arschloch«, beschwere ich mich.

»Schau genau hin, vom Bug aus gesehen rechts, ungefähr auf ein Uhr.«

Ich kneife die Augen zusammen. Mit viel Fantasie ist eine kleine Beule im Dunst zu erkennen, die maximal einen Millimeter über den Horizont ragt.

»Das ist der Hügel über Trepassey Harbour«, sagt Johan, »der ist ungefähr einhundertfünfzig Meter hoch. Wenn wir ihn jetzt am Horizont sehen, bedeutet es, dass wir noch dreißig Meilen davon entfernt sind. So weit reicht die Erdkrümmung bei dieser Höhe. Ich schätze, wir brauchen ungefähr fünfzehn Stunden dafür.«

»Woher willst du das wissen? Dass dieser halbe Strich zu Trepassey Harbour gehört? Könnte doch auch ein Baumstamm in einer Meile Entfernung sein. Zum Beispiel.«

»Ach, Nora«, sagt Johan, »dass du mir selbst jetzt noch nicht glaubst.« Was willst du, denke ich, ich hab noch nie einem Menschen so sehr geglaubt wie dir, aber ich sage nichts, sondern greife nur nach dem Kanister. Zusammen haben wir noch weniger als einen halben Liter Wasser.

»Trink«, sagt Johan, als er meinen skeptischen Blick bemerkt, und ich nehme nach fünf Tagen zum ersten Mal einen richtigen, fetten, mundvollen Schluck. Nicht nur dieses mädchenhafte Genippe. Was für ein geiles Gefühl.

Dann beginne ich wieder zu rudern. Nicht mehr nachlässig wie die letzten Tage. Sondern schulmäßig, wie es mir Johan beigebracht hat. Mit der Welle und nicht dagegen. Immer nur die Geschwindigkeit haltend. Die offenen Stellen an den Händen schmerzen fürchterlich, aber das spielt jetzt auch keine Rolle. Ich glaube, ich schaue mich gefühlt jede Minute um. Aber die Küste ist jedes Mal gleich weit entfernt. Und obwohl das so ist und ich überhaupt nicht vorwärtskomme, ragen die Klippen irgendwann doch einen Fingerbreit über den Horizont, und noch eine Stunde später ist sogar eine richtige Küstenlinie zu sehen. Mit Buchten und Felsen und einigen Bergen im Hintergrund.

»Wir sind etwa drei Meilen zu weit südlich«, sagt Johan, »du musst deinen Kurs ein klein wenig ändern.«

»Aber das ist doch egal. Hauptsache Land.«

»Es ist definitiv leichter, mit dem Boot an der Küste entlangzurudern, als sich einen Weg durch die Wildnis zu bahnen«, entgegnet Johan, »und schneller ist es natürlich auch.«

Also ändere ich den Kurs in Richtung Westnordwest, und je näher wir dabei der Küste kommen, desto mehr sieht man, dass Johan absolut recht hat. Es ist ein wilder, felsiger Küstensaum, kein Weg führt von dort ins Landesinnere. Dafür nähert sich aus Backbord ein alter Segler. Hölzerner Mast, weinrotes Segel, schwarzer Rumpf, von dem die Farbe blättert. Das Schiff sieht so aus, dass man sich unwillkürlich fragt, wie es überhaupt noch in der Lage ist zu schwimmen. Die Aufbauten sind teilweise weggegammelt, einem Bullauge im Rumpf fehlt das Glas, von der Reling existieren nur noch ein paar vereinzelte Streben. Als der Skipper unser Ruderboot sieht, ändert er seinen Kurs und hält direkt auf uns zu.

»Wer seid ihr denn bitte schön?«, fragt er auf Englisch, als er vor unserem Boot eine Halse fährt und dann längsseits geht. »Ihr seht aus, als könntet ihr ein bisschen Hilfe gebrauchen.«

Es ist ein seltsamer Typ, der einen Bart bis zum Bauchnabel hat und barfuß und in einer abgeschnittenen Latzhose segelt. Ich könnte trotzdem heulen vor lauter Erleichterung.

»Wir gehören zur Besatzung der Jenny M«, erklärt Johan dann auch auf Englisch.

Da fällt dem Schrat erst einmal die Kinnlade auf die Brust. »Nicht möglich«, sagt er, »ihr seid jetzt nicht ernsthaft in dieser Schale durch den Sturm vom Flemish Cap bis an die Küste gerudert? Dort draußen sind immer noch Flugzeuge unterwegs, die euch suchen. In den Nachrichten haben sie gesagt, dass sie heute die Suche einstellen wollen, glaube ich.«

»Was ist mit meinem Vater?«, fragt Johan. »Ist er in Sicherheit?«

»Deinen Vater haben die Flugzeuge gefunden. Vor vier Tagen in einem Rettungsfloß.«

»Hast du für uns vielleicht was zu trinken da?«, fragt Johan. »Wasser? Limonade? Egal, was.«

»Ich schau mal nach«, sagt der Schrat, »wollt ihr nicht sowieso mit an Bord? Ich bring euch dann nach Trepassey.«

»Lieber nicht«, antwortet Johan, »ich will auf den letzten Metern nicht noch mal untergehen. Aber du könntest uns in den Hafen schleppen, das wäre prima.«

»Dann machen wir das so«, erklärt der Schrat. Er reicht uns zwei Flaschen Wasser herunter und einen Pott mit Tee. Die

Kohlensäure im Wasser fühlt sich an, als würde sie Löcher in meinen Rachen ätzen, und ich kippe den ganzen Tee hinterher. Dann helfe ich Johan, das Seil an die vordere Sitzbank zu knoten. Der Schrat rollt sein Segel ein und wirft den Bootsdiesel an, dann knattert er mit uns im Schlepptau Richtung Trepassey. Auch wenn sein Boot aussieht, als hätte es schon im Bürgerkrieg mitgekämpft, hat er wahrscheinlich doch Funk an Bord. Schon vor der Hafeneinfahrt kommen uns Boote mit jubelnden Menschen entgegen. Manche haben kanadische Fahnen dabei, die sie schwenken. Oder sie tröten mit einem Nebelhorn. Am Pier ist praktisch der ganze Ort auf den Beinen.

Nach neun Tagen Ruderboot schaffe ich es nicht mehr, alleine die Leiter nach oben zu klettern. Johan wuchten die Helfer zu dritt aus unserem Boot. Die Welt schwankt so sehr, dass ich ohne Stütze keinen Schritt gehen kann. Trotzdem will der Bürgermeister ein Foto mit uns, und das lokale Fernsehen will ein »erstes Interview«, und eine Gemeindeschwester erklärt den beiden, dass »sie sich verdammt noch mal verpissen sollen«, und lotst uns zu einem Krankenwagen. Ich registriere das wie durch einen Nebel. Der Krankenwagen fährt uns dann nur zwei Querstraßen weiter zu einem Gesundheitszentrum. Steht über der Tür. Es ist ein viereckiges Holzhaus aus grauen Planken, das von außen genauso aussieht wie die anderen Häuser, an denen wir vorbeigekommen sind. »Ein richtiges Krankenhaus haben wir leider nicht«, sagt die Schwester. »Aber für einen ersten Check reicht es.«

Im Inneren des Gesundheitszentrums gibt es einen Flur, der als Wartezimmer dient, und einen großen Raum, der durch grüne Vorhänge in drei Kabinen unterteilt ist. Ich schätze, das sind die Krankenzimmer. Zurzeit ist keines belegt.

Die Krankenschwester verfrachtet jeden von uns auf eine Liege und zieht den Vorhang dazwischen zu, aber Johan zieht ihn wieder zur Seite, als die Schwester für einen Moment verschwunden ist. Sie kommt mit einigen Spritzen wieder und sticht jedem von uns eine Kanüle in den Arm. Zuerst zapft sie Blut, dann holt sie einen Rollständer und hängt jeden von uns an einen Tropf. Johan kriegt noch eine Spritze zusätzlich, ich schätze, es ist irgendein superstarkes Schmerzmittel, das ihn müde und anhänglich macht.

»Du warst großartig«, sagt er nach einer Weile mit schwerer Zunge zu mir, »danke … wirklich … noch nie war ein Mensch großartiger … kannst du glauben … ohne dich hätten wir's nicht geschafft … das ist mal sicher.«

»Du stehst unter Drogen«, sage ich.

»Und die sind mal so richtig geil … aber stimmt, du bist 'ne wirklich fantastische Frau. Also, ich meine … kein Mädchen, 'ne Frau.«

»Schön, dann wäre das auch geklärt«, antworte ich.

»Im Ernst«, lallt Johan, »da kann ich jetzt gar nichts für … aber ist wohl so … also, dass ich dich liebe … ich meine … wenn du den Mund aufmachst, gehst du mir zwar echt auf den Keks, aber ist einfach so, dass ich dich liebe.«

»Dann sind wir ja schon mal zwei«, antworte ich.

»Was meinst du damit?«

»Dass du mir auch auf den Keks gehst, wenn du was sagst, und wenn du nichts sagst, gehst du mir erst recht auf den Keks, aber das kann schon sein, dass ich dich auch irgendwie liebe. … Glaube ich.«

»So richtig ernst? … Ich meine, so wie ich?«

»Schon möglich.«

»Dann ist ja gut«, sagt er und grinst irgendwie drogenselig, und da kommt die Krankenschwester wieder zurück und meint, dass wir jetzt Pause hätten und sie an der Reihe sei. Vorsichtig knotet sie bei Johan die Schlaufe auf und löst die Binde, die seinen Arm fixiert hat. Er ist nicht unbedingt appetitlicher geworden seit seinem Unfall. Das Gelenk ist immer noch ein unförmiger Klumpen, und der Bluterguss hat sich an den Rändern grünlich verfärbt, sodass der Arm aussieht wie vergammeltes Schweinefleisch. Wo er in der Plastikplane lag, ist die Haut eher schuppig. Das sieht dann ungefähr wie ein Hühnerbein aus. Die Krankenschwester drückt und zieht erst einmal an dem Arm herum, dass Johan nach Luft schnappt und sich in den unversehrten Handballen beißt, aber die Augen füllen sich trotzdem mit Tränen, da kann er gar nichts dagegen tun. Trotzdem ist er nicht so wie die meisten Männer, die entweder weinerlich sind oder ihre Tapferkeit wie eine Trophäe vor sich herschieben, damit auch ja jeder ihre Heldentat mitbekommt. Johan sind die Tränen eher peinlich.

»Wir müssen das röntgen«, sagt die Schwester, »schnapp dir deine Infusion und folge mir.«

Immer noch unsicher auf den Beinen rollert Johan mit dem Ständer hinter ihr her. Sie verschwinden durch eine Tür am Ende des Raums, nach zwei Minuten wankt Johan wieder heraus und legt sich zurück auf seine Liege. Auf die Seite, dass er mich, ohne den Kopf zu bewegen, anschauen kann. Das geht bestimmt fünf Minuten so, ohne dass er ein Wort verliert.

»Und du bist doch mein Mädchen«, sagt er schließlich. »Auch wenn du mir jetzt eine scheuerst.«

»Und du bist ein Blödmann«, antworte ich.

Später schiebt die Schwester einen Monitor direkt neben sein Bett.

»Also«, beginnt sie und zeigt ihm das Röntgenbild. »Siehst du hier, der Bruch hat sich total verschoben. Das muss auf jeden Fall operativ gerichtet werden. Das heißt, du musst in ein Krankenhaus. Ich kann so was nicht machen hier.«

»Und dort biegen sie das wieder gerade?«, fragt Johan.

»Wollen wir's hoffen«, antwortet die Schwester.

»Und wo muss ich damit jetzt hin?«

»Das nächste Krankenhaus ist in St. John.«

»Lieber nicht, das Krankenhaus kenne ich.«

»Dann fliegen wir euch beide nach Halifax. Das ist definitiv die bessere Klinik. Und der Flug dauert auch nur hundert Minuten und dann seid ihr schon fast wieder zu Hause.«

»Halifax klingt vernünftig«, sagt Johan und schaut mich an.

»Muss ich denn auch in die Klinik?«, frage ich.

Die Krankenschwester schüttelt den Kopf. »Wir warten noch die Ergebnisse der Blutuntersuchung ab, aber du bist in einer erstaunlich guten Verfassung.«

»Und wie kommen wir nach Halifax?«

»Wir haben hier einen kleinen Flieger für solche Fälle. Ich sag dem Piloten Bescheid. Vermutlich wird das heute nichts mehr mit dem Transport. Aber morgen Vormittag sicher.«

»Und bis dahin?«

»Bis dahin schlaft ihr euch aus, und ich mache meine Laborarbeit und passe auf, dass die Meute da draußen das Haus nicht stürmt.«

»Welche Meute denn?«

»Was glaubt ihr wohl? Ihr seid die Sensation an der Küste. Eure Rettung ist genau die Art von Geschichte, die alle sehen und hören wollen. Jeder große Sender hat mittlerweile ein Team vor Ort. Ich wäre eine reiche Frau, wenn ich all das Geld nehmen würde, das man mir für ein Interview am Krankenbett schon geboten hat.«

Ich stehe auf und gehe rüber zum Fenster. Da sind tatsächlich einige Übertragungswagen vor dem Haus. Und zwei Typen in Ranger-Uniformen oder so bewachen den Eingang.

»Hinlegen«, befiehlt die Schwester und zieht dann den Vorhang vor zwischen Johan und mir, und Johan zieht ihn wieder zurück und sagt: »Der bleibt aber offen.« Dann greift er nach meiner Hand und klammert sich fest, und danach dauert es nur einen Augenblick, bis die Finger anfangen zu zucken und seine Hand aus der meinen rutscht. Ich stehe dann noch einmal auf und rolle unsere Liegen nebeneinander. Johan liegt auf dem Rücken, und sein Schnarchen klingt wie ein Wildschwein, das sich durch den Waldboden wühlt. Er riecht nach Meer und Salz und einem Desinfektionsspray und ich lege meinen Kopf auf seine Schulter und bin der glücklichste Mensch auf der ganzen Welt.

Als ich wieder aufwache, ist es tiefe Nacht, aber die Straßenlampe vor dem Fenster taucht das Krankenzimmer in kaltweißes Licht. Johan hat seine Liege ein wenig abgerückt und steht vor meinem Bett und streicht mir mit dem Handrücken über die Wangen.

»Was ist mit dir?«, frage ich. »Immer noch high?«

»Ich war noch nie nüchterner«, antwortet er.

»Warum schläfst du nicht? Du musst hundemüde sein.«

»Weil … ich muss dir was sagen.«

»Na, dann hau raus«, sage ich und setze mich aufrecht, aber dann kommt erst mal eine Ewigkeit gar nichts.

»Was ist denn jetzt?«, frage ich irgendwann.

»Mein Grandpa hat mir ja alles im Leben beigebracht«, erklärt er schließlich, »und ich finde, dass er überhaupt der weiseste Mann war, und ohne ihn wäre ich gar nicht ich …«

»Johan«, unterbreche ich ihn, »du hast mich jetzt nicht dafür geweckt, oder? Das hast du mir alles schon mal erzählt.«

»Jetzt warte doch mal … also, ich glaube, dass Grandpa auch bei dir recht hatte und dass du meine Frau werden sollst.«

»Weil dein Großvater das glaubt? Und nicht, weil ich die großartigste Frau der Welt bin oder so was? Das ist jetzt aber mal ein romantischer Antrag.«

»Also bist du einverstanden damit?«

»Komm schon«, sage ich, »ich bin achtzehn Jahre alt, und wir kennen uns praktisch zwei Wochen und haben uns noch nicht mal geküsst, und du willst gleich heiraten? Schon ein bisschen sehr hart, dein Tempo.«

»Heiraten ist mir egal. Ich will nur, dass du hier in Kanada bleibst.«

»Boah, du weißt, was Frauen hören wollen«, entgegne ich.

»Was willst du denn sonst noch hören?«, fragt er.

»Nenn mir fünf gute Gründe, warum ich über deinen Vorschlag überhaupt nachdenken soll.«

»Das ist leicht. Du hast zum Beispiel ein tolles Gespür für die Wellen. Ich hab noch nie eine Frau gesehen, die das so schnell gelernt hat.«

»Ehrlich? Das ist dein Grund?«

»Jetzt warte doch mal. Wir passen auch sonst gut zusammen, finde ich. Schon von der Größe her.«

»Und weil wir beide Deutsch sprechen.«

»Genau.«

»Und mir schmeckt roher Fisch.«

»Mach dich nicht lustig, mir ist es ernst.«

»Dann streng dich mal an, so wird das nichts mit uns beiden.«

Eine Weile läuft Johan in der Krankenstation auf und ab, als würde er noch mal Anlauf nehmen für seinen Sprung. Dann baut er sich energisch direkt vor mir auf. Als hätte er einen Entschluss gefasst.

»Du weißt, dass ich das Meer liebe wie nichts anderes sonst«, sagt er. »Das Meer war mein Leben. Mein Sinn und mein Glück und meine Schönheit, und der einzige Grund, um zurückzukommen an Land, war, dass ich danach gleich wieder rausfahren konnte aufs Meer. Und jetzt sehe ich dabei zu, wie die Menschen das Meer zerstören. Wie sie es vergiften und ausbeuten und als Müllkippe benutzen und wie der Klimawandel die Strömungen und den Sauerstoff und den Salzgehalt und überhaupt alles verändert. Ich sehe, wie die Fische immer mehr Parasiten haben und wie die Geschwüre zunehmen und wie sich bestimmte Algen und Quallen vermehren und wie sich ganze Gegenden in Wüsten verwandeln, und ich sehe, dass es kein Zurück mehr aus dieser Wüste gibt. Wie ein Alkoholiker, der um die Folgen des Saufens weiß und trotzdem von seiner Sucht nicht mehr lassen kann. Genauso handelt die Menschheit. Früher habe ich noch gedacht: Irgendwann werden die Menschen schlau. Dann hab ich gedacht: Scheiß was drauf, ich bin glücklich, wenn ich nur mit mir und dem Meer alleine bin. Egal, was passiert. Heute weiß ich, dass meine große Liebe gerade stirbt. Und ich nichts dagegen tun kann. Manchmal denke ich, dass ich einfach für immer draußen bleibe, so wie es Grandpa getan hat, weil der Kampf längst verloren ist und weil ich keinen Grund habe zurückzukommen. Grandpa war noch ein Grund. Aber jetzt? So hab ich gedacht, bis ich irgendwann in den letzten Tagen gemerkt habe, dass du jetzt mein Grund bist. Du warst mein Grund, es bis nach Trepassey zu schaffen. Du wärst mein Grund, auch Kämpfe zu kämpfen, die schon verloren sind. Du wärst mein Grund, nach jeder Fahrt wieder nach Hause zu kommen. Deshalb möchte ich, dass du bleibst.«

»Komm her«, sage ich, »du bist zu Hause bei mir«, und da kriecht er zu mir unter die Decke und stöhnt, weil er wahrscheinlich heftige Schmerzen hat, wenn wir so Arm an Arm beieinanderliegen. Trotzdem dauert es keine Minute, bis er wieder anfängt zu röcheln. Das mit dem Zuhause muss definitiv anders werden, denke ich noch. Mehr weiß ich nicht mehr.

KAPITEL 30

Als die Krankenschwester uns am nächsten Tag weckt, hat sich Johan noch keinen Millimeter bewegt. »Das Flugzeug wartet«, sagt sie und tätschelt seinen gesunden Arm, und es ist ihr völlig egal, wie wir da zusammenliegen. »Aufstehen, meine Lieben, der Krankenwagen, der euch zum Rollfeld bringt, steht schon draußen vor unserer Tür.«

»Wie viel Uhr haben wir?«, frage ich.

»Zwölf Uhr am Mittag, wir müssen jetzt dringend los.«

Für mich hat sie einen rosafarbenen Schwesternkittel besorgt, damit ich nicht mehr in der Wathose herumlaufen muss. Für Johan steht ein Rollstuhl bereit. Auch wenn er laut und energisch dagegen poltert. »Mein Arm ist kaputt, aber doch nicht die Beine. Ich kann sehr gut alleine gehen.«

»Wenn du die Stadt verlassen hast, kannst du das gerne machen«, entgegnet die Schwester. »In meiner Station passiert, was ich sage. Und ich sage: Rollstuhl.«

»Und im Krankenwagen?«, fragt Johan.

»Ich bin nicht nur Trepasseys einzige Krankenschwester, ich bin auch die einzige Krankenwagenfahrerin von Trepassey. Also setz dich in deinen Rollstuhl und halt den Mund.«

Sie fährt ungefähr so, wie sie redet. Energisch und mit Blaulicht, aber ohne Horn. Und vor allem, ohne zu bremsen. In vier Minuten vom Hintereingang ihrer Station bis direkt auf das Rollfeld. Dort wartet eine zweimotorige Propellermaschine. Kein Mensch da außer unserem Piloten. Das Fernsehen hat nichts von der Abreise mitgekriegt.

In Halifax herrscht dagegen das totale Chaos. Dieses Mal müssen wir uns beide in Rollstühle setzen, und dann schieben uns zwei Bodyguards in die Ankunftshalle, und dort sieht es aus, als wäre hier mindestens Staatsbesuch. Wenn nicht sogar Justin Bieber. Überall Kameras und Blitzlichter und lautes Gerufe. Unsere Rettung muss bis nach Deutschland gedrungen sein. Ich erkenne in der Menge tatsächlich ein paar bekannte Gesichter. Da ist der Landtagsabgeordnete aus unserem Kreis, der sein Gesicht wirklich bei jedem Anlass auf jedes armselige Zeitungsbild schiebt. Neben ihm drängt sich dieser Chefredakteursidiot Hendrik nach vorne. Wahrscheinlich hat er von unserem Lokalblatt den Auftrag für eine Reportage ergaunert, weil er ihnen weisgemacht hat, dass er einen exklusiven Zugang hätte zu mir. Dann entdecke ich Sarah und mein Herz macht einen Riesensatz. Sie thront über der Menschenmasse auf einer Treppe und alleine das Gesicht überstrahlt schon alles andere in der Halle. So voll mit Freude und Erleichterung und überlaufendem Herz. Sie winkt, und ich winke zurück, aber dann wird das Geschiebe so dicht, dass ich im Rollstuhl nur Bäuche und Hintern sehe und sie wieder aus den Augen verliere. Die Bodyguards drücken uns durch die Menge, als wären wir Schneepflüge oder so was.

Am Ende bleiben wir trotzdem mitten zwischen den Journalisten stecken. Man sollte meinen, sie würden sich alle für die Geschichte unserer Rettung interessieren. Aber das stimmt so nicht. Eigentlich interessieren sie sich nur für Johans Geschichte. Es gibt original keinen Reporter, der mich irgendwas fragt. Stattdessen drängen sie sich von allen Seiten um ihn, dass ich immer weiter an den Rand gespült werde und gar nichts mehr mitbekomme von seinen Interviews.

Der Einzige, der mir hinterherkriecht, ist Hendrik. »Ich soll ganz herzliche Grüße von deinem Vater bestellen«, schleimt er.

»Was willst du hier?«, antworte ich.

»Über deine Rettung berichten natürlich. Ich habe Aufträge von allen fünf Regionalzeitungen an der Küste. Und vom Radio und für einen Podcast. Die reißen sich alle um meine Geschichte, das ist ein Riesending. Ich brauche nur eine halbe Stunde. Wo können wir uns hinsetzen für das Interview?«

»Ja, gar nicht«, sage ich. »Du bist der Allerletzte, mit dem ich reden würde.«

»Aber … ich meine, wieso das jetzt? Wir kennen uns doch von früher.«

»Ganz genau«, sage ich. »Du bist Vergangenheit.«

Ich gebe dem Bodyguard ein Zeichen, und er schiebt mich aus der Halle heraus zu einem Krankenwagen, der vor dem Eingang wartet, und als Johan nach fünf Minuten immer noch nicht erschienen ist, ordert er einen zweiten Wagen, und ich werde »zur Beobachtung« schon mal ins Trauma Centre des Queen Elizabeth II Hospital chauffiert.

Ich habe ehrlich gesagt keine Ahnung, was ich da soll. Meinem Körper geht es gut, hat zumindest die Krankenschwester in Trepassey behauptet. Alle Werte waren normal. Sogar die meiner Nieren. Und die sind beim Verdursten das erste Organ, das aufgibt, weil sie die anderen Organe beschützen und sich quasi selbst dabei opfern. Hat die Schwester mir so erklärt.

»Schaden tut eine Nacht bei uns aber auch nicht«, meint die Ärztin in der Notaufnahme zu mir. »Und die Kosten zahlt deine Krankenversicherung, da sparst du dir das Hotel.«

»Hotel ist aber netter«, erwidere ich.

»Oh, wir haben hier auch Familienzimmer mit einem Doppelbett. Wir glauben daran, dass die Nähe vertrauter Personen der Gesundung unserer Patienten in besonderem Maße hilft.«

»Das ist ja fortschrittlich«, sage ich, und die Ärztin sagt »nicht wahr«, aber dann ist das Familienzimmer doch nicht so fortschrittlich, sondern nur ein leeres, weiß gestrichenes Viereck mit einem Kreuz über dem Bett und einem Spiegel an der Wand und einem Fernseher gegenüber. Wie ein Kreuz der Gesundheit dient, wollte mir noch nie in den Kopf. Bei mir lösen Kreuze eigentlich nur Beklemmung aus. Ich denke dann nicht an Trost, sondern höchstens an Sterbezimmer. Also setze ich mich aufs Bett und schalte gleich den Fernseher ein. Im ersten Programm läuft eine Quizsendung auf Französisch. Der nächste Kanal feiert irgendwelche Goldsucher am Yukon, die für Gold gerade die schönste Landschaft der Welt zu einer Abraumhalde zerschreddern. Und kein einziges kritisches Wort.

Der dritte Fernsehkanal zeigt Johan in seinem Rollstuhl. Um ihn herum herrscht das brutale Geschiebe und vor ihm steht eine Journalistin mit betonsteifer Blondfrisur. Sie spricht in die Kamera. Er schaut zu ihr hoch, aber sie schaut nicht zu ihm runter. Selbst während des Interviews. Null Interesse an Augenhöhe.

»Wie fühlen Sie sich nach Ihrer Rettung?«, fragt sie, was ja die Standardfrage aller plan- und ahnungslosen Reporter ist, und Johan deutet auf die Menschen um ihn herum und sagt »ziemlich beengt«, aber die Journalistin hört überhaupt nicht zu und ist schon bei der nächsten Frage auf ihrer Liste: »Wie haben Sie es geschafft, diesen Sturm in so einem winzigen Ruderboot zu überleben? War es Glück? Oder waren es Ihre Fähigkeiten als Seemann und Kapitän?«

»Ich war es gar nicht«, antwortet Johan. »Ohne Nora säße ich jetzt bestimmt nicht hier.«

»Also kein Glück?«

»Großes Glück«, meint Johan und grinst ein wenig, und da sieht dieser Berg von Mann aus wie ein kleiner Junge, der vor einem Bonbonglas steht, und wenn er jetzt neben mir säße, dürfte er auf jeden Fall reingreifen. Definitiv.

»Zurück zu Ihnen«, sagt die Journalistin, »das ganze Land fragt sich, wie es Ihnen gelungen ist, den Weg an die Küste zu finden, ganz ohne Hilfsmittel, die Navigation muss außerordentlich schwierig gewesen sein.«

»Die Navigation war das Einfachste in diesen neun Tagen.«

»Und was war mit Haien, haben Haie Ihr Boot attackiert?«

»Sehen Sie«, antwortet Johan, »mein Arm ist gebrochen, ich habe Schmerzen, immer wenn jemand von euch Reportern gegen den Rollstuhl rempelt, mir tut auch jeder Atemzug weh, ich sollte schon längst im Krankenhaus sein, und Sie haben mir jetzt hintereinander fünf idiotische Fragen gestellt. Was meinen Sie? Wollen Sie sich bei der sechsten vielleicht etwas mehr Mühe geben?«

»Ähm … ja, natürlich«, murmelt die Interviewerin und schaut ratlos auf ihren Zettel und dann in die Kamera, und da schaltet der Sender schnell wieder zurück ins Studio.

Dort steht eine Moderatorin, die aussieht wie die Schwester der Reporterin. Oder die beiden haben denselben plastischen Arzt.

»So weit also die ersten Eindrücke von der Ankunft des jungen Kapitäns der Jenny M«, sagt die Moderatorin. »Wir hören gerade, dass auch noch eine offizielle Pressekonferenz mit unserem tapferen Helden anberaumt ist. Wir schalten selbstverständlich dorthin zurück, Sie verpassen nichts hier bei uns auf Ihrem Lieblingssender. Bis dahin möchten wir Ihnen noch einmal die sensationellen Bilder zeigen von der spektakulären Rettung eines anderen Crewmitglieds der Jenny M. Ich bin mir sicher, Sie kennen diese Bilder bereits, aber ich bin genauso sicher, dass Sie sie gerne noch ein zweites oder drittes Mal betrachten wollen. So aufregend, wie sie sind.«

Zu sehen ist dann ein wildes, tobendes, aufgewühltes Meer, aus einem Helikopter gefilmt, und mittendrin befindet sich eine gelbe Rettungsinsel, die nicht viel mehr als ein Punchingball ist für diese Gewalten. Immer wieder schlägt eine Welle über dem Floß zusammen, das Dach ist bereits zerfetzt, sodass Moses auf der Insel quasi im Freien sitzt. Er hat sich mit einem Seil oder Gürtel an eine Schlaufe geknotet, damit er nicht ins Meer gespült werden kann, schätze ich. Mit der freien Hand winkt er nach oben zum Helikopter.

Der geht noch ein paar Meter tiefer, dass die Wellen beinahe die Kufen berühren. Der Rotor drückt das Meer auseinander und wirbelt Wasser nach oben, man sieht, wie ein Mensch im Taucheranzug ins Weißwasser klatscht und rüber zum Gummifloß krault. Er zwängt den Vater in ein Rettungsgeschirr, dann kommt von oben ein Haken ins Bild, an dem Moses Meinart langsam hoch in den Hubschrauber schwebt. Anschließend wird auch der Taucher wieder nach oben gezogen.

Ich habe noch nie solche Bilder gesehen. Außer vielleicht im Kino. Es gab mal einen Film, der »The Guardian« hieß, glaube ich, der hatte auch solche Szenen.

Dass die Kanadier in so einer Situation die Kamera laufen lassen, ist schon extrem, finde ich. Immerhin geht es da in echt um Leben und Tod. Auf der anderen Seite sind es natürlich atemberaubende Bilder, denen man sich überhaupt nicht entziehen kann. Auch ich schaue völlig gebannt auf den Monitor.

Deshalb merke ich anfangs auch nicht, wie die Tür langsam aufgeht und Sarah plötzlich im Zimmer steht. »Ich habe geklopft«, sagt sie, »aber du hast überhaupt nicht geantwortet. Ist das okay, wenn ich reinkomme, magst du mich sehen?«

»Komm her«, antworte ich, und sie meint: »Ich bin sofort losgefahren vom Flughafen, ich musste dich sehen, vor allen anderen, du weißt nicht, wie die vergangenen Tage hier waren für mich.«

»Nicht reden«, sage ich, und Sarah wirft mich fast um auf dem Bett und wühlt ihren Kopf in meinen Schwesternkittel, und dann schlingt sie ihre Arme um meinen Körper, und ich glaube, sie weint sogar ein bisschen dabei. Obwohl sie doch eigentlich älter und stärker ist und irgendwie auch meine Beschützerin.

»Du hast keine Ahnung, wie furchtbar das war«, flüstert sie in meinen Bauch. »Wenn ich dich in den Tod geschickt hätte … jeden Tag bin ich vor der Tür dieser blöden Flugsicherung gesessen … von morgens bis in die Nacht, und habe die Typen genervt, und jeden Abend kamen die Suchflugzeuge zurück und hatten wieder kein Lebenszeichen von dir … jeden Abend dasselbe … so schlimm … ich bin echt nicht so gut im Hoffnung-Haben … die ganze Zeit hab ich geglaubt, dass du nicht wiederkommst … das war wie im Todestrakt sitzen und warten, dass dich morgen der Henker abholt … ganz, ganz schlimm.«

»Aber jetzt bin ich ja da«, sage ich und streiche ihr durch das wilde Haar, und sie greift nach meiner Hand und wischt sich damit die Tränen aus dem Gesicht.

»Dass ich auch so eine Heulsuse bin«, meint sie und rappelt sich wieder hoch und dann kniet sie vor mir und nimmt meinen Kopf in beide Hände, und es ist völlig klar, dass wir uns jetzt küssen und dass wir es beide unbedingt wollen.

Ich habe noch nicht viele Küsse bekommen in meinem Leben. Eigentlich nur dieses eine Mal zu Hause bei Hendrik. Und da hat es sich angefühlt wie ein Saugnapf an einer Fensterscheibe. Er war der Sauger und ich die Scheibe.

Mit Sarah ist alles anders. Meine Lippen sind noch rissig vom Salz und der Sonne, und ihre sind ein kühlendes Kissen, und der Kuss ist wie fragen und antworten und gerettet werden, während man untergeht. Wie versinken und gehalten werden zur selben Zeit.

»Seit du das erste Mal in meinem Büro warst, hab ich davon geträumt«, sagt Sarah, als sie wieder neben mir liegt, und ich frage: »Ist es so wie im Traum?«, und Sarah sagt: »In meinem Traum habe ich dir jetzt den Gürtel geöffnet.«

»Da hast du es hier aber einfacher«, antworte ich, »bei meinem Kittel musst du nur an der Schleife ziehen.«

»Und im Krankenhaus machen sie keinen Aufstand?«

»Im Krankenhaus glauben sie, dass so was auf jeden Fall der Gesundheit dient.«

»Wer sagt denn so was?«

»Die Ärztin in der Notaufnahme hat das gesagt.«

»Du lügst«, meint Sarah und lacht.

»Bestimmt nicht«, entgegne ich, »niemals … ich lüge nicht, nicht wenn es um deine und meine Träume geht.«

Da zieht Sarah dann ganz leicht an der Schleife. »Etwa so?«, fragt sie, und ich sage: »Träum weiter … viel weiter … noch viel, viel mehr …«

KAPITEL 31

Als Sarah sich aus dem Bettlaken wickelt, geht draußen vor dem Fenster schon wieder die Sonne unter und malt mit ihren letzten Strahlen das Fensterkreuz an die Wand. Direkt neben das andere Kreuz.

Sarah klaubt ihre Jeans vom Boden und fingert dann eine Kette aus ihrer Hosentasche. Es ist so ein Hippieteil aus Leder mit Muscheln und kleinen Schneckenhäusern und verblichenem Holz.

»Nicht lachen, bitte«, sagt sie, »das sind lauter Sachen von unserer Insel … habe ich gebastelt … konnte eh den ganzen Tag nichts anderes tun, während ich gewartet habe auf eine Nachricht von dir.«

»Aber warum schleppst du so ein Zeug von Deutschland nach Kanada?«

»Weil ich überhaupt nichts hatte von dir. Kein Bild und keine Erinnerung, kein Garnichts. Willst du die Kette haben? Ich schenke sie dir.«

Ich stelle mich vor den Spiegel, und Sarah legt die Kette um meinen Hals und sagt »du bist wunderschön, weißt du das«, und ich sage »hör auf, sonst fange ich noch an, dir zu glauben«.

Sarah knotet das Lederband in meinem Nacken fest und sagt »jetzt gehörst du zu mir«, und ich sage »warte mal«, weil der

Fernseher immer noch an ist und Johan gerade auf seiner Pressekonferenz sitzt.

Keine Ahnung, ob es live oder eine Wiederholung ist, aber er hockt da auf einer richtigen Bühne, vor dem Air-Canada-Logo, und im Saal sitzen bestimmt einhundert Journalisten, die sich immer erst vorstellen und dann ihre Frage stellen. »John Cubeck, ›Newfoundland Chronicle‹«, sagt einer, der ganz rechts außen neben dem Fenster steht. »Herr Meinart, Sie haben erzählt, dass die Jenny M am nordöstlichen Ende des Flemish Caps untergegangen ist. Von dort sind es vierhundert Seemeilen bis nach Trepassey. Trotzdem haben Sie den Hafen nur um eine einzige Meile verfehlt. Das ist eine Abweichung um weniger als ein viertel Grad. Ohne GPS, ohne Uhr, ohne Kompass, in einem der fürchterlichsten Stürme der letzten Jahre. Das ist eine Leistung für das Guinessbuch der Rekorde. Wie haben Sie das geschafft?«

»Ich kenne das Gewässer besser als meine eigene Garage«, antwortet Johan. »Ich weiß, wann und wo welche Strömungen herrschen und wie sich Sturmsysteme über den Grand Banks verhalten und wann sie in welche Richtung ziehen. Das Navigieren war nicht so schwer, wie es möglicherweise aussieht.«

Der nächste Reporter, der aufsteht, sagt: »Robert Kocinsky, ›ABC‹. Ihr Vater wurde gerettet, Sie und die deutsche Observerin wurden gerettet, nur Ihr Großvater hat es offenbar nicht überlebt. Können Sie uns erzählen, was mit ihm passiert ist?«

»Mein Großvater war einhundert Jahre alt und hat in seinem Leben alles gesehen«, sagt Johan. »Den letzten Wunsch, den er noch hatte, war, nicht im Bett sterben zu müssen, sondern auf hoher See. Ihn hat eine Welle von Deck gerissen, noch bevor das Schiff untergegangen ist. Ich glaube, sein Leben und sein Tod waren so, wie er es sich gewünscht hat.« Der nächste Mensch, der aufsteht, ist ein Reporter vom »Boston Globe« und der einzige, der die Konferenz noch mit Block und Bleistift und nicht mit dem Smartphone protokolliert.

»Was war die gefährlichste Situation auf der ganzen Reise?«, fragt er. »Sind Sie mit Ihrem Ruderboot im Sturm gekentert? Sind Sie oder Frau Petersen vielleicht einmal über Bord gegangen? Gab es Momente, in denen Ihr Leben an einem seidenen Faden hing?«

Johan stemmt sich aus seinem Rollstuhl und geht ein paar Schritte, dann schiebt er den Rolli zur Seite und setzt sich auf einen Tisch. »Ich verstehe nicht, wie Menschen den ganzen Tag in so einem Gefährt sitzen können«, sagt er, »ich finde das maximal unbequem. Aber zu Ihren Fragen. Am gefährlichsten war wohl der Moment, als der Sturm etwas nachgelassen hat und wir versucht haben, unser Segel zu setzen. Beim Aufriggen ist das Boot aus dem Ruder gelaufen und wir wurden achtern von einer Welle getroffen. Das hat mich hoch aus dem Boot katapultiert und beim Fallen habe ich mir dann den Arm gebrochen.«

»Das heißt, Sie haben versucht, das Segel zu setzen, und Frau Petersen hat das Boot gesteuert.«

»Genauso war es.«

»Er ist doch wirklich ein Arsch«, platzt es in diesem Moment aus Sarah heraus. »Erst bringt er dich beinahe um und jetzt sollst du auch noch schuld daran sein. Das ist so typisch Mann, genauso sind sie.«

»Johan ist anders«, entgegne ich.

»Aha, und wie ist er dann?«

»Eben anders. Wenn du ihn das erste Mal siehst, denkst du, dass er nur so ein Angeber-Kraftprotz ist, wie du sie in jedem Fitnessstudio triffst. Aber in Wirklichkeit ist Johan das Gegenteil dieser Typen. Ihn interessiert nicht, was die Leute über ihn denken. Er muss sich auch nicht aufpumpen, um groß zu sein. Auch nicht vor mir. Er ist wirklich groß.«

»Es geht aber nicht um Größe«, entgegnet Sarah, »es geht um Moral. Ob er ein guter Mensch ist. Oder ein Arsch.«

»Er ist ganz gewiss kein Arsch«, sage ich.

»Aber er tötet Fische.«

»Das ist es ja: Er tötet Fische und gleichzeitig liebt er sie. Ich glaube sogar, dass er sie genauso sehr liebt wie du.«

Sarah schaut mich lange und prüfend an. »Du magst ihn, nicht wahr«, fragt sie schließlich.

»Schlimmer, ich liebe ihn sogar«, antworte ich und erschrecke fast, wie leicht mir dieser Satz über die Lippen geht. Früher hätte ich mir eher die Hand abgehackt, als dass ich von Liebe geredet hätte.

»Und was ist mit mir?«, fragt Sarah.

»Bei dir ist es genauso schlimm.«

Wieder schaut mich Sarah lange an, ohne ein Wort zu sagen. »Männer können nicht teilen«, antwortet sie schließlich. »Du wirst es sehen. Männer müssen besitzen. Am Ende wird er dich nicht teilen mit mir.«

»Ich will mich auch gar nicht teilen«, entgegne ich. »Ich will endlich ganz sein und mich nicht mehr verstecken. Ich will dich und Johan und mein Leben und Leidenschaft und den totalen Sturm und echte Natur und Respekt vor den Tieren und überhaupt alles. Ich will ganz bei dir sein. Und ganz bei ihm. Und nicht bei euch beiden zur Hälfte.«

»Wie soll das gehen. Wie stellst du dir so ein Leben vor? Wir irgendwo zu dritt? Oder bleibst du bei ihm in Kanada? Und ich komme dich manchmal besuchen? Oder pendelst du hin und her? Oder lebst du in Deutschand und er pendelt hin und her? Wenn er gerade mal keine Fische tötet?«

»Ich habe doch auch keine Antwort«, sage ich. »Ich weiß nur, dass du jemand bist, bei dem ich mich ganz und vollkommen fühle. Und er ist auch so ein Mensch, bei dem ich mich nicht kleinmachen muss und ich die sein kann, die ich bin.«

»Ein Mann, der eine Frau groß sein lässt, muss erst noch erfunden werden«, antwortet Sarah, und ich entgegne: »Eine tolle Frau hat mal gesagt: ›Wenn du auf dem Zehnmeterturm stehst, musst du auch springen.‹«

»Die tolle Frau sagt dir aber auch: ›Du kannst nur springen, wenn Wasser im Becken ist.‹«

»Das Becken ist voll, da bin ich mir sicher.«

»Dann tu dir nicht weh«, antwortet Sarah und nimmt meinen Kopf in ihre Hände, und ich sage: »Lässt du mich das da bitte mal hören«, und deute auf den Fernseher, wo auf der Pressekonferenz gerade ein Mann nach Johans Zukunft fragt.

»Mein Name ist Michael Rudakov, vom Verlag ›Random House‹«, erklärt er. »Herr Meinart, wissen Sie schon, was sie als Nächstes machen? Immerhin haben Sie gerade Ihr Schiff verloren. Werden Sie ein neues in Auftrag geben? Haben Sie denn das Geld dafür? Da Ihre Familie doch letztes Jahr erst eine beträchtliche Summe als Strafe bezahlen musste. Oder wollen Sie Ihr Abenteuer vielleicht zuerst in einem Film verarbeiten? Oder in einem Buch? Wären Sie denn bereit, die Rechte an Ihrem Stoff eventuell dann an uns zu verkaufen?«

»Das wird nicht gehen«, antwortet Johan. »Diese Geschichte gehört nicht mir. Es ist die Geschichte von Nora Petersen. Sprechen Sie mit ihr. Ich bin mir sicher, dass sie dieses Buch gerne schreiben wird. Wahrscheinlich hat sie sogar schon angefangen damit.«

Natürlich magellan©

FSC
www.fsc.org
MIX
Papier aus verantwortungsvollen Quellen
FSC® C110508

Wir pflanzen Bäume
Für unsere Umwelt
www.magellanverlag.de

FAIR PRODUZIERT
www.magellanverlag.de

Hergestellt in Deutschland
CO_2-Ersparnis durch kurze Lieferwege
Gedruckt auf FSC®-zertifiziertem Papier
Lösungsmittelfreier Klebstoff
Drucklack auf Wasserbasis

1. Auflage 2023

Umschlaggestaltung: Christian Keller
unter Verwendung von Motiven von iStock / Valerie Loiseleux
und shutterstock / vectortatu / Maryia_K
Druck: Westermann Druck Zwickau GmbH
ISBN 978-3-7348-5418-7

www.magellanverlag.de